新装版

大江健三郎同時代論集 3

想像力と状況

新装版

大江健三郎同時代論集 3

想像力と状況

岩波書店

目次

想像力と状況

I

記憶と想像力（講演）

　私は安保一周年記念の集会に「強権に確執をかもす志」ということをお話しましたけれども、そのあと、五年間こうした一つの志をもつ者の集まる会に出席したことはありませんでした。そういう孤立した生き方をしてきた私は、現在暗い気分で、陰々滅々とした気分でいますが、そういうことは、時代や国の状況にかかわるよりも、まず、おそらく個人的な、私だけのものなのでしょう。魯迅の最初の短篇集の『吶喊』の魯迅自身の序文につぎのような文章がありました。

《すべて人の主張は、賛成されれば前進をうながすし、反対されれば奮闘をうながすのである。ところが、見知らぬ人々の間で叫んで相手に一向反応がない場合、賛成でもなければ反対でもない場合、あたかも涯《はて》しれぬ荒野に身をおいたように、手をどうしていいかわからぬのである。これは何と悲しいことであろう。そこで私は、自分の感じたものを寂寞と名づけた。この寂寞は、さらに一日一日成長していって、大きな毒蛇のように、私の魂にまつわって離れなかった。》

　もちろん私は「涯しれぬ荒野」で叫んでいたわけではありませんで、一人自分の部屋へとじこもって小説の仕事をしていました。まことに個人的な沈黙のなかで、自分の内部にかかわる文章を書いていたわけですから、現在、私をとらえている暗い気分についての責任はまず私にあるわけでありますし、現に今日の集会のいままでのみなさんのお話をうかがっていて、あきらかに勇気づけられる気持がしてきますことは、それを逆のがわから証明してもおります。しかしともかく一人で仕事をし、自閉的な状態でものを考えている人間にも、大きい毒蛇のように魂にまつわって離れない寂寞というものがあるとすれば、直接ではないにしても、また二次的、三次的な意味あいのものにしても、そのうちに、もしかしたら時代の暗さ、日本とそこをかこむ状況の暗さと、いくらか通いあうところがあるかもしれない。そういうことで私はこの集会でお話することにしたのでありますけれども、まず第一にそういう一人孤立して暗い気分でいる人間の言うこととして、お受けとりになっていただきたいと思います。

今朝、二十一年目の八月十五日の朝、私の近所の家のテレビジョンかラジオかが、回顧的な音楽番組をやっておりまして、「リンゴの歌」とか「鐘の鳴る丘」とかを流しておりました。それをきいておりますと、二十一年前の八月十五日から数年つづく、まことに戦後的なあいだの思い出が浮かび上がってきました。それらの数年の様ざまな時期が一つの顔をもった人格の思い出とでもいうように、くっきりとイメージとして浮かび上がってくるという気持を味わいました。たとえば「リンゴの歌」が、あれらの日々のむなしい青空や明るい虚脱感を喚起しますし、「鐘の鳴る丘」という歌をききますと、戦災で家と肉親を焼かれた無力なチビどもが集まって自己防衛をしなければならなかった時期のことが迫ってきます。もっともこの歌のイメージは、イタリアの戦後映画のえがいた浮浪児たちの自己防衛にくらべれば、おなじ自己防衛にしても、それはどこかニセの自己防衛という感じがするように思われた。荒あらしい外部からの圧迫はありますけれども、圧迫とそれにたいする抵抗のとらえかたは、まことにチャチである。舞台の書割のような感じがする、演技力のあまりない俳優が悪役を受けもっている、薄手の苛酷さといったものが感じられる。もっと恐ろしい悲惨な子供たちの状況があったであろうと思われますが、それは表現力の問題で話が別になるわけですが、そんな反省もふくめてそういう歌を聞き、そうしたことを考えていると、つづいて現在はやっている歌がきこえてきました。そういう歌はこれから二十一年たったあと、われわれにどういう時代のイメージを喚起するであろうか、どういう時代の顔をくっきりと浮かび上がらせるものであろうか。それを考えますと、私にそれはなんとも暗い顔、陰惨な顔においてではないかという気がしました。それはおそろしく感じられます。もっとも、いまそれを予想しようとすればはっきりしたことはわかりません。本質的に予想しきれないところがあります。なぜ、現在はやっている歌が二十一年あとでどういう今日の時代のイメージを喚起するかということが充分にはわからないか？　それは、結局、ああいうつまらない歌にしても、それをわれわれが、いま共有しているからでしょう。われわれがひとつの時代に生きるということはああいうつまらない歌にしても、その時代にはやる歌ならば、一種の連帯責任において共有するということだからでしょう。われわれが、ああしたつまらない歌を、じつは共通の運命のように、共有しているということが、こうしたことを考えてみるときのおそろしさの正体でもあるでしょう。

さて、過去を記憶するということ、たとえば二十一年前の過去を記憶するということはどういうことか？　私は心理学を知りませんけれども、ともかく記憶するという行為には選択がふくまれる。あるものを選んで記憶し、またあるものを思い出すことを選ぶということであることは、われわれしろうとにもわかるような気がします。ある百科事典をみますと、記憶とは、「過去の経験を保持し、それを再生する作用である」という風に説明されています。それはプラトンにはじまった考え方だそうですが、過去の経験を保持しそれを再生する作用というものは、植物にも動物にもある。柿の木だって、栗の木だって、ある季節に花を咲かせ実をみのらせる記憶作用をおこなうわけです。そこでもっとせまく、すなわち「記憶を心的過程に限定し、ことに意識の保持、再生にかぎる」のが、そして動物の習慣などは記憶から除外するのが、今ではもっと一般的な記憶の考え方だそうです。ところで人間が記憶を再生することには、意識が作用するはずです。どういう記憶を再生するかということには選択的な意志といいますか、人間の意識が働くでしょう。たとえばまったく暗いこと、いやなこと、悲惨なことばかり記憶している人間は発狂するほかはないのですから、われわれはそれを予防することをおこないます。われわれは自分の意志にしたがって、発狂したり恥のあまり死んだりしなくていい程度の、記憶を再生するわけです。しかもそうした人間の記憶が、その人間によって文章に記録されたりする場合になると、とくにその人間がどのような意識において、どのような記憶を選択し再生したがったかということは、あまりにもあからさまにわかります。

そうした記憶の再生にどういう仕方があるかということを、ごく大ざっぱにいえば、まず片方に一面的に記憶する、一方的に記憶を選択して再生しようとするタイプの人たちがいる。そして他の片方では、記憶をその人間自身にかかわるかぎり全体的に記憶しようとする、全体的に一つの事件、一つの時代を記憶して、それを全体的に再生することをめざしているタイプの人間がいる、というふうに分けることができるかと思います。具体的にいって、二十一年前の戦争と敗戦ということについて、ごく一面的、一方的に記憶することをしている人たちにどういう人たちがあるか？　戦争、敗戦について今日の自分に都合のいいところだけを選択して再生している人たちにどういう人たちがいるか？　それは、まず戦争に協力した人たちでしょう。それはまことに単純なほどはっきりした現象で、かれらは自分に都合のいい戦争の事実だけ記憶することをあからさまに求めています。もっともその都合のいいこととしてどのようなことを選ぶかは個人差があっていくぶん複雑です。たとえば、日中戦争に参加して憲兵だった男に回顧談を聞いたことがありましたが、その旧憲兵は自分が敵を撃ち殺した話は鮮明に覚えているのですが、攻撃をうけたことについてはあいまいにしか覚えていない。とくにかれの右の親指はなくなっていて、その親指については敵の方で楽しい記憶をもっているような出来事があったらしいのですが、撃ち落されてしまったその親指について、彼は記憶することを望んでいない。こどものときにすもうをとっていて指をなくしたというようなウソをいったりします。こういう人物はむしろほほえましいですが、一般に今日の日本の戦争に協力して、しかもそれを一方的にだけ記憶していこうとしている人たちの特徴は、心理的にいっておかしな被害者意識をもっていることだと思います。戦争について自己弁護に好都合な記憶のみをつみたてていながら、同時にかれらはきまって、自分が被害者だったという気持をもっています。しかも戦後の二十一年間を、あらためて被害者としてすごしてきたという気持をもっている。戦争に協力的な政治的言動をし、戦後もやはり政治的人物である人たちが、意識の奥底に、あるはずかしさをひめていないはずがないし、そういう人たちに、われわれが感じる反感というものは、ごく自然であるけれども、なぜそういう人たちが、いま頭を昂然とあげており、われわれがかれらの議論にいくらか説得されるところがあるのかというと、一般にそういう人たちは、独特の被害者意識によって自分自身を正当化する心理的根拠をえているし、おまけに二十一年間の戦後時代をもっとあからさまに被害をこうむってきたのだという、ニセの意識をわれわれに伝達する力をもっているからです。そういう悪質な記憶のメカニズムの利用者もあるわけです。

こういう一方的な記憶の対象としては、いうまでもなく、遠ければ遠いほど都合がいい。昨日の記憶を話す場合に、事実に反することをいって疑い深い他人を説得することは易しくありませんけれども、それにくらべて十年前のことを一方的な記憶によって話すことはいくらか容易である。二十一年前についてはなおさら容易であるし、百年前についてはもっとも容易である。そういうわけで、明治時代のとくに前半にたいするいわゆる国民的記憶というものは、もっとも一方的に歪曲されて、われわれのあいだにおこなわれはじめているというべきではないかと思います。戦後世代といいますか、私どもをふくむ年代の者たちのなかに、明治を体験した人間はいないわけですが、それでいて、そのなかに確信をこめて、明治はよかったという記憶を採用している人たちがでてきました。こういういい方をする人たちは、じつは明治以後の日本人の正統的な記憶を、自分の偏見において横取りする、あらためて自分の今日の主張に好都合なように歪曲して自分の記憶とする、そういう試みをおこなっているということだろうと思います。過去の記憶の一方的性格を決定するものは、現在その人間がどういう人間なのかということなのですが、その記憶のメカニズムを一等有効に利用しているのが今日の日本の保守派であろうと思います。

一人の人間が、自分はこういうふうに過去の記憶を選択しているという。ところが他の人たちが、それはちがうという、もっと綜合的な、歪んでいない記憶をもちつづけていれば、前者の説得力は危機にひんするわけですが、とくに日本の保守派の近代・現代史にかかわる記憶の一面性にとってはまことに有効なかくれみのがある。それが天皇制の思想であると思います。意識的な保守派とその影響下の民衆が、たとえば戦争前後の過去を考える。自分はあることを記憶しつづけようとしている。しかし、そのことをまともに考えつづけるならば、どうしても一方的な記憶だけにはとどまらなくなってしまう。自分にとって都合がわるくなってしまうこともまた記憶せざるをえない。そういうときに、いや、自分はもうこれ以上考えることをやめよう、誰ももうこれ以上考えなくてもいいという、一方的記憶の許容量の限界を示して、一応の安定をあたえてくれるもののひとつに確かに天皇制があると思うのです。息子を戦争でうしなった人間が、戦争の昨日と今日の現実について考えつづけ、明日の戦争について考えるにいたろうとしている時たとえば、今日、別の場所でおこなわれている慰霊祭への天皇の出席ということがあれば、その人間は一応考えつづけるのをやめて安定を得、優しい涙を流すだけで記憶を美化しおおせるということがありはしないか?

Aという人間の一方的な記憶の誤りが追及されていって、Aが窮地に陥ったときに、Aは追及するBに向って、もうこれ以上追及するなという、権威をもつ拒絶の一撃として、天皇制をもち出してくるというようなこともあります。たとえば、二十一年前の敗戦とその直後について考えてみるなら、あの時代、日本人の多くは何によって生きのびたか。戦争に敗けた荒れはてた市街でなお生きのびなければならなかったあの時代に、何によって生きのびていったか。おそらく天皇制をたよりにして生きのびたと主張する人はごくわずかでしょう。逆に天皇制にかかわって自決することに新しい生命を見出そうとした人たちさえいました。天皇制は戦後の日常生活の、生きるエネルギーの手がかりにはならなかった筈です。われわれはそれによって生きのびたのではない。そうではなくて、日本人が焼土のうちで望みをたくしたのは、民主主義という現実的な思想だった筈でしょう。民主主義、デモクラシーについても、いろいろな考え方があったにはちがいないけれども、ともかく新しい憲法が体現する民主主義的なるものを手がかりにして、われわれは生きのびてきたのではありませんか？　あの時代は、一般の民衆のレヴェルにおいて、天皇制を根本的に考え直してみることが可能な、そういう自由な雰囲気、解放された精神が一般民衆のなかにあった稀有な時代だったわけでしょう。

ところが今日の保守派とその影響下の民衆は、こういう時代であったことを現在記憶しつづけることを望んでいない。とくに二十一年前の天皇制についての自由な批判的気分の記憶を取り去ってしまった上で、敗戦と戦後を記憶しようとする。それに対して、おかしいではないか、あのとき、天皇制にたいするイメージはこういう状態であったではないか、という気持を、いまも持ちつづける人間は市民の日常生活のなかに多くないのではないか？　いわば、それを思いださせることが一つのタブーになっている。一つの禁忌になっている。そして、天皇制についてのそういう抑制の気持、ひかえめな感じ方が、敗戦と戦後の真の意味をさぐる思考を突然にちょん切る判断停止の指標となっているように思います。明治時代にしましても、明治維新の民衆的基盤であった市民たちが、天皇の元首制を確立することをひたすらめざして、明治維新をおこなったかというと、そういうことはなかった筈でしょう。市民あるいは町人や百姓は、かれら自身の解放ということをめざしている。それが明治維新の民衆的基盤であったわけでしょう。しかし今日、明治はよかったという声を発し、よかった明治の記憶をもっていると称する人たちが、明治の民衆を中心にして考えているということは、まず絶対にないといっていいように思います。しかも、明治の民衆の解放感ということを大切に考えるものにたいしては、じゃ君は天皇制についてどう考えているのかと反論することで、相手を沈黙させることができる状態ではないか？　こういう一方的記憶のための巨大なかくれみの、意識や論理の抑制の道具が厳として存在している、それが今日の日本であろうと思います。

アメリカの戦後派の小説家、ノーマン・メイラーが、ＦＢＩについて、それは一般人の芸術と一般民衆の心のなかに抑制の力をもちこんだ、それは邪悪な力であったということを書いております。ＦＢＩと天皇制とをいっしょにするつもりは毛頭ありませんが、しかし、今日の日本において一般人の芸術を抑制し、一般民衆の心のなかに抑制の力をもちこんでいるものが何であるかといえば、それはほかならぬ天皇制だと思います。かならずしも私はそれを邪悪な力というわけではない。しかし、今日の日本の民衆の芸術と心とを抑制するものが存在して、それが二十一年前の戦争にたいする記憶すらも、一面的に偏向させることに力をかしているということについては、あらためて考えてみる必要があると思います。

過去をどのように記憶するか、過去の記憶をどのように選択して維持し、選択して再生するかということで、その記憶の持主の今日の現実における在り方がきまるわけですし、あるいはその人間の今日の現実における生き方が、かれの過去の記憶の選択の仕方をきめるわけですけれども、同時に、未来に視点をうつしていえば、どういう未来の現実が存在するかを想像するその想像力、未来を選択する想像力にもまた、その人間の在り方を決定する力がある筈です。あるいはまた、その人間の今日の現実における生き方が未来への想像力をも決定する筈です。そこで過去の記憶を歪曲して、一方的に記憶することにより現在の自分の在り方を擁護しようとする人たちがめざすのは、未来についてもやはりある強引な抑制をへての、一方的な未来像の選択である筈です。そうした一方的な選択を過去から現在、そして未来へ持続していこうとする一貫性が、その人間の人格ということになるでしょう。

こういう一方的、一面的な未来への想像力というものが、非常にグロテスクな、おそろしい結果をもたらす場合があることは広く知られています。私は去年の夏、アメリカ東部の大学で、ハーマン・カーンという学者の講演をききました。その時にもゲーム理論と一緒に話に出た、かれの核戦争の未来についての意見が、たまたま最近翻訳されたドイツの戦後派詩人、エンツェンスベルガーの本に引用されていました。エンツェンスベルガーは、ナチスの虐殺をドイツ人として、その加害者、被害者の両側から、深く自分の問題として考える力をもった人で、かれがハーマン・カーンに注目したのは当然ですが、ハーマン・カーンの想像力がどんなものかといいますと、あるリストがある。「悲劇的とはいえ予測可能な戦後決算表」という表なのです。二つの段によって成り立っていまして、上の段は核戦争で何人死ぬかという予想の数です。第二段には、それに対応して、経済再建にどれだけの年月が必要かという期間の推定があげられています。こうしたことをハーマン・カーンというアメリカの学者が、一見科学的な偏執狂みたいな熱情をこめて空想し、リストにあげたわけです。この学者は背は低いのですが、美食家ということで非常に肥っていて、『不思議の国のアリス』に気違いの帽子屋という人物が出てきますが、この気違いの帽子屋をまるまるふとらせたような学者ですが、かれがこういう想像力を働かせたのです。そしてそれを科学的な計算と称しているわけです。死者が二百万人のときには経済再建は一年でできる。死者五百万人のときには二年でいい。そして八千万人死んだときには五十年かかり、一億六千万人死んだときには百年かかるという計算です。「悲劇的とはいえ予測可能な戦後決算表」というのがその奇怪な想像力の行使のタイトルですが、核戦争についてこういう空想をすること自体が、人間的意味にかかわっていえば、まことにグロテスクである。なぜかといえば、この学者はそういう死者、一億六千万人にものぼる死者のうちに自分自身を入れないで考えているように思われる。こういう態度こそはグロテスクにほかならないと思います。一億六千万の人間が死ぬかもしれないけれども、自分は生き残って、悲劇的とはいえ予測可能な状況における経済再建をおこなう決心である。一人の学者がそういうグロテスクな歪みのある想像力をもっているということを、それほどおそろしく感じない人がいても、しかしこういう学者の仕事が広くアメリカ社会でみとめられているということは、一億六千万人が死んだとしても、自分だけは生き残るということを考えている一般民衆の想像力の欠落した部分にこびるということがおこなわれていることだと考えれば、平気ではいられないでしょう。一般民衆が未来についておのおのの全体的な想像力をもっていて、たとえ死者が二百万であるにしても、自分はそのなかに入りうるだろう、おおいに入るかもしれないということを想像する力をもっていれば、そういう民衆にたいして、こうした大量殺戮以後の経済再建についての意見は説得力をもたないわけです。逆に一般民衆に未来の戦争にたいするそうした想像力の欠落した部分があれば、こういう気違いじみた学者の意見がそこにくいこむ余地があるということだと思います。それはすなわち、われわれがあまりに破廉恥でありたくなければ、過去について全体的な記憶を持つことにつとめなければならない。過去について全体的なバランスのとれた記憶力をもち、自分の気に入らない記憶を抹殺したい誘惑に勝たねばならない。それによって、今日の現実における態度のバランスをとらなければならない、ということと同じように、未来にたいしても、未来の核戦争にたいしても全体的な想像力をもたねばならない。それによって、今日現実に生きる自分自身のバランスをとらなければならないということだろうと私は考えます。

過去の全体的な記憶のむつかしさは、特に戦争について考えればまことに明白です。二十一年前の敗戦にいたる戦争について日本の民衆は被害者でありましたけれども、加害者であったことも確実です。しかしそれは記憶しつづけることが易しくはない。とくに戦争といった激甚な時代の渦中にいると、一方的にしかものを見ることができない、一方的な記憶しかつくり上げることができないということが、むしろ普通でしょう。私の村のお百姓さんの息子が、これはもう太平洋戦争に発展した後ですが、中国の戦場で負傷して村に帰ってきて、子供をあつめて講話をしました。中国人というものはまことに未開で無道徳であるということをみなさんに証明しますといいました。中国にはタマディ(他媽的)というののしりの言葉があって、これはおまえのお母さんを姦せよという意味である、この言葉がよく使われることからいっても、中国人が近親相姦をおこなう国民であることがわかる、これは未開で無道徳ではありませんかといって、私ども村の子供を驚かせました。しかし、戦後いくらか自分で本を読めるようになりましてから、私はアグネス・スメドレーの『中国の歌ごえ』を読んで、むしろ日本人がタマディという言葉でののしらなければならないイメージにおいて、中国の若い兵隊にとらえられているのを発見しました。日本人には近親相姦の習慣があると信じられているような印象でした。ともかく、一つの戦争にかかわって生きていても特に努力しなければ、両側でそれを一方的にしか把握できないのが一般でしょう。

戦争が終わったあと、もしわれわれが全体的に戦争を記憶する意志を持って努力しなければ、われわれの記憶力は一方的な歪みを育てつづけ、その全体性は衰弱してしまう。公正な記憶力、それを歴史と呼んでもいいが、それからみれば、恥知らずなことになってしまう。そういうことが、まずあると思います。同時に今日においてはますます切実に、未来の戦争について全体的な想像力をもたなければならない。なぜならば、もし次の核戦争がおこなわれるならば、われわれが被害者であることは確実だけれども、同時にわれわれは加害者であることもまぬがれないにちがいない。沖縄から出発した飛行機が中国に核爆弾を落し、その灰かあるいは中国の核爆弾で日本が亡びるとすれば、われわれは悲惨な被害者であると同時に、陰惨な加害者でもある。そういうことを考えれば、未来の戦争について、片側のみにとどまらない全体的な想像力を養うほかに、反戦の思想の持ちようもないでしょう。今日の戦争反対の思想は、未来の戦争において自分は被害者でありたくない、被害者であることを拒否するという思想であると同時に、未来の戦争における加害者でありたくない、加害者であることも拒否する、という思想でなければならない筈です。過去と未来の戦争を考えるにあたって、そういう全体的な記憶と想像力を持つことが切実に必要とされていると思います。そうした記憶と想像力をかちとるためには、あらゆる一面的一方的な力に抑制されてはならない。抑制される心をこばむことによって、自由に解放された精神において、過去の戦争を記憶しつづけなければならない、未来の戦争を想像しなければならないと思うのです。ノーマン・メイラーがいうように、抑制の力がひとつの国家にもちこまれたときには、芸術家たちはその仕事をちぢみあがらせてしまうし、一般民衆はその心をちぢこまらせてしまう。そうした抑制に抵抗して、自由に解放された精神において、未来の戦争を想像する、過去の戦争を記憶しつづけるということは、小説家をふくめて、芸術家の義務でしょうし、一般の市民の必要とするところでもあって、そうした「邪悪な力」に抵抗することこそ、一般民衆と芸術家の、おそらく最低限の共通の義務であろうと思うのであります。

〔一九六六年〕

紀元節と個人の「自己」の問題

紀元節復活論をめぐって年々歳々くりかえされる論争の、一九六五年版のトピックは、若い世代のうちの紀元節復活賛成派が、かなり数多く、しかもくっきりと、姿をあらわしたということであろう。もっとも、かれらが、とくに積極的に紀元節を必要と感じ、それを主張しているという様子ではない。いくつかの世論調査が示すように、これらの若い紀元節賛成派は、紀元節への無関心層のひとつのあらわれにすぎないとみなすのが、妥当なように思われる。すなわちかれらは、紀元節に、あえて反対ではない、という種類の賛成派である。

『朝日ジャーナル』によせられた投書のうち、若い層によるものの数が圧倒的であるが、それらのなかで紀元節への賛成論を語っている若い声のそれぞれは、唯一の例外をのぞいて、あえて反対ではない、という意見を、いくらか語気をつよめて語ったものにすぎないと感じられる。すなわち、水や穀物が、必要不可欠であるといった、そういう現実的な緊急の要求として、紀元節の復活をのぞんでいるものは、あとにのべる一つの例外をのぞいて、他には見あたらなかった。

もっともこの数年来の紀元節復活論そのものが、一般にそうした性格のものであったというべきであろう。紀元節はつねに、それそのものが、水や穀物のように復活論者から求められているのではなかった。紀元節という一つの杭をうち縄を張って、それよりこちらがわの旧体制の匂いのする土地を占拠しようという目的の人びとが、すなわち日本の保守派たちであった。かれらにとっても紀元節は決して直接の目的でない。

かれらがどのように欺瞞の言葉をならべるにしても、それはそうでない。紀元節復活派の提案理由のあいもかわらぬ脆弱さが、つねにそれをあきらかにしている。

現に、紀元節が存在しないことによって、苦痛をあじわっている、紀元節の不在に現実的な、具体的な損害をこうむって、それゆえに紀元節の復活を熱望しているという、そういう直接的な紀元節要求の声がきかれたことはない。したがって、いつまでたっても、紀元節復活派のすべての意見に、なんとなく釈然としない、うさんくさいところが消えない。ところが同時にそれは、紀元節反対派の攻撃方法や攻撃目標をもあいまいにし、かれらの誰も致命的な一撃をうちこむことができないという結果をもたらしたのであった。

現在の紀元節論争は、じっさいには誰も、それが自分の現実生活に、直接かかわってくるとは思っていない。架空の対象を相手にした政治的ゲームなのである。それはゲームだから、ある一勝負に片方が勝っても、次にはすぐ、おなじゲームが新しくはじめられ、ゲームは無限回つづけられる可能性がある。いったん負けた側が、すぐ新しいゲームに挑戦しても、その態度が倫理的に咎められるということはない。日本の保守派が、じつにたびたび紀元節論争に敗れながら、いささかも倫理的にみずからを恥じることなく、すぐさま次の紀元節復活の動きにのりだすのは、かれらが実際に傷ついていないからであり、紀元節論争とは、かれらがそれに敗れることで傷つくような深刻な争いではない。保守派の政治家にとって、これは架空のボールを蹴ってかけまわる愉快なゲームにすぎないのである。

ところがゲームがくりかえされるうちに、このゲームに学者としての現実生活を賭けて参加している人間は、当然疲れたりあきあきしたりして、しだいに消極的になるであろう。ジャーナリズムは退屈するだろうし、進歩派の政治家はもっと切実な問題に主力を転じることになるであろう。そこで逆転がおとずれる。そして常勝の反対派がゲームを失い、賛成派が勝利を得る日、突然に試合は、すでに単純なゲームでない。保守派は紀元節という現実の杭を一本うちこみ、それ相応の地面を獲得したのである。これが紀元節論争のカラクリの全体だ。

しかし、それも民衆の個人生活の内容がしっかりしている社会においては、すなわち為政者の隠微な宣伝への健全な抵抗力がそなわっている社会ならば、保守派の獲得した地面がとくに過大な力を発揮することはないであろう。紀元節をめぐる論議は、結局そのような性格のもの以上ではない。

ところがそのような紀元節論議の年々歳々の反覆のうちに、なぜ、若い世代の紀元節賛成派の増加ということがおこったのであろうか？　なぜ若い世代の無関心層が、消極的ながらも賛成派のムードに同化していったのであろうか？　それは、まず、現代の日本のようなマス・コミュニケーション時代に「強権」が隠微に発揮する宣伝力の感化ということであるだろう。そして、おなじく、これまで紀元節論争の片翼をになってきた、日本の進歩派たちの失点にもとづくものでもあるはずである。

すでにのべたように、紀元節賛成派に、とくに切実な紀元節熱望の理由がなく、それをリードする保守派の政治家たちの思惑だけが露骨であったという状態は、紀元節反対派の攻撃態勢をもまた、あいまいで実体のはっきりしないものとした。かれらは、若い世代への紀元節反対理由の説得にあたり、その思想を、若い世代の今日の現実生活の内容にむすびつけ、具体化することにおいて十分でなかった。むしろ、まったく不十分であった。

紀元節復活は、旧体制の復活、天皇主権国家の体制につらなる、というのが紀元節反対派のごく一般的な論法だったが、若い世代にとってみれば、この種の「つらなる」タイプの論法は、かなり迂遠なものに聞えたはずである。戦後においてのみ育った若い層にとってみれば、紀元節復活を契機とした戦前の旧体制時代の大洪水のような再現というイメージは、相当な想像力の発揮によってしか、自分のものとすることができないであろう。逆に、かれらの戦後的な頭脳の奥底には、単に紀元節の復活くらいで、旧体制がすべて勢力をもりかえすことはないだろう、という地道な推測が芽ばえていたことであろう。

　そのような若い層の耳に、進歩派の紀元節批判の論法は、「狼が、狼が!」というヒステリックな過剰防衛的警告のように響いて、むしろかれらに単純な反撥心をひきおこし、旧体制復活の危険へのタカをくくった気分とあいまって、紀元節賛成派の増加が結果したのではあるまいか? かれらは本質的には、無関心層の若者たちであり、進歩派の紀元節反対論の具体性、現実性の欠如への素朴な反撥から、しだいに保守派の思惑にのってしまった若者たちであるとみなすべきであろう。したがって、かれらの賛成論のうちに、紀元節への積極的な要求の声を聞きとることは不可能だ。かれらの声は一様に、あの隠微な「強権」の宣伝の響きをつたえるのみである。神奈川県でおこなわれた二月十一日のさまざまな催しを観察したジャーナリストの目にも、積極的に紀元節復活運動への参加の志を表現する若者たちは見あたらなかった模様である。

　ところが、『朝日ジャーナル』への数かずの投書のうち、ただ一通だけ、紀元節をまさに水や穀物のように必要とし、その不在を苦痛としていることのうかがわれるものがあった。それは十九歳の少年自衛隊員の投書である。この投書にもられた感情は、おなじ年齢層の紀元節賛成派の学生たちの、気分的でかつわけ知りふうな余裕のある賛成意見とはちがう。

投書の数例を見るだけで、反対派の学生たちの調子の激しさにくらべて（それも日本の進歩派の紀元節に対する一般的な態度の例外でなしに、未来に巨大な危機を想定した切迫感であって、今日の現在の小さな不満や恐怖を反映しているものではなく、公平にみて、やはり狼が、狼が！という響きをそなえているが）、賛成派のおおむねの文章が、穏やかで、ゆったりしていて、家族あるいは個人を、国家に無抵抗にむすびつけて、紀元節の論理を演繹するといった、実は無関心層の一変型にすぎない実体をすぐさまあらわにするのであるが、この自衛隊員は、そうしたタイプの投書家ではないのである。

もっとも、かれの意見は、その言葉の表面に関するかぎり、自衛隊の道徳教育家の通俗モラルの反覆にすぎない。たとえば、かれはこういうふうに書くのみである。《紀元節についてもすぐ戦争に結びつけずに、昭和史にも明治大正史にもない、遠い遠い平和で素朴なりし頃の祖先の労をねぎらうためにも、彼等の紀元節を復活しようじゃないか。そして昭和の吾々先輩がよごした彼等の美しい平和であるべきはずの紀元節を吾々戦後の若人の手できれいに洗ってやろうじゃないか。》しかし、かれの投書の紙背にひそむ感情は、かれが自衛隊員としての日常生活に、決定的な欠落の感覚をいだいている、ということをあかしている。

この自衛隊員の少年はそれを無意識に告白するためにのみ、この投書を書いたといっていい。少年は自衛隊員としての日々の生活に平衡感覚の欠如を見出しており、漠然たる不安あるいは危険を感じている。そしてかれは自衛隊生活を平常なものと感じさせない、この欠落を充塡してくれる存在を模索し、紀元節の復活とそれにつづく、まっとうな陽のあたる場所での自衛隊生活という夢想にすがりついたのであろう。かれにとって紀元節はまさに必要な水であり穀物なのだ。

進歩派がこのような少年を説得し、紀元節反対派に転向させることをめざすとすれば、かれらは、現在の憲法のもとにある自衛隊の一員として、どういう意識と論理をもてば、こうした欠落感なしに生きることができるかということを、具体的にあきらかにしなければならない。それは、現実の問題として、進歩派がその自衛隊批判においてもまた、自衛隊員の心の内部に関わる考察をないがしろにしていては、時代遅れになるだろうことを示すものであろう。ここには困難な課題がある。

アメリカの黒人作家、ジェームズ・ボールドウィンは、評論集『誰も私の名を知らない《ノー・ボデー・ノーズ・マイ・ネーム》』の序文で《とくにアメリカでは、色の問題が、より重大な自己の問題をおいかくすように働く。われわれがネグロ問題をアメリカ人の生活でもっとも重要な問題であるとともに、もっとも危険な問題であると呼びたいのは、まさにそれゆえにである》ということをいっている。これが、黒人解放運動にたいして否定的な保守派の言葉でなく、ボールドウィンという進歩的な黒人の反省であることは、われわれに暗示をあたえる。

紀元節問題をめぐっての論争のみならず、近来の、保守派と進歩派の論争、明治の評価の態度のくいちがいのような場合にも、結局はボールドウィンが、皮膚の色の問題と、ひとりの個人の自己の問題について指摘するとおなじ状態が、あらわであるように思われるのである。とくに若い世代の反応について、それは明瞭であろう。

すなわち、紀元節復活に賛成か反対かという問題を考え、自分の立場を決定することをおこなう若者は、そのかわりに一九六〇年代の日本人のひとりとしての自己の問題、まさに、より重大な問題を考えることをおこなわない。紀元節の問題は、自分がどのようなタイプの一九六〇年代の日本人であるか、ということと離れて独走する。それゆえにこそ、紀元節についての賛成派も反対派も、かれ自身の自己にかかわる、もっとも根本的な理由をもたないことを、うすうす感じているということになるのではないか?

明治時代に対する関心も、この二十年の戦後の時代を生きた一九六〇年代のひとりの日本人としての、自己の問題を考える態度を中心にすえて、そのうえで明治にむかうのでなければ(とくにわれわれ戦後世代は)、明治ブームの潮にのせられるばかりで、明治時代への真の批判力をもつにいたらない。おなじく明治の精髄への真の継承力をもつにいたらない。

紀元節についての論争が、われわれ個人の自己の問題にかかわって本当に意味をもつのは、ただわれわれが、次のようなタイプの考え方を採用するときのみであろう。すなわち、一九六〇年代のひとりの日本人として、今日の現実生活を生きるために、紀元節はどのように必要か、必要でないか、と考えるときのみであろう。このような態度において、紀元節に対するのでなければ、われわれがこの紀元節をめぐる、不毛で、こけおどかしで、いかにもまやかしくさい議論の堂どうめぐりから脱けだすことはできないし、それなしでは、とくに若い世代の、なかばは無関心層ともいうべき消極的な紀元節賛成ムード派の数は、しだいに増加するであろう。

いかなる問題についてもつねに個人の「自己」にかかわって、みずからの態度を決定するほかに、マス・コミュニケーション時代における「強権」への抵抗法はありえないはずである。

〔一九六五年〕

持続する志

僕はこの夏から秋の終りにかけてアメリカ東部の大学の寮で暮したが、その間、毎月読んでいた日本の雑誌は『世界』で、それはあらためて異郷の一日本人に、この雑誌のもっているまさに独特な力を深く認識させるものであった。僕はアメリカの良識を確保しつづける数多くの人びとに会うことがあった。そのなかにはモーゲンソー教授をはじめ、リースマン教授やフォーク助教授、I・F・ストーン氏のように『世界』の直接の寄稿者である人びと、または間接的に『世界』の思想と血縁関係をもつ人びとがいた。しかし、ふりかえって綜合すれば、僕はやはり様ざまな局面においてあらわれる孤立感のうちの旅行者であった。僕はたびたび、絶対に承服できないものの前に暗然と沈黙している東洋人である自分を見出した。あるいは、いくらかの無力の声を発して抗議している自分を見出した。そしてそういう時、僕は『世界』を自分の背後の一拠点のように感じて力づけられるのであった。僕の記憶にある限りでも、すなわち僕がその読者となって以後についてのみいっても、『世界』は質と量において、じつに堂どうと、日本の学者と市民の威厳を欧米に証明するに足る仕事を積みかさねてきていると思われた。もし『世界』が存在しなかったとしたら、と考えることは僕に一種の恐怖感をあじあわせた。端的に僕はこのような雑誌を持たない国民として日本人像を思いえがくことを恥のように感じたし、また現に、東京から送られてくるこの雑誌なしでは、おそらく僕は自分のアメリカでの孤立感を主体的に正当化し価値づける証拠を採集するにあたって、困難と不確かさの感覚になやまされたことであろう。日本からの人間的な声が、アメリカにいたることは、きわめて容易でないことに感じられるのであったが、すくなくとも僕は、ここに『世界』という雑誌があり、もしそれが完全に翻訳されるとすれば、アメリカの知識人たちの関心を、正面から確実にひきつけ得るものだと考えることで、それを日本人の威信のひとつの証拠と感じていたのである。

もっとも日本から届く『世界』を読むことで、僕がつねに勇気づけられた、というのではない。時には、旅行者として、しばらく忘れさっていることも不可能ではない、深い淵の真の暗黒をあらためてのぞき見てしまったという感情にとらえられることがあった。それは僕が旅先のアメリカで無意識的あるいは意識的にも、逃れようとしていたところの故郷の森の怪物に、ふたたび面とむかうことを強制される体験のように思われた。僕の覚醒感はつねに二重構造であった。

ベトナム問題についてすでにそうであった。日韓問題については、まさに完全にそうであった。日韓問題は、大内兵衛先生の「日中問題は日米問題である」という文章の表題と「日韓問題は日中問題である」という小見出しがいかにも明確に論理関係づけている意味において、日米問題そのものであるが、アメリカに滞在している日本人には、日韓問題についてのインフォメイションを得ることが、きわめて困難であった。日本人にとどまらず、アメリカの一般市民についていえば、そのどれだけの数が、日韓両国に関わってアメリカの現におこなっていることを知っているだろうか？それは空想してみる者をして慄然とさせる。

ボストンでのある一日、僕はその書斎や居間のみならず廊下にまで朝鮮の古美術品をあふれさせた朝鮮通のアメリカ人の家にまねかれて、おなじくそこに招待された日本人留学生、朝鮮人留学生たちと、日韓条約をめぐって激しい議論をかわした。とくに日本人留学生は、いかにも善意の人物であってかれが日韓条約に《基本的に》賛成だという時、僕はかれにいかなる悪しき底意も見出しはしなかった。しかし僕には、かれの考え方に直截に欠けているのが、日韓問題についての具体的なインフォメイションであって、もしそれがかれに与えられさえすれば、かれの善意はかれをして、そのまま日韓条約に《基本的に》反対であるという意見にみちびいたであろうことが、明らかに思われたのであった。ところがかれは善意の人間であるとともに、高度に知的な人間であって、狭く限られたインフォメイションから、かれ自身の日韓問題への態度を一応破綻なく整備しようとつとめたあげく、歪んだ癒着を生じせしめていて、すなわち僕とかれとの議論は堂どうめぐりし渋滞し、結局お互いに理解しあえないままとなってしまった。

　むしろ僕により印象深く思われたのは、朝鮮人留学生の態度であった。かれは李承晩政権当時、アメリカに留学してそのまま今日にいたり、意識的に故国からのインフォメイションを排しているとさえ感じられる人物で、日韓条約の内容についてはまったくなにひとつ知らなかったが、僕はかれと議論するうちに、様ざまな論理と感覚の一致を見出したのであった。かれは韓国とアメリカとの積極的な相関に、かれ自身の個人的な未来をかけている。そうしたエリートの留学生でありながら、日韓条約締結後の日本と韓国との関わりあいのイメージに、かれの少年時代の思い出とかさなりあうものを見出して、それこそ《基本的に》不安を表明したのであった。僕はかれが日韓問題について充分なインフォメイションを得ることがあれば、と切実な気持でそれを望んだことをおぼえている。そして、もしかれの国にもまた『世界』のように independent な雑誌があり、それが言論統制の圧力に抗して生きつづけていたとしたら、(それが現実的に不可能な、まさにありうべからざることであることを、われわれは死刑に処せられた韓国のジャーナリストの具体的な面影とともに熟知しているのであるが、こうした言論統制が、いったん民主主義の名において解放された市民たちを再び縛る危機の、身近な現実性について、われわれが特におびえることがないのはなにゆえであろうか？　韓国で現におこっていることが、近い将来日本でおこる筈がないと確信している知識人が数多いとしたら、これはもっとも質の悪い、自国および韓国への偏見というべきではあるまいか？)おそらく、この朝鮮人留学生は、日韓問題ひいてはかれの祖国の運命から、アメリカでの生活の間もこれほど超然と《一時、降りて》いることはできないのではあるまいか、と僕は考えた。
さて、僕が初めて意識的に『世界』を手にとったのは一九五一年の夏休みあけのことであった。僕は十六歳の高校生で地方に住んでいた。朝鮮戦争が、僕に、日本および日本人の被占領ということについて新しい眼をひらいていた。しかし、とくに政治的な方向に関心をもつというのではないひとりの地方高校生が、他ならない『世界』を読んでみようと思いたったのは、やはり『世界』一九五一年十月号、すなわち講和問題特輯号が、いかに地理的に奥行き深く、年齢的にも広い幅において、日本人の心にアッピールする力をもっていたかということをあかしだてているように思われる。
ほぼ十五年を経て、僕はあらためて、この『世界』第七十号を読む機会を得た。そして僕は茫然とするほど、じつに多くのことを思いだした。まず「読者へ訴う」という巻頭の文章が、僕に胸をしめつけるような感情をひきおこしたことを僕は思い出した。それはたとえば、次のような一節をつうじて、僕に自分の将来への漠然たる不幸な予感といった風に作用したようにも思われる。《講和がわれわれに何の苦痛も負担ももたらさないものとして成立するなどということは、もとより望み得ることではないし、まして、われわれのかいかいいいい力によって変更させ得る性質のものでないということは、いうまでもないであろう。》
そしてまた僕は、出隆の選挙運動中に逮捕され占領軍の軍裁にまわされた十六人の東大生の噂に鋭い刺戟をうけていたが、そのひとりの学生が、佐多稲子氏の令息であることを、この雑誌の創作欄において見出し、小説『連繋』を深く心にとどめたことをおぼえている。古在由重氏の次のような一節も、僕にいま確実な手ごたえのある記憶を喚起する、《最後にぜひ一言いっておきたいこと。——これは日本民族を破滅へつきおとし、世界の平和をおびやかす草案である。いまこそ、卑屈な沈黙をすてよう。平和憲法の明文にしたがって、世界の人民とともに、いまこそ平和への念願をはっきり言葉と行動にあらわそう。勇気と確信をもって。》

この号にはまた、当時病床にいられた丸山真男教授の談話がのっているが、そのうちの『ニュー・ステーツマン・アンド・ネーション』最近号を読んでの印象について語られている次のような一節は、地方の高校生に外国語を(それもあのころの僕の決心では、英語より他の外国語を)学ぶことを直截に鼓舞する力であった。《片端から読んで行くと当然のことながら、朝鮮停戦問題にせよ、アメリカ国内の動向にせよ、日本の新聞、ラジオが伝える模様とは調子がガラリと変っている。》

戦後の民主主義時代に中等教育をうけた人間である僕にとって、こうした事情、国内の報道と外国誌のそれのくいちがいなどということは、戦時中あるいはそれ以前のことで、現在はそれが克服されているのだという、ナイーヴきわまる固定観念があったのであり、この雑誌に接したあたりから、僕の戦後に対する感覚は変化しはじめたように思われるのである。

それ以来、僕はかならずしも勤勉な読者ではなかったし、そもそも、僕の読書能力が、『世界』の水準に追いつくまでに永い時が必要であったが、いま僕は、この雑誌をつうじて、《もうひとつの大学》に学んだという感慨をいだいている。僕は、自分が現実に政治的な、あるいは国際的な問題を理解しようとして困難あるいは不安をおぼえるたびに、実際、切実にこの《もうひとつの大学》を頼りにした。

ここ数年、僕は『世界』の毎号をつづけて読むが、それ以前の、数ヵ月ごとにひとつの特輯号を読むという読み方であったころにも、僕は『世界』に、ひとつの持続性というものをつねに感じていた。すなわち、ある号を読めば、僕は大学の図書館でバック・ナンバーを借りだし、最近号にクローズ・アップされている問題を、それに到るまで根気づよく地道に追求している、いわばその最近号への思想の川の流れを、さかのぼってみないではいられなかったし、それは僕にとって特に大きい負担ではなかった。『世界』のある号を読んで、そこにバック・ナンバーの内になんらかの形でその淵源を見出せないような論文に出会うことはなかったから。この持続性こそが、僕にもっとも深い畏敬の念を呼びおこす『世界』の個性である。しかも僕は、保守的な雑誌について、その持続性をいっているのではない。『世界』二百号にあたって発行された総目次を見ると、中国、韓国、沖縄はじめ様ざまな緊急の問題についての執拗な持続性は、じつに歴然たるものがある。それは単に、ひとつの問題が白熱した時、それを特輯し、そのあとアフター・サーヴィスをおこなうという種の持続性、受身の持続性ではない。それは能動的な持続性であって、現実世界あるいはジャーナリズムにひとつの問題が顕在化する以前に、それらをいわば萌芽の状態において、あらかじめこの雑誌に採取してしまうという印象がある。これを歴史感覚による持続性と僕は呼ぶ。そしてこれは、おおいに善きアカデミズムの能力が可能としているところのことである。学者が接近を予告する。獲物が眼の前に現われた時、作家や批評家をふくめたジャーナリストが現実にそれを追跡し、つかまえてくる。再び、学者が判断をくだし、持続性の流れのうちに位置づける。僕はこうしたアカデミズムとジャーナリズムの分業による協同に、もっとも魅力を感じる。

『世界』二百号の総目次は、また、その一号、一号が、その時どきのアクチュアリティの全体を幅広く至当な距離からとらえている雑誌でもあることを示している。しかも、このアクチュアリティへの綜合的な密着の度合は、時がたつごとにより明らかに見えてくる種類のそれであって、僕はそれを、歴史感覚による今日性と呼ぶ。明治の雑誌のバック・ナンバーを読むことで得られる衝撃的な興味深さは、いわば『ガリヴァー旅行記』の面白さに似かよっている。それはいったんわれわれの世界から切断された別の世界の、具体的、現実的な細部そのものから、われわれの現代社会を批評的に再発見せしめる声を聞く体験である。しかし、戦後二十年間を持続した雑誌のバック・ナンバーにおいて、確かに幾年かずつさかのぼってのわれわれの国に、今日のわれわれの社会の細部とはことなった様相がすでに固定しているとはいえ、この場合、われわれの世界と、ガリヴァーの訪れる世界とは、やはり陸つづきである。少なくとも、この雑誌が、われわれに陸つづきの通路図を提供してくれる。もし意識して眼をとじるというのでなければ、われわれの現実世界あるいは時代への認識力、想像力を時間にかかわる任意の断絶でもって単純化することは不可能である。このように一貫して証言しつづけている粘りづよい証人がいる以上それは一種の裏切りというべきであろう。

たまたま僕がアメリカに滞在しているあいだに『ネーション』誌の創刊百周年記念号が発行された。アメリカの時代の捩れのもっとも激しい百年を、批判的にカヴァーしつづけたこの綜合誌の記念号は、その時どきの論説を再録して感銘深いものであった。バートランド・ラッセル卿は『ネーション』誌の百年間にわたる、個人の自由と社会の公正のために持続された声をたたえ、アメリカの《圧制と頑迷の climate》が一層あ僕はそのような読者のひとりたることを希望し、そのような雑誌の寄稿者の末席につらなることを誇りとする。

〔一九六五年〕

は、われわれ読者自身の持続する志にもかかっている。
な雑誌が、どのように可能であるかということの一半
計る時代をつうじて、なお志を持続しつづける批判的
とつの国家が、その持続性を放棄して転換することを
っとも確かな手がかりを持つであろう。もちろん、ひ
に生きることができたかどうかを確認するための、も
二十年後に、自分自身が、青春以後の二十年を持続的
とである。僕はこの雑誌が、その志を持続するかぎり、
mate》の内での、強力な抵抗にさからう持続というこ
進行しはじめた、われわれの国の《圧制と頑迷の cli-
しかもそれは、日韓条約の強行採決を契機に露骨に
らの二十年間にわたる持続への志を示すものであろう。
『世界』のこの二十年間の持続は、そのまま明日か
な考え方、率直さを評価する祝詞をよせた。
きらかにしてきた、この雑誌の independent の急進的

死んだ学生への想像力

われわれの首相が、南ベトナムをふくむ東南アジア、大洋州訪問の旅に出発した後の空港脇に、十九歳の京大生たる、われわれの同胞が、頭や胸、腹を轢《ひ》かれた死体となって横たわった。警官隊と学生たちのデモ隊との衝突のさなかにおこった死ではあるが、実際に若者を轢き殺したのは、おなじ若者たちが奪いとって運転していた給水車であったとつたえられる。

この暗く悲惨な死の報道は、われわれ日本の市民に、まことにいいようもない辛いショックをあたえるものであった。死んだ学生をいたむ声のうちに、そのショックのもたらした響きがあきらかに聞きとれたことはいうまでもないが、ごくごく鈍感な反応や、諸政党の公式意見、政府筋の見解をのぞけば、学生たちの「暴徒」ぶりを居丈高に罵る声の裏側にすら、この学生の死のひきおこした、深甚なショックによる動揺はうかがわれたように思われる。それはなぜか？

ひとりの新しく大学にはいったばかりの学生が、試験期にもかかわらず、母親にも内密に、羽田空港での荒あらしいデモのために上京してくる。その学生をデモにむかってかりたてた内的な動機とは、自分たちの首相がほかならぬ南ベトナムを訪問しようとしていることへの、押えようもない不安であったにちがいないが、この学生の死体によってめざめさせられた眼によって、日本の市民が、それこそごくごく鈍感なものをのぞけば、あらためて自分の内部に、死んだ学生とおなじ不安を、まざまざと見たからである。

ある新聞は《高度成長――天下太平ムードからみれば、全く意外ともいえるこんどの学生たちの〝暴走〟》

と書いたが、誰も心の底から信じているわけではない高度成長――天下太平ムードに仮に身をまかせることによって、眼をつぶっていようとしていた内心の不安の実態が、たちまち赤裸に曝されてしまうのを感じたからである。首相は、われわれの国とわれわれとをどこにみちびこうとしているのかという根本的な不安が、ほかならぬわれわれみなの内部に実在していることに思い到らぬわけにはゆかなかったからである。

死んだ学生が、あの「暴徒化」したと報道されたデモの九割以上の学生たちとおなじく、ごく一般の学生であったことは、かれの痛ましい生涯の短い閲歴があきらかに示している。かれがこのデモを生きのびることができたとしたら、かれはデモの大半の参加者がそうなるであろうように、決して「暴徒」たることのない、健全で、かつ真摯な社会的関心をもつ市民となったことであろう。そのような一般的なタイプの学生が、かれと似かよった数千人の学生たちとともども、ついには死に到るべきデモにでかけて行ったことは、すなわちかれおよび、かれと似た学生たちの内部の不安、焦燥感が、どのように濃く重いものであったかを示すものであるはずである。文相は「こんどの事件は全学連の一部過激派の行動であって本質的に学生運動とは認めがたい」という立場をとっているが、今日の学生たちの実際にふれるものならば、「一部過激派」といわれるものの実態が、ごく少数の指導者たちをのぞけば、ある社会的緊張のたびごとに、その内なる不安、焦燥感をかきたてられ、かれらの自然な自由意志によってデモに参加する、一般的な学生たちであることをただちに見出すであろう。

ごく少数の指導者たちがこうした学生たち一般に対して、民主的な相互関係の範囲をこえる命令を発したとすれば、受け手たちが知的に生きいきしている学生たちの集団であるだけに、かれら少数の命令者たちは浮きあがらざるをえないであろう。

もし、今度のデモの組織者たちがデマゴーグとしての自分の力を過信しているとすれば、それは当っていないといわねばならぬ。一般学生のひとりひとりの内部の緊張が、それぞれ個々の責任において、強く激しくなければ、今日あのようにも大規模のすさまじいデモが成立するはずはない。

ある少数の学生グループの恣意が、今ひとりの一般学生をして、かれの惨めな死に向って孤独に駈けださせる力を持つであろうか？　そのような呼びかけが、たとえあったにしても一般学生は、自分は厭だといって教室に残り、デモ隊に加わらないことによって、ただちに他人の恣意を拒否できるのである。

しかもなお羽田周辺のデモが、「暴動」とみなされるほどにも激しく、ついには死者を出してしまったということは、かれら一般的な学生たちを羽田にむかわせたところの、かれらの個々の内部の緊張が、いかにきびしいものであったかをものがたるであろう。首相の南ベトナム訪問が、学生たちの心にあたえている不安、焦燥感が、どのように大きく暗いものであるかを端的に示すであろう。そして、そうした内部の衝迫力が青年たちの肉体をつうじて外部にあらわれ、激しいデモとなった時、これらの学生たち全体を十全に統率することは、デモを企画し推進する執行部の実力の範囲をすでにこえるものであったともまたいわなければならないであろう。

羽田のデモを主催した反代々木の全学連の指導者のうち、革マル派の委員長は、「山崎君の死については、たとえそれが警察のいうように学友が学友を偶然ひいた不幸な事件だったと仮定しても、自分たちは警視庁機動隊の常軌を逸した態度が事件の根本原因であると抗議する。ひいては、佐藤首相ベトナム訪問への道を、機動隊を使ってはき清めた政府に責任がある」といい、三派系の委員長は、「山崎君は学生の運転する車にひかれて死んだのではなく、警官隊のコン棒でなぐり殺された」と語ったが、現にかれらの指導したデモにおいて、このようにも惨めな死者が出たことについて、かれらが自分たちの統率力にかかわる熱い恥の感覚をかくし持っているのであろうことを疑うわけにはゆかない。

かれら活動家のひそかな内部をもっとも苦しめるものは、かれらの主催した行動を「暴徒化」したとみなす世論ではなく、「党の統制に服さぬ急進的学生運動」の「大衆の支持を得られぬような無秩序な行動」を非難する社会党や、「事件の本質は反動勢力と極左的な反革命分子との衝突である。わが党はトロツキストのこれらの行動を粉砕し、ベトナム侵略戦争反対の統一行動を一層発展させるため奮闘する」という共産党のきわめて冷淡な反応でもなく、ただ、かれらの内心を嚙むこの恥の感覚であることであろう。

それを思えば、学生の死の午後、ひとりの学生指導者が語った、「警察の暴力に対抗するにはあれしか方法はない。一般市民や民家の被害は警官の過剰警備によるものであり、すべて警察側の責任だ。八日の戦いで警察力を打破れる自信ができた。さらに催涙弾対策など研究し、七〇年闘争に備える」という勇ましい言葉もしらじらしく聞えるのである。それよりも一九七〇年に関わって、われわれ市民の心の奥に、この悲惨な死者のもたらしたショックがひろげる波紋の行先は、一般には次のようであるだろう。

すなわち、この羽田のデモに学生たちをおもむかせた、かれらの内心の(そして、ひいてはわれわれ市民の内心の)不安、焦燥感の根が、現在の政府によって解消すべくつとめられるどころか、ますます肥大させられる趨勢にある以上、一九七〇年にはもっと切実な緊迫した内的動機にかられた、より多数の学生たちのデモがおこなわれざるをえないであろうし、それを十全に統率しうる力などはありえないであろうから、社会党・共産党、あるいは反代々木の全学連指導者たちの、未来につながるプログラムとは異った、まさに絶望的な次元で、数かずの若い死者が横たわらざるをえないであろう、という暗い予感。

事件直後、デモの現場で、「学生が学生を殺したのだぞ」と叫んだという警官たちの声は、再び七〇年にやむなく、そのような血まみれの惨事にたちむかわねばならないであろうことを漠然とながら感じとった警官たちの、「時代」そのものの巨大で暗い進行に対する、無力な恐怖の叫び声ではなかったか、と疑われるのである。

この惨めな死をとげた十九歳の京大生が尖鋭に表現するような、若い日本人の内部の不安、焦燥感は、またこの学生が死をかけて参加したデモの性格がそのまま示すように、ベトナム戦争への加担の姿勢を、現実に着々とすすめてゆく首相の、ひとつながりの政治的選択に端を発するものであることはいうまでもない。そして独走する首相とその背後にあるものに対して、一般の市民の側から不安の声を発するにしても、首相とわれわれの間には、深い淵のようなコミュニケーションの断絶があるという認識によって、その不安、焦燥感は加速度的にたかめられたものである。

とくに学生たちにとっては、かれらがもっとも鋭敏な若い感受性によって恐怖の根をそこにかぎつけている、ベトナム戦争への日本の加担について、かれらのいかなる声も首相の耳にとどくことがないと感じざるをえない、コミュニケーションの断絶の感覚が、かれらをもっとも端的な不安、焦燥感のただなかにつきおとしてしまっていることはあきらかである。羽田から南ベトナムをふくむ各国の訪問旅行へ出発しようとする首相を「実力」で阻止しようとした学生たちの内的な動機は、まさにこの断絶しているコミュニケーションを、なんとか回復したいという願いにもとづいている。

もっともその意味において判断する限り、ひとりの死者をだした羽田デモは陰惨な失敗であったし、そもそも挫折するよりほかないものであった。あのような形でコミュニケーションの回復を呼びかけても、それは成立しえない。むしろ「世論」は学生たちがわざわざコミュニケーションの道を閉ざしているのだとさえ批評するであろう。

しかし、このコミュニケーションの断絶のイニシアチブをとっているのは、やはり首相であり政府である。すくなくとも、あれほどの多数の学生たちが、コミュニケーションの断絶からきた不安、焦燥感にとらえられている、ということも、首相は想像してみる必要があったのである。しかし事実はそうでなかった。ひとりの死者が出た後も、なおそうではなかった。事件後、東京の官房長官と電話連絡して、かれらの自己中心的な視点による状況把握をおこなった首相が語った言葉はそれをまことにあからさまに示している。

「今回の事件は全く学生の暴力によって引起されたものであることが判明した。民主政治のもとでは暴力によって政治を動かそうとすることは何といってもよくない。学生運動を何とか規制する方法はないものだろうか。」

この談話において首相は、攻撃されたハリネズミのように自己防御の針をさかだて、かれ自身の内部と、現にいまかれがおこなっている行動の全体を、絶対におかされまいとしている。かれの「政治」に対する、学生たちからのコミュニケーションの働きかけを、もしいささかでも受けいれることがあれば、自分の主体を凌辱されることだと感じてでもいるように激しく堅くコミュニケーションの通路を閉ざしている。通路の扉をこちら側から閉ざしきった上で、あたかも被害者は死んだ学生でなく、かれ自身であるかのような発想において、首相は「学生運動を何とか規制する方法はないものだろうか」と憂えるのである。

現にその感想をかれが発している時間におけるジャカルタ滞在が、そもそもの原因をなしているところの、ひとりの若者の死について、首相は想像力を働かせることがない。想像力を働かせるとは、首相が、死んだ学生の内面にはいりこんで、あらためてこの事件をめぐる国内・国際状況の全体を展望しなおしてみることである。すくなくともそれだけの想像力の行使を首相に強いるだけの重みを、惨めに死んだひとりの学生の死体が持っているような体制をこそ、民主政治というのではないか？　首相が、かれとは考え方のことなるかもしれぬ市民に対するそのような想像力をもち、それによって首相と市民との間に、自由なコミュニケーションがおこなえるような体制をこそ、民主政治というのではないか？　学生とは、もっとも敏感にこのコミュニケーションにみちた民主政治をもとめる若い市民である。

実際、首相が事件の第一報に接して、「こういうことで貴重な生命が失われることは忍びがたい」と語りながらも、「この事件によって、これからの私の東南アジア・大洋州諸国訪問の日程を変えることは考えていない」とただちに言明した事実は、このコミュニケーションの断絶の致命的な実情をもっともあきらかに示すものだ。

首相は市民の不安、焦燥感をすくいあげるべきコミュニケーションの通路を断絶して、ひたすらベトナム戦争への加担の道を独走しているのであり、かれにとって「忍びがたい」はずの死者の存在すら、その死が直接的にもたらされたデモの動機であるところの、東南アジア・大洋州諸国訪問について、かれ自身もういちど考えなおしてみることを強いる力はもたなかったのである。

　それは各紙の特派員がつたえているワシントンの反応、すなわち死者を出すにいたったデモとベトナム戦争における日本の役割の進み具合との関係づけが、緊張感と憂慮とともにおこなわれている雰囲気とは、およそ対照をなすものである。そしてそれは、為政者と市民の間のコミュニケーションの断絶のまことに日本独自の実情を浮びあがらせるものであろう。

　アメリカの政府の「いうこととすることとの不一致《クレデュリティ・ギャップ》」が、今日のアメリカの市民の政治に関わる日常生活感覚の根本にすわるようになったということは、ベトナム戦争の拡大以後しばしばいわれてきた。いまそういう表現にあたるものを日本の現状に見出すなら、それは政府と市民のあいだの「コミュニケーションの断絶」である。しかもアメリカにおける右にあげた病状よりも、日本における「コミュニケーションの断絶」の病状が、民主政治にとってより致命的であることはあきらかであろう。

　佐藤内閣が、市民とのあいだのコミュニケーションを断ち切って自由に加速しつつ独走し、しかもその状態に自信をもつようになった最初の機会は、日韓条約の強行採決であった。「黒い霧」選挙の勝利がまた、それに拍車をかけた。選挙直後のテレビによる記者会見で、ひとりの率直な質問者が「黒い霧」について質した時、すでに国民の審判がくだったのに何をいうのか、という意味の言葉でたちどころにはねつけた首相の顔を忘れることができない。それはコミュニケーションを断絶して独走しながら、しかも市民の抵抗におびやかされることなく走りつづけることに自信をえた「民主政治」の担当者の、傲岸な危険な表情であった。

首相がこの「コミュニケーションの断絶」を踏まえながら、ベトナム戦争への加担の道をなおも独走する時、若い学生たちの内部の緊張感はますます増大するであろう。そして一九七〇年に向って内面の不安、焦燥感にかられてデモにおもむくべき一般的な学生たちの数とその爆発力は、なおも積みかさねられつづけるほかはないであろう。

それは一般学生の内部にたかまる力であるだけに、破防法の適用などという力による圧迫は、そのまま逆に倍加する力によって押しかえす種類の爆発力であるにちがいない。そして革新政党はもとより、反代々木の全学連指導者もまた、この力を十全に統率することはすでにできないであろうことが眼に見えている。一九七〇年についてまさに暗澹たる予感をいだかずにはいられない。

もし首相が死んだ学生への想像力を正当に持ち、すくなくともかれの訪問旅行をただちに切りあげるだけのことをしたとすれば、「コミュニケーションの回復」への、引返し第一歩が印せられたかもしれないという痛恨にさいなまれる。

〔一九六七年〕

ふたたび戦後体験とはなにか

自分の年齢のまわりを見わたして、かれは信頼にたる人間だと感じ、その存在を力強く思う人間は、みな、それぞれに、かれの敗戦時と戦後の経験をしっかり見すえてきた人びとである。かれらのことごとくが、敗戦時には少年であった。少年の幼い頭の認識したところのことなど、なにほどのことがある、と嘲弄的な旧世代の声がいう。しかし僕は、自分自身の経験の力をこめて、いや、それが自分を現在このようにあるほかには生きさせることのない根本的な動機づけとなったのだ、と答える。

しかも僕はひとつの客観的な証拠として、次の言葉をあげることができるだろう。《恁く維新の動乱の空気にも、稍実感的に触れてるので、それで一味ハイカラならざる或る(言はば豪傑趣味ともいふべき)もの、さては国家問題、政治問題の趣味などが僕らには浸み込んでゐる。》二葉亭四迷が、維新を経験したのは数え年五歳の幼さにおいてであったが、かれは、その生涯をつうじて「維新の経験」を見すえつづけた人間であった。それは四迷が、つねにかれの生き方の根本的な動機づけとして「維新の経験」を日々選びとり、自分にひきつけつづけたということであるだろう。

すなわち、われわれの年代の、信頼にたる者たちもまた、かれらの「敗戦時と戦後の経験」を、かれらの今日の生き方の根本的な動機づけとして選びとり、自分にひきつけつづけていると、僕の眼にうつるのである。しかも、その根本的な動機づけが、人間をモラルの感覚を軸として、社会に国際関係の問題に、かかわらしめているということは、なおさら直接に「維新の経験」の上にたつ四迷と、「敗戦時と戦後の経験」の上にたつ者たちとをつなぐキズナである。

二葉亭が持っていた「国家問題、政治問題の趣味」は、同時代の官僚や政治家がそれらにたいしてそなえていた感覚とおなじものではなかった。それはかれが死を前にしてペテルスブルグに旅だつ時、友人に語った、「僕は人に何らか模範を示したい……なるほど人間といふ者はあゝいふ風に働く者かといふ事を出来はしまいが、世人に知らせたい」という言葉が直截に示すように、二葉亭というひとりの人間のありようの、基本的なモラルにかかわるものであった。二葉亭が、かれ自身のモラルにつらぬかれて矛盾することのない人間であるためには、国家問題、政治問題について、実際にかれが死をかけて示したとおりの態度をとるほかになかった。

敗戦時と戦後の民主主義の時代を、濃く強く経験することによって育った者たち、僕が信頼をこめてかれらの名と顔を思い浮べるような人びとは、それぞれの「国家問題、政治問題の趣味」をかれら自身のモラルの感覚と切りはなして発揮してはいない。小田実の行動はその一典型であるが、花やかな場所にいる者であれ地道な現場にいる者であれ、かれらはそれぞれに「なるほど人間といふ者はあゝいふ風に働く者か」という、胸に深くつきささってくる感慨とともに僕を揺さぶる。

そしてそれは、戦後の民主主義教育が、単に「国家問題、政治問題」の仕組みについての教育ではなく、根本的なモラルの感覚にかかわる教育であったことを、あらためてわれわれに反省せしめる力をもつ。しかも、民主主義という戦後的なモラルの奥に、たとえば二葉亭のような人間の支えていた明治の民衆のがわのモラルにいたる明るい抜け穴がひらいていることを、われわれに再確認させる力をもまた、それはもつのである。

いま沖縄には、われわれが経験した戦後的な民主主義教育が、現に生きいきと実在している。われわれは獲得されたばかりの新憲法に力づけられた教師たちによってその教育をうけたが、沖縄の子供らは、なおかれらのものでない新憲法を海をこえて見つめ、それが欠けていることによって生じる穴ぼこを、みずからの肉体によって埋めている教師たちによって、この教育をうけているのである。

この沖縄で個人の力による図書館をつづけてきたある戦後派は、宮古島の出身であるが、苛酷な敗戦時の経験の直後、沖縄本島に大学がつくられることを噂にきくとポンポン船に乗り、宮古島の少年にも均等の機会をあたえるようにと軍政府に陳情した。その後アメリカに学び、沖縄に戻って農業協同組合を指導しながら、かれが独力で人文図書館をつくったことはなにを意味するか。それはかれの生き方をつらぬく根本的な動機づけとしてのモラルが、敗戦時と戦後の困難な時代をつらぬいて一貫してきたことを意味するであろう。かれの耳に、いまなお荒い波とポンポン蒸気の音が鳴り響いているのである。

しかも、われわれが注目しなければならないのは、一九四〇年代のポンポン船に乗った少年たちの行動が、一八九〇年代のおなじ宮古島の農民たちの、海を渡って本土にいたった国会請願に直接つながっているということである。新憲法に保護されることはなしに、しかしもっとも戦後的な発想に支えられて少年たちが行動したとき、かれらは明治維新による恩恵をうけることなく、しかも維新の原理を見つめる眼をそなえた父祖たちと、おなじ着想にいたったのである。

かれらの面影にもまた喚起されて、戦後日本人の心ということを考える時、僕は、民主主義教育によってつちかわれたモラルを根本にすえて、社会と世界にむかってゆく人間を思いうかべる。そのような人間がかれのモラルの感覚をつらぬきつつ今日の現実を生きることによってめぐりあう明治のみを、僕は、われわれの父祖のものなる明治と呼びたい。逆にわれわれの世代の人間が、戦後的なるものを地道に伸ばしつづける持続力に欠けるために、そこから逃れて、あるいは「朱子学の伝統」に跳び、「永遠」の観念に躍りこむのを見ても、それを正統的な戦後の子の態度とみなすことはできないし、はたしてかれが正統的に日本の民衆の心につながるものであるかを疑う。

戦後的なるものを抹殺する方向に大規模な力が形をととのえつつある年のはじめに、あらためて僕は自分に問う。おまえに今日もっとも重要な経験としてなにがあるか。「敗戦時と戦後の経験」がある。そしてそれがつくったモラルに従って明日を生きてゆくつもりだ、と僕は答える。

〔一九六八年〕

辱かしめられた憲法とその「新生」

すべての文字で書かれたものの性格にしたがって、憲法もまた、ひとりの人間がそれにむかって意識をはたらきかけることがなければ、それは単に、紙を汚しているインクのしみのごときものにすぎない。また、いったんそれに意識をはたらきかければ、それからずっとその人間にとって憲法が生きているというのでもない。くりかえし、くりかえし、自分の人間としての意識を憲法にはたらきかけていなければならない。憲法という肉体のすみずみにまでゆきわたった動脈に、自分の心臓を直結させて、つねに新しい血をおくり、憲法を生きつづけさせておかねばならない。

それは憲法を辱かしめるべく、憲法が死んでいることを望む者たちもまた数多いからである。どのような人間にもかれ自身にとって生きている憲法は辱かしめがたい。人は、憲法に自分の意識をはたらきかけることをやめ、死んだ憲法を、死体同様にやすやすと辱かしめるのである。そして、いや憲法はずっと以前から死んでいたのだ、という。そもそも最初から死んでいたのだ、という者もいる。しかし、実は、その人間にとって自分の意識を憲法にはたらきかけ、憲法を生きつづけしめることが不都合であるために、かれは死んだ憲法を望んでいるにすぎない。

そして日本の為政者によって憲法がもっとも決定的に辱かしめられた日を記念するとすれば、それは憲法記念日から五日前の四月二十八日である。沖縄が平和条約第三条によって憲法のもとの日本から切り離された日から、われわれの憲法はつねに、おまえは死んでしまったのだという嘲弄の声を聞かねばならなくなった。現在あるような位置と実質における沖縄こそは、憲法そのものへの現実的な辱かしめであるとともに、この憲法を生きつづけしめようと望む日本人には二重ににがい辱かしめとなったのである。すなわち、戦争放棄というが、沖縄には直接に朝鮮、ベトナムの戦争に関わる基地があり、ありうべき中国との戦争にそなえての核基地があるではないか、それでも憲法は生きているのか？ と辱かしめる声がする。そしてなおそれ以上に、日本本土で憲法が生きていることを認めてくれというならそれは認めよう。しかし、その生命たるや、沖縄の基地と核兵器によって保障されている生命ではないか。沖縄において憲法が否定されているからこそ、本土の憲法は恥かしくも生きのびえているのではないかという声が聞えるのである。

確かに戦後の日本が一応は憲法の大筋をくつがえすことなく存在しえたことの皺よせが、沖縄に集中していることは疑うことができない。それでは、たとえ個人が憲法を生きつづけしめる努力をしても、おおもとの所で憲法はすでに死んでいるのか？ いわゆる現実派のタフな連中がいうとおりに、憲法前文などお笑い草の美文にすぎないのか？

しかし、いま耳をすまして、沖縄からの声をより深く聞く者は、そこでは効力をもたぬ日本国憲法が、状況が悪化するにつれて逆に、沖縄の民衆の支えとなり力となっていることを知るであろう。沖縄の民衆が、かれらには認められていない憲法の諸権利に、かれらの意識を集中することによって、これまで沖縄の上に課せられてきたところの皺よせのすべてに対抗しようとしていることを知るであろう。

それは直接われわれ本土の日本人に、ひとつのことを明確に教える。平和条約締結のさいに沖縄を放棄した為政者は、憲法の生きた力にたいする確信とそれを維持する勇気に欠けていた。そこで沖縄を放棄して憲法につじつまをあわせた。しかし皺よせされた沖縄の民衆がいつまでも蹂躙されつづけることを望まぬ以上、かれらはそもそもの平和条約第三条にたちかえって、問題に直面しなければならない。すなわち日本人が、いかなる皺よせの人身御供もはらうことなく憲法の精神を維持することはできなかったのか？　という根本の問題があらためて問われているのである。それが国際社会の力関係による必然の選択だったという、現在ひろく信じられているところの理由によるのではなく、単に為政者が、われわれの憲法の精神を生きつづけしめる知恵と勇気に欠けて、安きについた結果ではなかったか、ということが沖縄の民衆の困難な運動によってあらためて問われているのである。かれらはなにも好きこのんでそれを問いつめようとしているのではない。そうするより他に生きのびようがないのである。

沖縄の民衆の運動が、すなわち憲法の外でなお憲法を生かそうとする者たちの運動が、本土の辱かしめられた憲法に、「新生」の契機をあたえようとしているのだ。本土の日本人がかれ自身のための憲法を生きつづけさせるべき意識のはたらきかけにおいて、怠惰であることが許されるだろうか？

〔一九六八年〕

「国防教育」に反対する

戦後の首相たちの発した言葉のうち、もっとも廉恥心にかけた、臆面ない言葉をあげるとすれば、それは現在の首相が、ワシントンでの「約束」のあと、「国民がみずからの国を守るという決心がつけば、沖縄は三年をまたず、もっと早く帰ってくる」と語った、その言葉であろう。

いま、沖縄が「三年をまたず、もっと早く帰ってくる」気配は、いささかも見えないが、首相が、沖縄という疑似餌のかげにしのばせた針は、かれの意図どおりのものをつりあげはじめている。もっともそれは、めさきの問題に関するかぎり、首相の、そしてかれと肩をくむには背の高すぎる僚友たる、ジョンソン大統領の意図にそっているようにみえるものの、長い目で見れば、すべての社会現象がそうであるように、一個の政権担当者の下心をこえたもの、すなわち歴史の揺るがしがたい進行をあきらかにするように思える。民衆の意志からかけはなれたところで政治家のうつ大芝居は、つねに両刃の剣であろう。

首相の、あの言葉と、かれにその言葉をはかしめるにいたった暗い背後の事情が、すでにつりあげた魚とは、まず現に佐世保に入港した原子力航空母艦であり、それがわれわれの国土の上にひきおこしたすべてのことであり、それがつづいてアジア全域にひきおこすべきすべての波紋である。そしてわれわれの国の子供たちが課せられようとしている「国防教育」である。

日本語は、しばしば、きわめてあいまいな言葉だといわれる。しかし注意深く、実際に使われて効力を発する言葉を見つめる者は、そのあいまいさが、使用者の意図にもとづくことに気づくであろう。言葉を発する者の意志に反して言葉があいまいになるのではなくて、かれが、そのあいまいさのかげに隠れたいとねがっているゆえの、言葉のあいまいさなのである。

しかも、あいまいな言葉で相手をあしらっておきながら、暗がりの実力を発揮して自分の意志をとおすのが強者のやりくちである。弱者には暗がりの実力はないのであるから、ただ言葉だけが頼りであり、あいまいな口約束にはいつも裏切られつづけてきているのであるから、正確な言葉で求め、正確な言葉の答をひきだすことこそが、望みの綱である。

現在の首相は、この「あいまいな言葉」の力をもっとも意識的に頻用してきた政治家である。そしてその頂点に、「国民がみずからの国を守るという決心がつけば」という「あいまいな言葉」が位置している。それはただちに「自分の国を、自分で守るのは当然だ。学校教育のなかでも、そういう気持を養うようにしなければいけない」という、もっと増幅された「あいまいな言葉」の波紋を引きおこし、この文相の言葉は、防衛庁長官の「当然なことだから、さっそく文相と話合いたい。各国における国防教育を調査させる」という言葉につらなった。ところが防衛庁長官のあからさまな共鳴ぶりによって、「暗がりの実力」がいくらかむきだしになると、文相は、いや自分は国防教育という言葉は使わなかったという。もっともそれは、かれが発した言葉すべてをとりけすというのではない。すでに、かれの言葉が加速した「暗がりの実力」は動きはじめている。それを見こしたうえでの、あいまいな表現をなおもあいまいにする発言であって、それは、追及された「あいまいな言葉」の使い手の常套手段にほかならない。

この「あいまいな言葉」のもっともあいまいな核心

とは、なんであろうか？　それは「国」という言葉である。「国」を守る、それは当然だ、あたりまえなことだ、と首相がいい、文相がつづけ、防衛庁長官が唱和する。それは、「国」という言葉のあいまいさの力によって、まことにもっともに聞える声である。

おおかたの民衆が、首相や文相や防衛庁長官の顔をいくらかきなくさく思いうかべながらも、そうだ、そのとおりだ、「国」を守ることは当然だ、というであろう。しかし、「国」とはなにか？　ということが、まず問われなければならない。「国」というあいまいな言葉を、地道に、具体的に考えてゆき、そこに確実な手ざわりのある意味の実体をあきらかにしてから、あらためて「国」を守ること、「国防教育」について自分の態度をきめるのが民衆のやりかたというものであろう。そのようにしてはじめて、強権の「あいまいな言葉」につねにつきそっている「暗がりの実力」に抵抗することができるのではないか。

そこで日本の民衆が、もっとも妥当に自分の「国」をどのように認識すべきかといえば、それは自然にわれわれの憲法があきらかにしているような実体をそなえているところの「国」、日本国としてであろう。「恒久の平和を念願し、人間相互の関係を支配する崇高な理想を深く自覚する」国民が、「平和を愛する諸国民の公正と信義に信頼して、われらの安全と生存を保持しようと決意した」ところの日本国としてであろう。「平和を維持し、専制と隷従、圧迫と偏狭を地上から永遠に除去しようと努めてゐる国際社会において、名誉ある地位を占めたいと思ふ」国民の日本国、「全世界の国民が、ひとしく恐怖と欠乏から免かれ、平和のうちに生存する権利を有することを確認する」国民の日本国であろう。

そのような「国」の人間としての認識をあらためて

確認した目には、首相が「みずからの国を守るという決心」という時の、その「国」とは、われわれの認識する「国」とはちがう、ということがおのずからあきらかであろう。文相と防衛庁長官のいわゆる「当然な」ところの「自分の国を、自分で守る」という考え方も、その「自分の国」のイメージが、われわれの認識する「国」とは裏腹なものだという、決定的な一点において、すでにわれわれにとって「当然な」考え方ではない。われわれはこのようにして強権の「あいまいな言葉」を検証しつづけ、その「暗がりの実力」に抵抗しつづけねばならない。「国防教育」の問題についてはなおさらである。

なぜなら首相が文相や防衛庁長官ともども、そうした「あいまいな言葉」による欺瞞をあえてして、教育の現場に踏みこむとき、そのしわよせを、あいまいな形によってどころか、まことに露骨な形でこうむり、今日の苦しみをもっとも苦しむのは教師たちであり、明日の苦しみをもっとも苦しむのは子供たちだからである。

政府部内では、いま「百年の計」という考え方がさかんであるという。「百年の計」という認識にたてば、現在の政権の維持とか保守党の太平とかいうことは、まことにめさきの問題であって、小学校の教室にまなぶ子供たちの頭に保証される、真理追究の自由のほうがいかに重要であるかはまさにあきらかであろう。未来につながる教育の現場にたいして、明日をもしれぬ現政権が「暗がりの実力」をおよぼすことの不遜を考えてみぬ政治家は、いかなる「百年の計」にもかかわりえない。

〔一九六八年〕

II

「期待される人間像」を批判する

《今後の国家社会において期待される人間像はいかにあるべきか》というのが、この中間草案に参加した、老いたる名士たちへの宿題だった。まず、この宿題の文章の意味が、あいまいである。受動態を、能動態になおし、かくされている主格を掘りおこして、ぼくはつぎのように理解することにした。

《今後の日本の国家、日本の社会において、政府、指導者層、旧世代が、高校生諸君に期待する人間像は、どういうものか。》

さて答案は提出された。すでに批判は集中したが（もっとも重要なのは、それらの「忌憚のない、そして建設的な」批判を、この中間草案が廃棄されるまで持続することである）、草案の文章の具体性の欠如、非論理は、ショッキングだ。しかも、このふたつの悪しき性格は、つねにからみあってあらわれるのである。すなわち、抽象的な言葉でかざりたてられているかぎりは一応もっともらしい文章に、試みに具体的な裏づけをあてはめてみると、たちまち論理的な矛盾は、あきらかとなる。

日本の高校生が、こうした抽象語の手品に、具体的なごまかしのタネを発見できないほどにも愚鈍であると、この草案のつくり手たちが、期待しているとすれば、それはまさに期待はずれであろうと思う。

「世界に開かれた日本人であれ」というのは、この草案の最も重要なポイントだ。「日本が西と東、北と南のかけ橋」だといい、「先進国と後進国のかけ橋」

だという。これは具体的には、日本がアメリカをひとつの岸として、中国、北朝鮮、韓国、そして東南アジアの諸国を対岸とし、そのあいだのかけ橋たる国家だということであろう。

そういう役割意識をもった若い日本人こそが、ここで期待されているわけである。ところでそういう日本人の外国認識はどういう内容であることが期待されているか？

草案によれば中国、北朝鮮については、それらを「全体主義国家群」とみなし、日本人の「民主主義の理解について混乱」をひきおこしている元兇とみなすべきなのであり、韓国やベトナムは「世界平和を乱す危険を蔵する国々は、とかく精神的、道義的に弱い国、乱れた国である」という判定の対象になるべきものであるとみなす、そういう認識の内容である。

いったい、そのような外国認識をもった若い日本人が、これらの国ぐにに外交官や商社員としておもむいたとしたらどんなことになるだろうか？　こういう外国認識をもった日本人が、外国にむかって開こうとしても、当然外国の方でみずから受入れの扉を閉ざすであろう。このような文章を、ぼくは非論理的とよぶのである。

この文章どおりに教育されるとすれば、青年たちは社会主義諸国に対して、「ひねくれた心、疑い深い心、世をすねた心」をいだいて縮こまり、「多くの危険をはらんだ」「冷戦的平和」におびえながら、はかない希望をつなぐ消極的な小国的人間たらざるをえないだろうではないか。外国にむかって開くことのできる人間とは、その逆のタイプである筈である。

抽象的な言葉で、糊塗されているが、具体的な内容の検討によってたちまち非論理性があらわになるのは「象徴」という言葉を手品のようにつかった、次の一節においてもっと露骨である。

「それぞれの国はみなその国の使命あるいは本質を示す象徴をもち、それに敬意を払い、その意義を実現しようと努力している……われわれは日本の象徴として国旗をもち、国歌を歌い、また天皇を敬愛してきた。それは日本人が日本を愛し、その使命に対して敬意を払うことと別ではなかった。天皇は日本国の象徴であり、日本国民統合の象徴である。われわれは祖国日本を敬愛することが、天皇を敬愛することと一つであることを深く考えるべきである。」

天皇を日本という「国の使命あるいは本質を示す象徴」とみなしていたのは、特攻隊員たちが日本という国のために死ぬこと、すなわち天皇のために死ぬことだ、という風に覚悟していた時代の思想であった筈である。

戦争のあと、天皇制を廃して共和制とするかわりに、国政の実権をもたず、ただ国家的儀礼を担当する役割としての天皇がのこされ、その新しい天皇制を、「象徴」という言葉が表現した。これが歴史的事実である。

それが憲法第一章第一条の「天皇は、日本国の象徴であり日本国民統合の象徴であって、この地位は、主権の存する日本国民の総意に基く」という条項の唯一の意味である。憲法用語としての具体的な内容をもつ「象徴」という言葉には、どのように深く考えても「祖国日本を敬愛することが、天皇を敬愛することと一つ」という理屈はでてきようがない。こうした拡大解釈はまさに非論理でしかないであろう。

のみならず、憲法の「象徴」という言葉の、歴史的事実と具体的な意味を知らないふりをしてごまかそうとするのは、この草案の書き手たちの、最悪の道徳的退廃であろう。これは正面からの改正を不可能とみなした改正論者が戦術をかえた、暗暗裡の憲法ねじまげの悪だくみである。

すなわち、天皇についての記述にあらわであるように、この「期待される人間像」の中間草案は、具体性のなさ、非論理にもとづく、あいまいさの霧のなかから、新憲法が保証している民主主義の権利を、なしくずしに修正し、縮小し、民主日本の基本的な感覚をにぶらせ、ねじまげようとする意図のみ露骨に浮かびあがってくる、怖るべき文書である。

この中間草案には、「しかし」とか「しかしだからといって」「しかしそれよりもいっそうたいせつなのは」というような言葉が濫発される。これは、まさに「しかし」だらけの文章である。

しかもそれらは、民主主義の憲法があきらかに保証しているものを、修正し、縮小し、あるいは否定するための、条件づけの文章をみちびくためにのみつかわれているといっていい。

そして、もうひとつ濫発されるのは「正しく」であるが、それは、確実なひとつの価値に、正しいものと、そうでないものとの二つがあるように見せかけるためにもちいられていて、意図は、「しかし」とおなじネガティヴな発想にもとづいている。

「戦後の日本は民主主義国家として新しく出発した」と草案はいう。そして、「しかし」である。「しかし民主主義の概念に混乱があり、民主主義はなおじゅうぶんに日本人の精神的風土に根をおろしていない。」

この「なおじゅうぶんに」という副詞句や「精神的風土」という名詞が、具体的にさす程度、内容があいまいであることは、もうくりかえし指摘するまでもない。重要なのは、「民主主義の概念」の混乱という言葉をなかだちにして、つぎつぎに提出される修正意見である。

「個人の尊厳から出発して民主主義を考えようとす

るものと、階級闘争的な立場から出発して民主主義を考えようとするもの」のふたつの民主主義がある、と草案はいう。そして「性急に後者の方向に片よるならば、個人の自由と責任、法の尊重から出発したはずの民主主義の本質は破壊されるに至る」とする。

こうして読んでくると、われわれの憲法の保証する民主主義が、なんとなくふたつの方向に分裂しうるものだ、と暗示したがっているのがわかる。「しかし」という言葉をぼくも用いよう、しかし、われわれは憲法のさだめる民主主義の諸権利を行使するのに、自分がどちらの民主主義の解釈に立っているのかを、思いなやむ必要があるだろうか？

そういうことはありえない。われわれの憲法のもとに民主主義の実体は唯ひとつである。これは常識であろう。学生たちが、原子力潜水艦寄港反対や、中国核実験に抗議するデモをおこなう。三池の炭鉱夫たちが、かれらの生活を擁護すべくデモをおこなう。それらは憲法の具体化している唯一の民主主義にのっとっている行為である。これを非難し非合法とみなすためには、憲法を変えるほかないが、その時こそ「民主主義の本質は破壊されるに至るであろう」とぼくはみなす。

ところがこの草案の書き手は、高校生たちに憲法の保証する民主主義の権利を行使しないようにすすめるばかりか、道徳的な教訓までたれようというのである、「他人のためにつくす精神」「しいられた奉仕ではなく、自発的な奉仕ができる精神」そして、また「少数の側に立つものが卑屈になったり、いたずらに反抗的にならないこと」などと……

野菜の値上りを訴えて行進する主婦たちに出会った高校生が、あの連中は「卑屈になったり、いたずらに反抗的に」なっている気違い女どもだと考え、値上りを抑制できない政府と与党のためにつくす精神において、自発的に沈黙し、高い野菜にがまんすることこそを正しく民主主義的だと評価することを期待する、というのであろうか？　それは政府の身勝手というものである。

こうした歪んだ論理は、はてしなくつづく。「期待される人間像」は、号令みたいな命令形で示されるが、それらの命題は、すべて限定辞つきである。それは徹底している。

自由であれ！　しかし自由の半面は責任である。

個性を伸ばせ！　しかし人間の人格と個性は家庭、社会、国家によって育成されるものである。

頼もしい人となれ！　しかし他人とお互いに不信の念をもつことは不幸な社会をつくる。

幸福な人であれ！　そのためには経済的、政治的な条件が必要だが、しかしそれよりもいっそうたいせつなのは心構えであり、心のもち方である。

正しく日本を愛する人となれ！　自国を正しく愛するとは、自国の価値を高めようとする心がけ、努力である。

心豊かな日本人であれ！　福祉国家となるためには経済的に豊かであるべきだが、しかし単に富裕であり生活が保証されるだけでは人は幸福にならない。それだけでは人間はとかく卑俗となり堕落する。

…………

こういうものが、「期待される人間像」の中間草案である。ぼくは、この草案の直接の筆者である高坂正顕氏の思想を個別的に問題としようとは思わない。ただ、わが国のみならず、民衆のがわに立たない哲学者の抽象語の霧が、為政者の露骨な志をおおいかくす現実的効用をはたした例は多いといいたいのみである。

むしろぼくは、この草案に連帯責任をとっている十六人の知識人と、その背後の為政者たちを、最初にのべたように、政府、指導者層、旧世代としてとらえ、かれらが、なぜ、このような文章を緊急に必要とみなしたか? ということを考えたいと思う。

そして、ぼくの結論は、一言でいえば、かれらが自信をうしなっているようにみえる、ということである。

まず政府が自信をうしなっている。もし、現在の政府が自信にみちた、強い政府であれば、民主主義の諸権利に、このような限定辞をつけて制限し、縮小しようと心をくだくことはないであろう。この草案には、民衆の不満や、デモンストレーションによるその表現に対する恐怖感がひそんでいるが、それは、戦後二十年間の歴史において、すくなくとも政府筋からこのようにあきらかに示されることはなかった激しさにおいてであろう。

そしてそれは、直接、一九六〇年のいわゆる新安保デモの体験に根ざしているものではあるまいか? 新安保デモについて、進歩派の指導者たちは、ほとんど敗北を認めたが、直接に政治的な勝敗表とは別のところで、日本の民衆のデモンストレーションの圧力の大きさが保守派にはっきり認識されて、こうした過剰防衛体制を政府に強いているのではないか、というのがぼくの判断である。

また、外交の側面でいえば、中国あるいはソビエトとの日本の関係は、それがいわゆる政治からすっかり切りはなされた商業的な外交のみにとどまるにしても、しだいに進展せざるをえなくなったことを、政府が認めているのであろう。したがって、若い日本人の頭に、社会主義国家にたいする、悪しき固定観念をあらためて育てあげ、いわば、予防接種しておきたいのではあるまいか?

そして、もっと確実なのは、政府が、戦後の復興につづく高度成長政策の、この数年の行きづまりを、ここで全面的に認めたことであろう。戦後日本が「福祉国家とか文化国家とか平和国家とかの理想」にいたる道を、経済高度成長の旗印のもとに走っている、というのが、すくなくとも前半の池田首班時代の宣伝であった筈である。

ところがいま、そのかわりにこういうストイックな道徳が宣伝されようとする。「しかし単に富裕であり、生活が保証されることだけで人は幸福になるのではない。それだけでは人間はとかく卑俗となり堕落する。そこに真の幸福はない。……日本は豊かになり、日本人は心豊かにならなければならない。すなわち単に物質的にだけではなく、精神的、道徳的にも豊かにならなければならない。それによって日本は初めて福祉国家の名に値するものになることができるであろう。」

もし、すべての日本人が一様に一九六五年現在、みんな富裕であり、すべての生活が保証されており、日本が、単に物質的になりと福祉国家の名に値するのだとすれば、この道徳説は、豊かなものの反省として抵抗なく受けいれられるかもしれない。

しかし、貧困と、不安な生活の現場にいる人びとには、この言葉は、欺瞞にすぎない。北海道の冷害地帯の農民たちにむかって、おめでとう、きみたちは卑俗でなく、堕落する心配もない、ということのできる勇気のある人間が、この中間草案の十六委員たちにいるとでもいうのであろうか。

おなじ鈍感さの文章がある、これを経済的、政治的に責任のある人びとの名において、教育の場にもちこもうとする試みが鈍感でなくてなんだろう。

「われわれはお互いに幸福な人間でありたい。幸福な人間となるためには、経済的、政治的な条件が整えられる必要があることはもとよりである。しかしそれよりもいっそうたいせつなのは心構えであり、心のもち方である。そしてそれは感謝と畏敬の念である。」

「不平不満の種はいろいろとあろう。しかし絶えず不平不満だけを感じる人ほど不幸な人はない。」

左様、われわれはお互いに幸福な人間でありたい。政府は、そのための経済的、政治的条件を整えるべきである。それが政府の手にあまってきたとき、為政者が開きなおって、それより心構えが大切だと説教するというに至っては、盗人猛だけしいの類ではないか？ 絶えず不平不満を感じるから、不幸なのではない。不幸であるから、不平不満を感じ、それを訴えるのである。

日本の指導者層の、自信喪失の第一は、実業家たちのそれのようにみえる。この草案の委員には、松下幸之助氏や、出光佐三氏らの実業家が参加している。テレビやトランジスタ・ラジオを尖端の花とする消費生活の繁栄、大衆化された自動車オーナーたちの急増、それらが電器産業や石油事業をもりたててきた筈である。

そして、日本の民衆の消費文明、レジャー文明の花ざかりが、日本経済の花ざかりでもあるという、誇らしい確信が、これらの実業家たちを自信にみちさせてきた筈である。

そういう実業家たちが、「大衆文化、消費文化におぼれるな」といい、「文化が大衆化し、一般化することはもとより望ましい。しかしいわゆる大衆文化には重要な問題がある。それはいわゆる大衆文化はとかく享楽文化、消費文化となりがちであるということである。さらに、単なる享楽と消費とは、人間を卑俗ならしめ、動物化する」というような文章に抵抗しないばかりか、起草者として名をつらねていいものだろうか？

老金満家が勤倹貯蓄を垂訓したりする場合とちがって、これはかれら現役実業家たちの支配する産業そのものの現代日本文明における評価にかかわってくる考え方である。かれらは、大衆文化、消費文化のリーダー、推進者として日本の経済界に君臨することについに自信をうしなったのではないか？　というのがぼくの推測である。

指導者層のうち、教育家たちの自信喪失もまた、おのずからあきらかなように思われる。自信にみちた教育家たちなら、どうして、かれらの若者たちを、このように縮こまって退嬰《たいえい》的で、いじけた欲望しかもたない、おとなしく消極的な性格として想定したがるだろうか？　伸びざかりの若者たちを、なぜ「しかし」や「しかしだからといって」の首カセ、足カセでぎゅうぎゅうしめつけたがるのであろうか？

ぼくはこの中間草案を読んだ日本の高校生たちが、自分で自分自身に期待している人間像と、ここで政府、指導者層、旧世代によって自分に期待される人間像との、明らかなくいちがいに当惑するだろうことを考え、それをもっとも憂えるものである。

青少年個人の夢、個人の理想と、国および為政者の夢、理想が、かさなるとき、それがすなわち愛国心のもっとも自然にあらわれる時であろう。愛国心とは、そのようなものであるほかに、自然なあり様はないであろう。

ところが逆に、青少年個人の夢、個人の理想、個人の「期待する人間像」と、政府、指導者層、旧世代のおもわくとがくいちがうとき、もっとも愛国心が衰え、世代間の分裂が生じる筈である。

そこでぼくが、日本の高校生たちに望むことは、次のようである。まず全面的に、この草案を拒否することを望む。

この草案は、いままで指摘してきたように、つねにネガティヴな発想によってみちびかれている。すなわち戦後の社会に新憲法がもたらしたところのものを、修正し、縮小し、はなはだしい場合は、それを否定する意図によってみちびかれている。ネガティヴな意図とは、数学の符号でいえば、マイナスのマークで表現されるものである。

ところで、「期待する人間像」というような性格のものは、いうまでもなく、アクティヴな発想によってみちびかれねばならない。積極的、能動的な意図によるものでなくてはならない。退嬰的なものでなく、進歩的なものでなければならない。すなわちプラスの符号で表現されるものでなければならない筈である。

そこで高校生諸君が、この「期待する人間像」をプラスの性格のものとしてうけとるためには、もともとマイナスの性格をもったこの草案を、拒否すること、否定することによって、すなわち、高校生諸君のみずからの意志において、それにもう一度マイナスをかけることによってのみ、この道徳的数学は成立するであろう。

国家の思想的な、または広く文明的な状態に対する、若い世代の役割は、いくらか船に乗っかっているネズミの役割に似ているところがある。船が難破しそうになる時、それをもっとも敏感に発見するネズミたちの感覚。しかし、若い世代はネズミではないのだから、船を見棄てて、逃げるわけにはゆかない。したがって、かれらの人間的役割は、国の難破的様相について、鋭敏に叫びたて、警告しつづけることである。

若い世代は、小っぽけな幸福に禁欲的に満足する、おとなしくひかえめなお上品屋であってはならないだろう。

こうした役割を十分に発揮するためには、旧世代よりも大きい欲望をもち、なかなか満足せず、つねに自動的に、外にむかって働きかける触手をそなえていなくてはならない。「しかし」や「しかし、それよりも」の足カセ、首カセに縛られて、あたえられたものだけで自足し、おとなしい眼で既成秩序を眺めている家畜みたいな優等生であってはならない。

若い世代は、一般に、いくらか卑俗で、動物的で、反道徳的なところがある筈であろう。日本人の精神的風土などと、優しげで、ひかえめな気風を暗示しようとしても、われわれは、その日本人の精神を前におしすすめてきた、われわれの知的祖先たちが、つねにその時代の保守的な足カセ、首カセにおさまりきらない、いわば反・日本人的な性格と思想の持主として青春をすごし、時にはそれを晩年までもちこしさえしたことを知っているのである。

ぼくが、日本の高校生たちに「期待する人間像」をあげれば、この中間草案の条項のうち、自分で気にいったものは、「しかし」という限定辞以下はぬきにして積極的に採用してもらいたい、ということである。たとえば、「自由であれ」「個性を伸ばせ」というような条項は、そのまま自分のもっとも望む解釈で、自分のモラルとするに足るであろう。

そして、外国に開く日本人としては、とくに中国に対して、とらわれた固定観念をもつな、ということである。また、大衆文明、消費文明については、欲望を全開しても決して卑俗ではない、ということである。二十世紀とはそういう時代であろう。

憲法についていえば、それが保証している民主主義のすべての権利は、どのように声高に主張しても決してあやまちではない、ということである。しかも憲法の内容、「象徴」という言葉の代表するような憲法用語の意味については、それが制定された時に確実だった意味を歴史的にはっきり知ることによって、自分自身の憲法を自衛すべきである。

高校生諸君、きみたちが小さな幸福を確保しているにしても、遠慮ぶかく、それに自足することはないし、もし不倖《ふしあわせ》なら、その時こそ手を拍《たた》き、足を踏みならして、不平不満を訴えるべきであろう。〔一九六五年〕

恐ろしきもの走る

——「日韓条約」抜打ち採決の夜

じつに恐ろしいものを見た。

強行採決の後、船田議長は、胸部の痛みと嘔気《はきけ》をうったえたということであるが、むなしく明るい真夜中の傍聴席から、一部始終を見ていた者たちのひとりである僕も、おなじく嘔気を感じた。それは、嫌悪からの嘔気というのではない。不眠や、疲労からのそれでもない。それは結局、本当に恐ろしいものを見たあとの嘔気だったと思われるのである。

僕の育った四国の山村には、牛鬼《うしおに》というものがあって、それは黒ぐろとした頭に、やはり黒い角をはやし、朱色の眼と口をした怪物であるが、秋祭りに、村の青年たちが、その胴体のなかに入りこんで、通りという通りを、もの凄い叫び声をあげながら、地響きをたてて走りすぎる。僕はそれが単に、黒くそめてある木棉でおおった大きい枠組みに獣の頭をつくりつけたものにすぎず、それを疾走させているのが、村の善良な青年たちであることをよく知っていながら、毎年、秋祭りの午後に、黒い牛鬼が喚きたてて走りすぎると、恐怖のあまりに嘔気を感じないではいられなかった。

その牛鬼のことを、僕は十一月十二日午前零時十八分から十九分までの、ほんの一分間の、しかもまことに重い意味をもった国会を傍聴しながら、まざまざと明瞭に思いだしたのであった。嘔気をともなう恐怖感とともに。

僕が牛鬼のことをここに書くのは、僕が、じつに恐ろしいものを見た、といっても、それがそのまま伝わってゆくかどうかを危ぶむからである。それを小説家の誇大な表現とする反応をおそれるからである。

すでに国会への市民たちの冷笑的な軽視は始まっている。国会で、なにか人間の肉体と心の奥底を揺りうごかすほどにも根元的に不気味なもの、恐ろしいもの、あるいは感動的なもの、美しいものがあきらかになる、というようなことをいまや市民は期待しなくなっている。国会でのあいもかわらぬ茶番劇という種の感じ方が、日常化している。議員たちによる議会制民主主義の破壊を批判する市民たち自身が、国会を、真に切実に人間的な深い意味あいをもったものとして注目しつづける態度をうしなっているのだ。国会での暴挙への怒りすらが、じつは、しだいに、ニセの怒り、本気ではない怒りに変りつつあるとさえいっていいかもしれない……

強行採決の夜、傍聴席は満員ではなかった。五年前、すなわち安保改定をめぐっての国会においては、そこで今夜どういうひどいことが行なわれるか？　ということを知っている市民たちが続ぞくとつめかけて傍聴席をみたした。五年たって、いまや市民たちは、いわば、今夜そこでどういうひどいことが行なわれるか？をあらかじめ知っているがゆえに、国会にそっぽをむき、そこにやってこないのではあるまいか。

そうした国会で、僕が嘔きたくなるほど恐怖を感じた、といえば、もののタトエにすぎないと受けとられかねないように思われる。しかし、あの真夜中、そうしたごく生《なま》の恐怖を感じたのは僕だけではなかったはずである。強行採決の一分間のあと、茫然としている傍聴席から、ひとつの叫び声があがった。いくつかの新聞は、この傍聴席からの声を、

「売国奴！」あるいは、

「バカヤロー」という風に記録しているが、それらは社会党議員たちから発せられたものではなかったろうか？　すくなくとも僕の聞いたかぎりでは、傍聴席からの叫び声は、こうした攻撃的な力をそなえたものではなかった。

僕は議長席正面の傍聴席にいたのであるが、僕らの席の左隅のいちばん前で乗りだすようにしていた学生が、まったく途方にくれたように、無力感と悲しみとがすっかりむきだしになった幼い声で、

「こんなことでいいのだろうか？　こんなことでいいのだろうか？」

と叫んだのである。僕はかれの叫び声それ自体に、恐怖の酸っぱい味を感じた。

またこの学生の声とともに、僕はもうひとりの学生のつぶやき声を忘れられない。満月とそれにつづく明るい月夜にはさまれて、あの夜だけが底冷えするつめたい暗い夜だったのであるが、強行採決のあと国会を出て舗道におりたった、われわれ傍聴人のうちのひと

りの学生が、

「どうするかなあ、どこへ行くかなあ、どうして帰るかなあ?」

と憐れっぽくさえ聞える、たよりなげな声でつぶやくのを、僕は聞いたのだった。かれもまた、恐怖のショックを体験してなお茫然としている若者のように感じられた。

そこで僕が、ここに書こうとするのは、それがどのような恐怖感であったか、ということの具体的な報告である。

あの夜の国会での出来事について報道した周到な新聞記事のうちに、僕はほとんどあらゆるものを見出すが、唯、僕ら傍聴人の味わった底深い恐怖感については、なにひとつ語られていないように思われる。

十一日午後十一時半、国会議事堂地下での、これも議員たち同様、数日間、徹夜つづきの若い衛視から、入念な身体検査をうけて、僕が長い階段をのぼり、傍聴席に入ってゆくと、議場はすっかり空虚で、机や手すり、壁の腰板などが、奇妙に明るく清潔に光り、それらをなお、衛視たちがみがきあげていた。

傍聴席で躰をすくめてじっと黙りこんでいる市民たちのあいだには、なんとなく昂奮した気分、切迫した感情がまぎれこみ、これがたかまりつづけていた。これの休憩のあとの国会で、なにか異常なことがおこなわれる、という予感が、傍聴人たちに、わけもたれていたのである。そうした情報を、誰かれが聞きこんできていたのだ。それと同時に、会議が再開されれば、やはり前日までとおなじく、くりかえし提供される不信任決議案のノロノロ作戦がつづけられるのではないか、という弛緩《しかん》した気分もまたそこに共存していた。

こうした切迫した緊張感と、だらけた弛緩の感情とが、不燃焼にまざりあって共存していたのは、単に傍聴席にとどまらない。それは社会党議員たちの感情でもあったように思われる。

すくなくとも、あの強行採決のひとつまえの本会議まで、社会党のノロノロ作戦は成功しているように見えていたのだった。それは、われわれ傍聴人と、少なくとも一部の社会党議員との心に、この国会の主導権をにぎっている勢力が、政府・与党でなく、野党であるという、やがてたちまち打ちくだかれてしまったマボロシをうえつけていたように思われる。

特別委員会の強行採決のあと、ノロノロ作戦、あるいは立ちどまり、足ぶみ作戦とかいった方法が、社会党にとってやむをえぬもの、避けるべからざるものであったことは、あきらかであろう。それはむしろ、政府・与党が社会党に強制したものだというべきである。追いつめられた社会党にとって、あれより他にどのような方法が、可能であったろう?

しかし、このノロノロ作戦は、ふたつの点において、おそらくは五分五分の比率で、社会党の得点であるとともに、自民党の得点でもあった。しかもそれを、ノロノロ作戦の進行中、むしろ社会党よりも、自民党の方が、より深く認識していたと思われる節がある。

強行採決後、自民党の代議士会で、川島副総裁が、

「しのびがたきをしのんでいただきましたが、いまきわめて合法的に可決しました。」

と挨拶したとつたえられる。

すなわち、ノロノロ作戦のあいだ、自民党というライオンは、充分な計算ずくで、社会党というウサギを、自分の鼻づらの先で、のんびり踊らせていたにすぎない。もちろん、社会党議員が、そうしたことに気づかなかったというのではない。ただ、人間の本性とでもいうか、ノロノロ作戦などという戦い方は、やはりどうしても、それをおこなう人間の緊張を弛緩させる。

くりかえすが、社会党にはいまや他に方法がなかった。そして、結果からみるかぎり、この方法はじつに労多くして得るところの少ない、無力な戦い方であった。しかし、時に、社会党の議員たちには、自分たちが、他ならぬ政府・与党から、この方法を強制的に選ばされているということを忘れているのではないかと思われる印象があった。時にかれらは、自分が絶対的な強者のまえで踊っている弱者であることを忘れて、敵の攻撃力にタカをくってしまう瞬間があったのではないか？　そして一瞬、ライオンは跳躍して、のんびりしたウサギを叩きふせた。

自民党の指導者のいう《しのびがたきをしのんで》ということは、いかにノロマな鈍い、無害なブタの演技を、ライオンがおこなってみせることが辛かったか、という意味であろう。いま、社会党の、まんまといっぱいくわされた議員たちの敗北感は、おそらく二重に屈辱的であるにちがいない。

社会党のノロノロ作戦がもたらした自民党のもうひとつの得点は、それによって自民党が労せずして、社会党の質問の危険な毒をかわすことができたということである。自民党は、自分の手で市民の耳をふさぐかわりに、社会党の手によってそれをおこなわしめたという感じがあった。

国会において、政府・与党議員と野党議員とのあいだに、正常な対話が存在しないことについては、戦後のほとんどすべての期間にわたって、日本人が思いしらされてきたところである。野党議員の質問を、政府の責任者が木で鼻をくくったような調子ではぐらかすことについて、もうわれわれは、本気で腹をたてることがなくなった。国会での野党の質問が、政府と与党議員への教育となるというようなことは、いまや誰ひとり期待しない。また、野党の質問と政府の回答が、国会で審議されているひとつの案件について、国民を啓発する役割をはたすというようなことさえ、真面目に期待するものは少なくなった。日韓条約をめぐっての国会審議は、まさにこの弊風の一典型であった。

しかし、それは社会党議員の質問が、調子の低いものであったというのではない。ノロノロ作戦がはじまってからも、質問そのものは決して内容の希薄なものではなかった。たとえば僕は、三木通産相不信任決議案のノロノロ作戦を傍聴したが、社会党議員たちの演説は悪くなかった。注意深く聞けばそれぞれに啓発的であった。

ただ、その演説を与党議員がまったく聞こうとしなかったことはもとより、社会党議員自身が、自分の演説の内容よりも、いかに議長の勧告にさからって持時間をひきのばすかに、より大きい意義をみとめていたようであったのが問題である。それは、つい与党がわの作戦にのってしまった野党議員の退廃ではなかっただろうか？

社会党はノロノロ作戦の採用によって、かれらの質問のもっともオーソドックスな力、市民たちへの説得力を、みずから、あやふやな、いいかげんなものにしたことになる。それによって自民党は自分の手を汚すことなく、社会党の批判のホコ先をそらすことができた。社会党の質問にどのように鋭い真実がふくまれているときにも、政府・与党は、いや、あれはただ、時間かせぎのために不必要なことをしゃべっているのだ、と国民の関心をそらしてしまうことが可能だったわけだからである。

十二日午前零時十五分、議場の扉がひらかれるとたちまち、緊張した社会党議員が走りこんできて議長席周辺にかたまり、自民党議員たちの様子をうかがった。これが、あの真夜中の深刻な活劇のはじまりだった。

それから数分間の、緊張と弛緩、すさまじい動と拍子ぬけした静との交互のあらわれかたというものは、僕はあのようにたくみに演出された超スピードの劇を、かつて見たことがなかった。

最初、勢いこんだ社会党議員たちはやすやすと自民党の機先を制したわけであるが、それに対応して自民党議員たちが動きをおこさない以上、かれらには次の手段というものがない。なんとなくバツの悪そうな、とまどったような状態で、社会党議員たちは自席にひきあげた。そこに弛緩した、気のぬけた、なにかうさんくさい静の印象がひろがり、傍聴席にも安堵と期待はずれの溜息がおこった。

「なんだ、ウソッぱちの情報か！」と叫んで自席に戻る議員もいたことを、ひとつの新聞がつたえている。社会党議員たちにとってもまた、この一瞬は、安堵と期待はずれのそれだったのであろう。そしてこの一瞬に、その日の戦いにそなえた緊張が、社会党議員の躰からばらばら脱けおちてしまったのであるように思われる。

零時十八分、船田議長が入場する。かれをおくりだしてすぐ閉じられた扉のむこうに、数多くの衛視たちがむらがっているのが見えたように思われるが、その意味を考えている暇はない。自民党議員たちが拍手をはじめる。社会党議員の誰かれが、

「なにを拍手しているんだ？」

といった非難の声をあげる。それはヤジのようでもあり、またいくばくかの不安にうらうちされた問いかけの声のようでもある。この声までが、静の、弛緩の時間、いわば猶予の時だった……

次の瞬間、不意に、すべてが猛だけしい勢いで、やみくもに、堤を破った洪水のようにどっと進行した。船田議長が頰から頭頂まですっかり紅潮させ、義太夫

語りのように躰をのりだし、頭をふり、叫びたてる。議長席背後の扉がひらいて、おびただしい数の衛視たちがとびだしてき、議長席をかためる。そのあいだに、自民党議員たちが、やはりおなじく議長席めざして殺到している。その先頭をきった、まことに素早い議員たちが自民党の若手たちと、政務次官たちだったことは記憶されねばならない。

なかでも、一等はじめに演壇にむかった山村新治郎代議士という昭和生れの青年のことを僕は記憶しつづけるつもりだ。この青年は父親の地盤をつぎ若年にして代議士となった。こうした若い代議士が選ばれるたびに、僕は確たる理由もなく、単にかれが僕とほぼおなじ体験をしてきた青年であるということで、なにほどかの期待をかけた。

しかし新聞の政治面にかれの名を見出すことはない。あの若い代議士はどのような政治生活をおくっているのか？　そしてある日、当の青年が、強行採決の舞台の正面におどりでる。かれは演壇にむかって誰よりも早く、誰よりもためらうことが少なく、勇みたって駈けあがる。それが《期待》の中身だ。

演壇への自民党議員たちの疾走は、その道徳的な意味あいから離れていえば、まことに見事なものだった。厚い絨毯を蹴って走るかれらの足音は、重く力強く、しかもスピーディで、僕は牛の群れの疾走する地響き、谷間の村の舗道を走る牛鬼のことを思いだした。

僕が眼のまえに見ているものと、思い出とはともに恐怖の味がした。

議場での一切が僕にひきおこしている感情は深甚な恐怖だった。しかし、具体的にいって僕は何に対して恐怖を感じていたのか？　この強行採決の瞬間まで、社会党のノロノロ戦術にすっかりひきまわされているふりをしてきた自民党の、突然あらわになった絶対的な強力さ、ということがある。みるみるうちにいま日韓案件のすべてを《可決》してしまう議長発議というものの圧倒的に凄じい専横ぶりということもある。このあと国会記者たちの中に、

「女を男にかえることより他は、議長にできないことはない。」

という警句をつくった人物がいたそうだ。

この議長発議ということについて、当初、船田議長が、佐藤首相からの強要に抵抗したという噂がある。この老政治家は、周知のとおり条約批准後韓国へと進出すべき日本資本と無関係ではない。当然、日韓条約の承認について消極的であるはずはない。

それでも首相の要求に一応抵抗したとすれば、それは強行採決のドロを一身にかぶりたくなかったからであろう。

しかしかれはあくまで抵抗しつづけたわけではなかった。むしろかれは、いったん屈伏すると、もっとも有能に《万能の議長》の役割を果した。僕の眼に、顔を真赤にして早口に叫びつづける船田議長は、かれもまた、ひとつの恐怖心にかりたてられて、しゃにむに急いでいるように見えた。

もし、この国会に議会制民主主義にそった、唯一の希望、夢のような希望があったとしたら、それは、政府・与党の圧力に、議長が抵抗しとおす、ということであったはずであろう。しかし、このもっとも当然なことが、われらの日本国議会では、もっともたわいない、シンキロウじみた非現実的な夢なのである。

当然、この夢とまったく逆の方向に、議長は行動し、それとまったき調和を示して、すべての自民党議員、衛視たちが行動した。それは混乱でもなければ、ドタバタ茶番劇でもない。周到きわまる準備によってくみたてられた、もっとも強力なるものの一撃である。そ

れにはまことに不気味な安定感がある。これは将来にわたって幾たびもくりかえされることが可能な、つくりあげられ完成された様式による行動である。われわれ傍聴席のものがいだいた深い絶望感は、こんど限りのものではないだろう。それはこの強行以後、よりひずみをました国会においてくりかえされつづけるだろう。その予感が恐怖感をひきおこしたということもある。

しかし、僕はこうした個々の事実のもっと奥深いところにひそむもの、もっと高みにかくれているもの、すべての出来事の背後にあって、いまその本体が一瞬あきらかになったと感じられるもの、それにもっとも激しい恐怖を感じていたというべきであると思うのである。

自民党の議員たち、議長、政府それらすべてを、かくも凄じい勢いで、あたかも追いつめられたものの必死のあがきのような勢いで、日韓条約の承認に疾走させた、巨大な、恐ろしいもの。それは単に、岸・佐藤一派および日本財界の野望とか、あるいは韓国からの、またアメリカからの圧力とかいう風に、個々の要素に切りはなしてとらえることで明瞭になる怪物ではないように思われる。むしろそれらをすべて総合した上になお、今日の時代そのものと呼ぶべきかもしれない怪物である。

われわれの国とアジア、ひいては資本主義世界全体が、どのように奇怪な、出口のない難所にむかって、死にものぐるいに猛然と突進しつつあるか、この時代という怪物が轟々と疾走したあと、数年あるいは十数年たてば、怪物の軌跡とそのもたらした荒廃は誰の眼にもあきらかであるが、その怪物の突進の危険な曲り角の現場に立ちあい、怪物の疾走する足音を聞くことができるのは、きわめてまれな体験である。僕は恐怖感なしに、この怪物の通過を見おくることができなかったのである。

しかしそれもほんの一分間のことだった。零時二十分、茫然としている僕ら傍聴人にむかって、丸まる肥った若い衛視が、こう呼びかけはじめた。それは奇妙にむなしく不気味な響きのする繰りかえしのように思われた。「すみました、もう、すみました。出てください、もう、全部、すみました。」

それから二十四時間近くたった真夜中、僕は東京駅を埋めた若い市民たちのデモを見ていた。このいくらかトラブルを生みはしたが全体には秩序正しいデモの夜、僕にもっとも印象深かったのは、警官隊の実力が、数においても装備においても訓練度においても、安保の時から比較を絶して強大に感じられたことである。

佐藤首相は、日韓条約の強行採決後、かれの政策の重点を《経済》に移す、という意味のことを発表していた。あたかも前夜の強行採決によって、すべての市民にとっても日韓条約のすべての現実がスミマシタ、全部、スミマシタということになったとでもいうように。

しかし、東京駅でデモをおこなう市民たちにも、かれらに冷淡な通行者の市民たちにも、日韓条約の現実は、いま始まったばかりなのである。政策の重点が《経済》に移るにしても、それが日本人の経済であるかぎり、どうして日韓条約の影響から自由であろうか？国会で、解答をあたえられないまま放置された、条約の不安な問題点について、これからひとつずつ、現実そのものによる容赦ない解決をあたえられるのは他の誰でもない。すなわち強行採決からの茫然とした無力感からなかなか立ちなおれない、われわれ日本の市民すべてである。誰ひとり、これについてスミマシタ、全部、スミマシタといえる日本人はいない。

しかも韓国の市民たち、北朝鮮の市民たちの感情について考えれば、政府・与党の強行採決が、われわれ市民から日韓条約への連帯責任をまぬがれさせてくれるわけではない。われわれはあらためて、日韓条約への自分の態度を、現実の問題としてきめなければならないであろう。

たとえば自民党内部での日韓条約批判者、宇都宮徳馬代議士の次のような提案は、左右いずれを問わず日本人すべての問題としてひろげてゆかねばならない問題であると思われる。

《日本政府は、日韓交渉成立後は、直ちに北朝鮮および北京との関係を改善するために努力を傾注しなければならない。それには、もちろん多くの困難が伴うだろう。最初に現れる、最大の困難は、韓国が、日韓条約の成立を背景にして、唯一の朝鮮の正統政府であることを主張し、北朝鮮と日本との経済関係をも含めた一切の関係を遮断しようとする努力をすることだ。》

（「日韓問題と日本のアジア外交」）

われわれ市民から見れば、それよりもなお大きい困難は、日本政府にこうした北朝鮮と中国への努力の意志がいささかもないように見える、ということである。

しかし、もし一九六五年十一月十二日午前零時十八分からの一分間に、もっとも危険な曲り角を疾走してすぎた怪物の進路を、いくらかでも修正することが日本の市民に可能だとすれば、この困難な努力をわれわれ市民たちが、強大な政府・与党に対して主張しつづけることのほかにないはずである。　〔一九六五年〕

叛逆ということ

叛逆する、ということについてどのように考えているか？　と問いかけられて僕は不意をつかれたような気分になる。僕は、かつて自分が日本という国家あるいは日本人であることに叛逆する、という形でものを考えたことがないのに気がつく。しかもそれは、僕がつねに順応的であった、順応主義的性格であったということを意味するのではないように思われる。むしろそれは、一般的に、戦後二十年のあいだに育った、われわれの年代の者に、国家への叛逆というタイプのものの考え方が欠如していることをあきらかにしているのではないかと思われるのである。

われわれがデモンストレーションをおこなう。しかしそれは、叛逆のデモンストレーションというのではない。それは、いわば、抵抗のデモンストレーションであり、しばしば、戦後的なるものを擁護するためのデモンストレーションであって、叛逆という言葉の世界の、時には対極にあるデモンストレーションである。

戦後、フランスの対独抵抗運動の記録がわが国にみちびかれた時、それは広い共感を呼んだが、おなじフランスの左翼が、アルジェリア戦争における戦線離脱を、フランスという国家への叛逆を指導した時、日本での反応はどうであったろうか？　アルジェリア戦争への関心は、そこでフランス兵がおこなった残虐行為におもに向けられたのであって、フランスという国家に叛逆した、若い兵士たちへは、とくにその思想にむかって直接には、集中しなかったのではあるまいか？若いフランス兵の国家への叛逆について考えることは、おなじ国の兵士たちのアルジェリア人への拷問に怒りをおぼえることより、もっと複雑で困難な反省をともなうし、われわれには、そうした反省のための、もともとの地盤、国家に対する叛逆へのわれわれ自身の態度が、あきらかではなかったように思われるのである。

しかし、この数年、いくたびか僕は、直接、日本という国家への叛逆についての反省を強いられないではいない、そうしたキッカケをあたえられることがあった。それは、新しいナショナリズムといった論調がたびたび眼につきはじめた時期とかさなっているようでもある。

たとえば一昨年の冬のこと、僕は北海道から東京への飛行機のなかで、ひとりの高名な、そしてその著作を僕の敬愛する歴史家から、自衛隊の若い幹部たちによるクーデターの可能性についてどう考えているかを問われたことがあった。たまたま、アメリカのペンタゴンを舞台にした、政治的空想劇の映画が、日本に輸入されて話題をよんだ直後であったことをおぼえている。僕は、ほとんどなにも答えることができなかったのであるが、その歴史家は、もしそうしたクーデターに対抗することのできる方法があるとしたら、それは、自衛隊の幹部のなかに、反体制がわの人間をおくりこんでおくほかにないであろう。ということを話されたものであった。三矢作戦という風な言葉があらわれた時、僕はこの飛行機の狭い通路でのコオフィの紙コップを掌にのせての会話を思いだした。

また、日韓条約の案件が、国会に提出されてすぐのころ、ある年長の、そして僕などとは比較を絶して、政治的なるものと関わってきたひとりの作家から、日々つづいていた日韓条約反対のデモが、むしろ決定的なゼネストにかたまる圧力を少しずつ発散させる、消耗的な安全弁の役割しか果していないのではないか、という疑問を示されたことがあり、その時にも僕は、デモンストレーションと国家への叛逆とのふたつの命題について考えざるをえなかったのであった。

そこで僕は、日本および日本人であることへの叛逆ということについて、すっかり無関心であることはできなくなったのであるが、しかしいまあらためて、その主題についての僕の感想をのべることをもとめられると、やはり不意をつかれたような気分におちいるのである。

それでも僕が、ここにいかにも個人的な偏向にみちているにちがいない感想をのべようとするのは、直接には僕が、日韓条約の案件の国会における強行採決を見て、なんとも根深い恐怖心にとらえられたことに関わっている。戦後二十年をへて、いま国家に対する叛逆ということが、具体的な問題となるべき時があらわれようとしているのであり、そうした状況の到来を、決定的にしたのが、あの真夜中の強行採決ではなかったか、と僕が考えるからである。

僕があの強行採決から受けとらざるをえなかった恐怖感は、いまもなお僕の内部の根深いところに住みついてしまっていて、いわば厭世的な気分を刺激する。僕は、あの強行採決について、ひとつの恐しい怪物を見た、という文章を書いた。われわれの現実世界の、とくに政治にかかわっての世界では、おおかれ、すくなかれ、つねに一種のバランス回復力とでもいうものが働いている。恐しい怪物は、疾走するうちに、しだいに牙をにぶらせ爪をすりへらし、そしてその衝撃力は、大半、様ざまの緩衝体のなかに吸収されて、やがてそれは、われわれの現実世界が決して許容できないといった種類のものではなくなってゆく。これが、われわれの信ずべき、現実世界の予定調和である。もっとも、この燃えつきた流星の灰のごときものから、その流星そのものが、当初より危険でも有害でもなかったとするのは、当然あやまりであって、こうしたバランス回復力の発動は、社会自体にすでに相当なダメッジをあたえているのである。

たとえば、新安保条約について、それがいわゆる安保闘争にあたって評価されたほど恐ろしい怪物ではなかったではないか、という声がある。しかしこの五年間に、この怪物の疾走がもたらした現実世界へのダメッジの総量を集計すれば、それが次の五年間にもたらすであろうすべてを加えて、充分にその恐ろしさの全体像をあきらかにするに足るであろう。このダメッジとはなにか？　それは歴史の進行のコースが、ねじまげられた、ということである。ねじまがった方向への進行速度が、加速された、ということである。もし、現在、新安保条約が存在しなかったとしたら、どうであろう、と考えてみるものの誰が、その場合、ヴィエトナム戦争は、より激化しているであろうという結論に達するであろうか？

さて、こうしたバランス回復力が働いて怪物の猛だけしさをいくらかずつ、受けいれやすいものとするというのが、現実世界の、いわば反・限界状況的な性格であるとしても、歴史にはたびたび、絶対にバランス回復力の作用をうけつけぬ、いつまでも、もっとも端的に危険な牙をむきだしたまま疾走しつづける怪物が出現することがある。あの日韓案件の強行採決のおこなわれた真夜中に疾走した怪物には、すくなくとも一本の、そうした絶対に摩滅しない鋭い牙が生えていたように思われるのである。

この牙はなにをもたらすか？　それがどこで、どのように、ということは僕にわかることではないが、おそらくこの牙は、ひとつの直接的な結果を生むであろう。すなわち、この絶対的に暴力的な牙にむかって、他方からのおなじく絶対的に暴力的な牙の激突がおこるであろう、と僕は感じるのである。すなわちそれが僕の内部に巣くう根深い恐怖感をもたらすところのものである。

それはまた同時に、日本と韓国の民衆にとって、いわゆるナショナル・インタレストやナショナリズムについての新しい態度への展望をひらくことを強制する牙でもあるように思われる。それがわれわれに現実的に国家への叛逆ということについての自分の態度を検討することを必要とさせているように思われるのである。

民衆の側からの暴力的な牙の一撃、ということについて考えれば、それがどのような形のものであれ、戦後二十年まったく影をひそめていることに気づいて、あざやかな印象をうける。いくつかのテロリズムは存在した。しかしそれらは、強権の側につらなる、すくなくとも反・民衆的なテロリズムであった。結局、民衆は、デモクラシーの線にそって行動してきたというべきであろう。国家に対しての孤独な、または集団的な叛逆ということもなかった。占領時代における、占領軍への抵抗ということも、ほとんど存在しなかったというのが妥当ではあるまいか？

そうした戦後二十年をすごした、とくにわれわれの年代の者にとって、戦前、戦時の叛逆者の足跡は、それがどのように隠微な叛逆であれ、鮮明かつショッキングである。

中国で発行されている英文月刊誌に、“Chinese literature”という文芸誌がある。その一九六五年十一月号に、リ・エン＝ルーという執筆者の「同志イダ・スケオ」という文章がのせられている。それはまことに孤独な、ひとりの叛逆者の記録である。この人物の名は、日本の反体制運動の研究家には、広く知られているものであるかもしれない。それは唯、僕にとって、あるいは、われわれの年代の者にとってのみ、耳新しい名なのかもしれない。しかし、ともかくかれの行動と思想は、平和時代の日本人たる僕に、強い印象をあたえる。リ・エン＝ルーは、ほぼ次のように書いている。

一九三三年、中国東北部の一地方で、日本軍と戦っている中国軍に、中国共産党の指揮下にある新しい軍勢が加わった。リ・エン＝ルーはその兵士たちのひとりである。かれらは苦戦する。とくに弾薬が不足である。ところがある深夜、かれらは弾薬を満載した日本軍のトラックを、松林のなかに発見する。戦況は好転する。夜明けに、戦死者を収容しているうち、リ・エン＝ルーは、ひとりの日本兵の死体が運びこまれるのを見る。それは敵ではなく、同志の、かれらに弾薬をくれた、同志の死体であった。中国兵たちは、弾薬を積んだトラックの傍をさがして、近くの川ぶちに日本兵の死体と、一葉の手紙とを見出したのである。それはこのような内容のものであった。

《親愛なる中国のゲリラの同志たちよ。君たちが、われわれの塹壕に撒いた宣伝ビラによって、自分は君たちがコミュニストのゲリラであることを承知している。君たちは、愛国者であるとともに、インターナショナリストである。自分は君たちの軍に加わり、われわれ共通の敵と戦いたいと思う。しかし、自分はファシストの野獣どもにかこまれており、逃亡は不可能である。自分は自殺を決意した。お別れのおくりものとして、この多量の弾薬を君たちにおくる。それらは、南の松林のなかにかくしてある。どうかそれらを、日本のファシスト軍隊にむかって射ってくれるように。自分はここに死ぬが、革命精神はあとに残る。コミュニズムの神聖な目的が、早く達成されるように！》

リ・エン＝ルーはじめ中国の兵士たちは感動する。

かれらは同志イダ・スケオを忘れない。文章はほぼ右のようであるが、それはいくつかの疑問をはさむことを許さないものではない。はたして兵士イダ・スケオは自殺したのであったか、かれは自殺するほかに方法がなかったか？　現に、弾薬を満載したトラックは、中国軍の手に無事わたった。トラックの発電機が故障しているが、いったんトラックを自軍の陣地にみちびくことができないと判断すれば、弾薬は爆破されたであろうから、すなわちトラックにはイダ・スケオより他の兵士は(中国のゲリラにおくりものをしようと考えている兵士より他の兵士は)乗りくんでいなかったわけであろう。兵士イダ・スケオひとりで、弾薬を積んだトラックの持出しに成功したとみなすべきであろう。それでいて、なぜかれは自殺しなければならないか？　その多量の弾薬とともに、自分自身、中国のゲリラに身を投じて、日本のファシスト軍隊と戦うこともできた筈ではないか？

おそらく、兵士イダ・スケオは、弾薬を積んだトラックとともに中国のゲリラの陣地へ投降する途中、かれの意図を知るよしもないゲリラの一員に、当然、日本のファシスト軍隊の兵士として射殺されたのであろう。かれは誤殺され、それから、かれの意図があきらかになった、とみなすべきであろう。あとに残された手紙は、そうした危険を考慮しての手紙であって、そのうち自殺についての章節はとり去った方が、実際の手紙に近いのであろう。もちろんそれは僕の推測にすぎないが。

それにしても兵士イダ・スケオの、かれの戦友たちへの憎悪は凄じい。それを革命精神と呼ぶことができるにしても、なお、憎悪そのものの激しい力は残っている。ひとりの兵士がかれの周囲の同国人たち、そして背後の祖国に、このように激しい憎悪をいだき、それに叛逆しようとする。
すくなくとも戦後二十年、ひとりの青年がこのように激しい憎悪をいだいて日本人、日本そのものに対したことはないというべきではあるまいか？　しかしそれは、憎悪の対象が、ひいては叛逆すべき対象が、兵士イダ・スケオの場合のように明確でないというにすぎないであろう。憎悪そのものまでが、そのように充満することがなかったというのではないであろう。もし、不意に憎悪の対象が明確に見えはじめることになれば、戦後二十年間の憎悪の総量は、いったいどのように激しい叛逆へとみちびかれることであろうか？　日韓条約批准の強行採決にあたって、僕の感じた恐怖感の深い根の一端はそこにむすびついているように思えるのである。

この夏、僕はアメリカに滞在しているあいだに、ロサンゼルスのワット地区での黒人たちの暴動を、刻一刻、テレビの実況報道で見まもる機会をもった。ヘリコプターの写真班が、望遠レンズで暴動に参加している黒人たちの顔をとらえる。それは、見る者をして辟易せしめる明瞭さである。僕はしきりに、自分がかつて一度も、こうした暴動を体験したことがないのを思った。テレビの望遠レンズとは奇妙な役割を果すものだ。それは、ひとつの居間に坐っている人間に、かれが決して見るべからざるものを、じつにまざまざと克明に見せつける。遠方で黒人たちの暴動がおこっている。それが現に、眼のまえに、怒りに血走った眼の充血ぶりまであきらかに提出される。それは禁じられたものを、危険をおかして覗き見ているような感覚におちいらせる。しかも自分は実際はまったく安全なのであるから、感覚に歪みが生じる。ブラウン管いっぱいの狂気に揺りうごかされている人間の顔を見まもるうち、自分の正気がなにかうしろめたい、危うげなものに感じられてきたりもする。やがては戦争も、このようにテレビで実況報道されることになるかもしれない、といった気持も湧いてくる。すでにヴィエトナム戦争について、様ざまなフィルムは、われわれに供給されているのであるが。

さてその時、僕が考えたのは、このようにあきらかに暴動をおこなっている最中の自分の顔をテレビにうつしだされた個人、個人は暴動後の平常な市民生活において、いったいどのように正常人として生きつづけることができるだろうか、ということであった。そしてまた、こうした暴動がおさまるとき、ここに発揮されたエネルギーのいくらかは整理され、結集されて、ひとつの政治的要求の形をとるのであろうが、それはいったいどのような要求となるのであろうか、ということであった。

しばらくたって僕は、現実にワット地区を訪ねた。焼けおちた屋並にはさまれた市の相談所に若い黒人たちが数多く集ってきている。かれらは暴動そのものについて面接調査されるとともに、職業補導をうけているのである。僕は、やはり黒人の若い知識人である係官に、テレビで個人の顔を大写しにされた人びとのその後についてたずねた。係官はそれらの人びとがいかなる迷惑もこうむっていないこと、そもそも、テレビは実は、いかなる個人の顔もうつしだしはしなかったのだ、ということを僕に答えた。すなわち、僕が現にテレビで見た、暴動に参加している黒人たち一人ひとりの顔は、個人の顔として存在しているのではなかったのである。ラルフ・エリソンがその唯一の長篇小説『見えない人間』で描くように、黒人たちは現在もなお、個人としては見えない人間であって、たとえ暴動に参加し、ライフル銃で警官を狙い撃ちし、乾物屋を掠奪する一人ひとりの顔がブラウン管に大写しになるにしても、それらは暴動している黒人一般の顔にすぎなくて、個性と名をもったひとりの人間の顔ではないのである。それはテレビを見まもっている人びとすべてにとってそうであり、しかも、そこにうつし出された彼自身にとってもそうなのである。誰ひとり、そこに個人の顔を見出すものはない。おそらくはそれが、アメリカ黒人の暴動の、ひいてはアメリカ黒人の今日の本質の、最も重要な性格ではあるまいか？

そしてもうひとつの僕の関心、それら暴徒たちの政治的要求については、僕が意見をたずねたすべての人びとが、絶対に口をそろえて、それら黒人たちはアメリカの現体制を変革することを望むことは断じてなく、あくまでも、現在の体制の枠の中で、他人たちの関心が自分たちにむけられることを望んでいるのだと主張するのであった。僕はじつに深い違和感のうちにそれを聞いたが、異議をはさむ根拠はなかったのである。

日本人の暴動はどのようであったか？　僕は最近覆刻された小野武夫編『徳川時代百姓一揆叢談』を読んで、そこに記録された様ざまな暴動のあまりに日本的な、日本人的な特徴に息苦しいような思いをあじわった。いくつかの記録におなじくあらわれる、暴動の農民たちが、武器として人糞人尿をもちいたというような記述は、とくに日本人の暴動のみにかぎられる特徴ではないかもしれない。しかし、いちいちの事件の発展の仕方、そこにあらわれる様ざまな個人の顔が、まことに日本的、日本人的であって、僕に、自分自身の顔をそこに見出すような感慨を強いるのである。たとえば、下冊の冒頭にのせられた「丹後の百姓一揆」などはその典型というべきであろうと思う。

これは文政五年十二月、丹後の宮津町およびその周辺に起った百姓一揆の顚末を記したものである。当時、江戸表で寺社奉行仮役をつとめていた丹後国宮津の城主は、《上を繕ひ下枯れ、国元台所の繰廻し甚だ宜しくない。御用金がおおせつけられ、更に、万人講とか先納御預け米とか追先納とかいうものが次つぎに課せられる。領民たちは難渋する。十二月十三日夜、当地方のおのおの三箇所で、同時に篝火が焚かれ、暴動が開始された。庄屋、大庄屋の家をおそってさんざんに叩きこわす。暴動は伝播し拡大する。

《次第に群集弥増し強気盛大なり、さて群集の者共申しけるは難渋に迫り此催しを企てたるに領分の中には不参の村々あるよし、左様の村方は小口より火を放ち焼捨つべしとの吹聴あるので集る人数は蟻の如く……》

暴動に、すべての村をまきこもうとする、この陰湿な感じの迫り方はいかにも日本的ではないか？　一揆はこのように大きくなって城下町にむかい移動する。暴動の農民たちが困難に出会ったり、妥当な攻撃先を見うしないそうになったりするたびに、突然あらわれて指示をあたえるのが《何れの者とも知れず六尺有余の総髪の大の男》である。この無名の指導者は、はじめいったいどのような人間であるのかまったくわからない。かれにはやはり、いかにも日本人の一揆の指導者という印象がある。結局かれは、暴動の強訴徒党の解散とともに、匿名のまま、どこかに消えてしまったのであるが、やがて大久保稲荷神社の神主であったことがわかり、検挙される直前、上方へ姿をくらましてしまう。かれは一揆のリーダーのうち、処刑されることのなかった唯一の人物である。

さて農民たちは、かれらへの過重な課税の直接の取りたて機関である庄屋、大庄屋を攻撃すると同時に、そうした税制の献策者であると目された儒者とその追随者たちに攻撃をかける。商家をおそう。役人たちがとくに乱暴な連中を数名逮捕すると、たちまち群集の威力を発揮してうばいかえす。そして宮津城の大手門に集った農民の群集は、団体交渉をはじめる。かれらが信頼する唯一の相手方は、家老栗原父子である。かれらは栗原百助という家老の息子とつうじて言質をとるとはじめて大手門からひきあげる。言質とは万人講以下の新税制の廃止、逮捕された一揆参加者の釈放他である。

強訴を終えてひきあげる農民たちへは、町家のそれぞれが握り飯、酒肴、煙草などなどをふるまう。そうした挨拶をしない商家は火をかけられ焼きはらわれてしまったりもする。いちおう一揆が峠をこしたとき、例の六尺有余の総髪の、暴動それ自体が生んだ無名の指導者が、次のような提案をおこなって受けいれられる。《領分内二十五人の手組竝に大庄屋、出役庄屋等今は殆んど撲潰した。抑も十三日以来昼夜の別ち無く荒し廻ったこととて孰《いず》れも身体綿の如くに疲労してゐる。故に只今より一先村々へ立帰って疲労を慰することとせう、乍併《しかしながら》今解党して各自村々へ帰ったら孰れ領主より厳重なる一揆徒党の吟味が始まる。若其《もし》時は迅速に村々より村々へ相伝へて村民残らず宮津へ押寄せては如何。》

暴動は六昼夜にわたったが、《斯る驚天動地の大騒動を演出し乍暴徒の自重によりて怪我人一名出ださなかつた》という。それもまた、日本の百姓一揆のひとつの個性というべきではあるまいか？　もっとも、いったん暴動がおさまり、強権のがわの巻きかえしがはじまると、それは血なまぐさい限りであって、その時、もう決して新しい一揆を起して犠牲者を救助しようとはしない、農民たちの傍観ぶりともども、これもまた封建時代の日本および日本人の個性そのものであるように思われる。農民たちとの直接交渉を担当した栗原父子も結局、非業の死をとげざるをえなくなってしまう。逮捕された農民たちは百名をこえた。

それがどのように成功した暴動であれ、百姓一揆の終幕はすべて、その記録を読むものをして暗然とさせないではいない。それは酸鼻をきわめる犠牲者の山である。一揆徒党の吟味がはじまれば、ただちに再び集結して抵抗しようという提案は、まことに近代的で有効のように見えるが、それが実行されることはなかった。秩序の枠内で、体制の枠内で、暴民たちが荒れ狂う。外部の第三者は、かれらに饗応する。大騒動がつづくが誰ひとり怪我する者はない。それはまったく文化的な暴動というほかない。一種のゲームの感覚すらある。これを日本的な、日本人らしい一揆と呼ぶことはとくに不当ではないであろう。ところが同時に、この一揆は、その指導者たちにとっては、まったく脱出口のない、出口なしの壁のなかの自己破壊行為なのである。一つの秩序、ひとつの体制が崩れるまで暴動を持続させること、そして自分たち自身に唯一の脱出口をあたえることを、これらの指導者たちは決して考えない。むしろ一揆が始まる前に、指導者たちはかれら自身の破滅を見こしている。そして振舞酒に酔いながら打ちこわしを行なう、強訴する。それもまた、きわめて日本的、日本人的な性格にいろどられた、暴民の指導者たちの有様だと思うのであるが、どうであろうか?

それを暴動のあとおだやかな弱い農民として生きのびる、一般の一揆参加者のがわからいえば、かれらは指導者たちを、きわめて容易に見棄ててしまう者らであるというべきであろう。一揆の活動の数日間に、ひとりも死なないばかりか怪我すらもしないということは、これらの農民たちが決して自暴自棄の暴徒ではないことを示しているように思われるが、こうした暴動のさなかにおける秩序の感覚は、最初からかれらが一揆の指導者たちを見棄てていることに由来するのではあるまいか？　一揆の指導者をまつった塚や神社などを見るたびに、僕は、生きのこった旧暴徒たちの奇怪な平静さのことをあわせて考えないではいられない。そういう民衆もまた、日本人のみの個性につらぬかれていると思うのであるが、どうであろうか？

おなじく小野武夫編の『維新農民蜂起譚』によれば、維新のあとも新時代そのものに不安をいだく農民たちの暴動は、たびたび起った様子である。戦後の新時代においては、少なくとも二十年間、暴動がおこることはなかった。国家に叛逆する人間があらわれるということはなかった。日本人は、国家あるいは強権に叛逆する人間であることを決定的に放棄しさったのであろうか？　近い将来、日本になんらかの形で暴徒が蹶起する瞬間はありえないのであろうか？　僕が、日韓条約の案件を採決する議会の傍聴席で、一瞬、深甚な恐怖感におそわれた、その理由の一半は、もしかしたらいま、そうした叛逆のためのひとつの礎石が積まれた、という風に感じたことによると思われるのである。もちろん僕は自分のそうした予感に個人的な偏向が深く影をおとしていることを進んで認めるものなのであるが。

あの強行採決によって準備された、絶対的に暴力的な牙、それがあらためてわれわれのみなの眼にあきらかになる場所は、この場合、単に日本国内に限るのではない。日韓条約がむすんだ、日本と韓国のふたつの国にとどまるというのでもない。それはヴィエトナムもふくめて、日韓条約、安保条約他にかかわる、アジア全体の国々に広がる規模で、やがてあきらかとなるであろうという風に、僕には思われるのである。

そして問題をアジア全体にひろげ、アジア人全体に関わる問題として考えれば、僕にも叛逆の命題が、いくらか明瞭に見えてくるように感じられる。すなわち、日本という国家は、アジア圏の国家であることを、この二十年つねに裏切りつづけてきた、アジア圏のあるべき自然な状態としての自国のイメージにつねに逆らってきた、というべきではあるまいか？　その際、日本人は、アジア人であることにつねに叛逆しつづけてきた一集団というべきであろう。

そして日韓条約は、そうしたアジア圏への公然たる叛逆の方向に、あらためて韓国をまきこむということ、そして日韓ともども、いわば反アジア的な癌として存在しつづけようとする意思表示であると呼ぶべきではあるまいか？　このまま数年たち、十数年たてば、われわれは日本国および日本人であることについては、とくに表面にあきらかなひずみを意識することなしに生きてゆけるにしても、アジア圏の一国家、およびアジア人であることについては、もう引きかえし不能の大きく深いミゾを飛びこえてしまっていることに気づかざるをえなくなるのではあるまいか？　その時、中国あるいは北朝鮮の民衆と、日本人との間の対話はおよそ成立しないであろうし、いま条約をむすんだばかりの韓国の民衆との対話自体、いかにも危うくなっているにちがいないという予感がする。そうした奇妙な日本人の宙ぶらりんの状態ほどにも始末におえない未来を僕は他に空想することができない。

明治百年をひかえて日本人の新しいナショナリズムについての声は、この数年のたかまりをこえてなお高く徹底的にひろがってゆくことであろう。戦後二十年の、いわゆるナショナリズムの基盤のあらわでなかった時代が、そのまま国家への叛逆のイメージを希薄にする時代であったことを考えれば、そうした新しいナショナリズムの季節はまた、新しい、国家への叛逆のイメージの追求をさそう季節でもあるにちがいない。おそらくは、いまはじめて具体的に、日本の戦後世代が、日本および日本人であることへの叛逆について考えざるをえない時が到来しようとしているのであろう。

すでにいま、僕は戦後世代の関心を強くひきつける言葉として、ナショナル・インタレストという言葉が新しいナショナリズムの後光を背おってあらわれてくるのを見る。そして僕は、日本および日本人がアジア圏からの孤独な逆行のコースにおいて確保するナショナル・インタレストに対して、正面から対抗する思想の必要を考えざるをえない。日韓条約によって結ばれた日本と韓国とに、それぞれ叛逆する日本と韓国の戦後世代のイメージが、それとかさなって見えてくるように思えるとき、僕は初めて、自分の個人的な偏向のむこうにつうじる通路を見出せるように思うのであるが……

〔一九六五年〕

様ざまな民衆の虚像

首相のまことに風変りな言葉、「内遊」はたしかに、政治的な想像力へのひとつの糸口となるものであった。それは、日本の為政者のもつ民衆のイメージと、日本の民衆の権威主義との力関係について、あらためて、われわれに政治的な感想を喚起するにたるものであった。そして、おそらく、それよりほかの積極的ななにものをも生まなかった。

民衆のイメージ、それはすべての職業人が持っているにちがいないが、それぞれの職業にしたがって、特殊な、民衆のイメージがあるはずである。小説家のもつ民衆のイメージは、巨視的、全体的、綜合的なものではない。小説家は微視的、部分的、分析的なイメージをしか、もつことができない。かれは典型的でないある一個人の内部にはいりこむことによって、民衆への展望にいたろうとする。かれの試みは、当初から矛盾をはらんでおり、かれはそれを超えるために努力する。小説家が、性描写に固執するのは、かれが性的なマニアックであるからではない。性行動が、本質的に個人的な自己表現だからである。

もっとも小説家にも、民衆の巨視的なイメージをえがきあげることに野心を示した人びとはいた。成功した例は少ないが、現代文学の例では、ピエール・ガスカルの短篇にその種のものがあって、このフランスの戦後作家のイメージの質の特異さをあかしだてている。

短篇集『けものたち・死者の時』に収録された、「馬」というガスカルの小説は、第二次世界大戦のはじまったばかりのヨーロッパの、具体的な嵐と、戦争にかさねあわされた抽象的な嵐のもとの民衆の、巨視的なイメージの構成をめざしたものといっていいであろう。《今この瞬間に、幾千とも知らない人間どもが、迫ってくる嵐の最初の息吹きに耳を傾けている》と感じている、ひとりの兵士ペールの思いえがく全世界的な嵐のイメージは、じつに独特なものとして、小説に関心をいだくものの記憶するところである。《夜の闇のただなかにいるのに、ペールは一人ぼっちだとは感じなかった。今までわれとわが身に引受け、その孤独の塔をめがけて襲いかからせた多くの嵐の後に、ペールは全世界を襲う嵐、すべての同胞の顔、大地の顔全体が差しのべられている嵐に、とうとう立会っていたのだ。ただ、次のように、考えずにはいられなかった、これからは、この宏大な共生感も、こっちがもっと受身でない態度を取らねばならないような、もっと純粋でない色々な象徴が現れなければ、もたらされることはあるまい、と。》(岩波書店版)

ともかく小説家が民衆について巨視的なイメージをいだくことはまれである。小説家は個人の小さな穴ぼこを深くほりすすんで、ある普遍性をめざさねばならぬ。したがってかれは、その狭い視野に限定された民衆観しかもたないが、そのかぎりにおいて、かれの民衆のイメージは具体的な実感に支えられており、あまり大幅な錯誤がそこにみちびきいれられることはない。

ひとつの職業として、政治家とは、そうした小説家の実質の、およそ対極をなす実質をもつ職業であるであろう。政治家は、民衆について、あくまでも、巨視的、全体的、綜合的なイメージをもたなければならないものにちがいないというのが、一箇の小説家としての僕の先入見である。

第二次世界大戦の絶望的な末期、志賀直哉氏は、海軍報道部の招宴で、次のように批判したと、同席した広津和郎氏が、その日記にもとづいて記している。

《英米がフランスに上陸したという重大報道の出ている同じ日の新聞に、日本の総理大臣が大阪で徴用工の小遣帳を調べている写真が載っているなど困りものだと思う。――一体日本の総理大臣は何を考えているのだ。精神鑑定の必要がある。》(『群像』昭和四十一年十一月号)

確かに大阪の徴用工の小遣帳も、われわれの生活の現実的な一部であるから、そこから民衆のイメージにいたろうとすることも、一つの方法にはちがいない。しかし、それはいわば志賀直哉氏をふくめて小説家の仕事である。首相には、英米連合軍のフランス上陸にかかわった巨視的な民衆のイメージをもとめたい、というのがこの批判の内容であろう。

さて東条首相の「内遊」から二十年をこえる時がたって、われわれは、佐藤首相の「内遊」をむかえた。新聞の報道するところをみれば、首相の「内遊」を、もっとも熱情的にむかえたのは、ひとりの中年の落語家であったように思われる。落語家は、かれの出身小学校が、首相の「内遊」先に選ばれたことを、欣喜雀躍して誇らかに歓迎していた。この落語家が、いわゆる古典派の落語家ではなくて、変則的なモダニストであり、政治諷刺的な世相批評の小話を、その中心の演目とする人物であっただけに、それはまことに興味深い出来事であった。

この落語家は、つねづね為政者を批判してきたが、しかしかれは体制に反抗するタイプではなくて、実際には体制の権威ある代表者がかれの母校たる小学校を訪れると、それをもっとも誇らしいことに感じる、素朴な権威主義のタイプだったわけである。そのような人間に、どうして政治諷刺が可能だったのであろうか？　今日のテレビ文化では、とくにこの落語家のタイプの政治諷刺家たちが活躍することが多いのであるが、それは社会的にどのような意味をもつ現象なのであろうか？

社会批評、しかも強権にかかわる上層社会にむかっての批評は、叛逆者の仕事であるか、あるいは道化役の仕事であるというのが、すくなくとも市民社会の誕生以前の、一貫した性格だった筈である。とくに、今日のいわゆる社会批評のたぐいのものは、道化役の仕事であった。道化役は王を批判する。かれはいかなる権威にもよってたっていない。民衆の権威にすらもよってたたない。なぜなら、かれは民衆よりもなお下にあるもの、民衆の社会に属さないものであるからである。

道化役は、王をまことに辛辣に諷刺することができた。しかし、その批判によって王の権威そのものが崩壊してしまうほどに強く攻撃することは、かれ自身にとって自殺にほかならないのであるから、かれがいかに激烈な体制の批判者であるにしても、かれが叛逆的な反体制の人間になることはなかった。そしてその限りにおいて、王は道化役の諷刺に対してどのようにも寛大であることができたわけである。

王はただ、魯迅の「鋳剣」における、王への不機嫌をなぐさめる奇術師が、じつは王への報復をうけおった暗殺者である、といったような、危険な道化役のみを警戒すればよかったのである。かれの愛する道化役がいかに激しくかれを批判しようとも、かれ自身の王の椅子があやうくなるほどには、その批判が核心にふれることがないのを、王は信じていることができた。その限りでは、道化役の諷刺は、王にとって精神衛生のために有益な娯楽であったはずである。

今日もなお、そうした道化役の血筋をくむ社会批評は健在である。とくにテレビ・メディアにおける体制の批判のすべては、叛逆者の血をではなく、道化役の血をひいているというべきであろう。それは、落語家や漫才師の社会批評に端的にあらわれるが、一般のいわゆる文化人の文明批評もまた、そこにふくまれてとくに矛盾しない。

これらのテレビ・メディア宮廷の道化役たちは、体制への叛逆者ではない。かれらは為政者を批判するが、じつは、為政者の権威には魅きつけられているのであって、体制の崩壊を望むことはないのである。あるテレビ局の真昼のニュース・ショー番組に、もうひとりの落語家がインタヴィユアーとして登場する。かれの、政治家あるいは官僚への質問の仕方は強硬で、庶民の声を代表するものだと好評であるが、そのインタヴィユアーの場合にも、共産党あるいは社会党からの出席者への質問ぶりには、まことに特殊な敵意があらわであった。かれは、そうした反体制の側の人間にいかなる権威もみとめないことから、極度にいいいいたけだかになったのであり、じつはかれがそこに属している、為政者を王として頂点におくテレビ・メディアの宮廷の崩壊をもくろむものとして、そうした反体制の側の人間に、敵意をもやしたのであろう。

同時に、こうしたテレビ・メディアの道化役をブラウン管に見つめる側の一般民衆も、道化役のメカニズムを十分に活用することでは、道化役たち自身のそれと好一対をなしている生活態度をもっているといわねばならない。

もし、市民Aが、同僚Bの政府批判に、快哉を叫ぶとする。その時、かれは反政府的な同僚Bに加担することで、かれ自身をひとつの危機におくのである。すなわちかれは参加するのである。これは厄介な結果をひきおこしかねない。

しかし市民Aが、落語家Cの政府批判に快哉を叫ぶ。その時には、市民Aは落語家Cに加担してはいないのである。なぜなら、落語家Cは、市民Aの社会の外側の道化役だからだ。市民Aは、道化芝居に参加しない。ただ喝采するのみである。もし道化役がやりすぎて王から追放されるときには、市民の誰が、かれと運命をともにするだろうか。したがって、一般民衆と、テレビ・メディアの社会批判の執行者たちとのあいだの、つかのまの連帯感などは、にせの連帯感にすぎない。そこで、結局は孤立しているテレビ・メディアの道化役たちが、孤独な内部の支えとして権威主義によりかかっていたとしても、それは、むしろ当然というべきかもしれないのである。

さて、こうした落語家の権威主義的な歓迎は首相を楽しませたか？ おそらくそれは十分に首相を慰安したにちがいない。なぜなら、首相はおそらく、一般の民衆のうちにも、かずかずのこうした権威主義的な反応を見出したにちがいないからである。そして首相は、つねづねかれが日本の民衆についてもっており、その上、もっとも好んでいるタイプのイメージが、現実にみたされたことを感じたであろう。それは広く、権威主義的な民衆のイメージである。為政者にとって、それほど御しやすい民衆のイメージがまたとあろうか？おそらく首相は、そうした権威主義的な民衆のイメージの具体的な内容に出あうためにのみ、かれの「内遊」に出発したのである。

為政者と、それに天皇家を加えれば、そうした権威に対するわが国の民衆の基本的な態度は、一般に根の深い権威主義の性格をおびていてまことに特殊である。それはたとえばアメリカおよびイギリスの民衆の、為政者あるいは王家に対する態度と比較するだけで、これまでも様ざまな西欧通によってくりかえし指摘されてきたとおり、明瞭にうかびあがってくる。

ＡＰ電が、この九月のできごとをつたえている。

《英国のエジンバラ公が二十日、英自動車連盟から、〝おしかり〟を受けた。十九日、チャールズ王子運転の車で、バルモラル城から約百キロ離れた王子の学校のあるゴードンスタウン（スコットランド）まで行ったが、このさい王子は免許をとったばかり、路上運転は初めてなのに、エジンバラ公は後座席に〝ゆうゆう〟とすわっていたというのが、批判の焦点。

同連盟は「運転になれない人の車に乗るときは、事故を起さぬよう横の座席にすわるのが常識」と顔をしかめている。》

日本である宮家の筋が交通事故をおこしたとき、このように率直な批判がおこなわれることはなかった。週刊誌の皇室関係の記事のタイトルは、まことに典型的な例として、《美智子さまファッション革命の原因は何か？　〝妃殿下は流行を追いすぎる〟という旧華族グループの声もあるが……》といったものである。

すなわち、民衆による批判のかわりに、民衆の外側の、旧華族グループといった、ほとんど架空の実在感しかもたぬ奇妙な権威が、ほかならぬ週刊誌読者という厖大な数の民衆によって切実に必要とされるのである。

旧憲法のもとで、民衆は表面では一切の批判力を天皇家とその周辺に対してうしなっていたわけであるが、その反面、ひそかな内部においては、じつに暗くスキャンダラスな批判力をかくしもっていたように思われる。新憲法が解放した批判力は、民衆自身が、それを骨ぬきにしたのであった。深沢七郎氏の小説は、新憲法の世界の明るさを仮りの契機として、旧憲法の世界の暗くスキャンダラスな批判のイメージ化をこころみたものであったが、それがどのような反響を呼びおこしたかはくりかえすまでもない。それをみれば、あながち新憲法が解放した批判力を、民衆自身が骨ぬきにしたともいいかねるのであるが……

アメリカの、いわゆるザ・ファースト・ファミリーへの民衆の態度はどうか。大統領一家への関心は、わが国の首相一家へのわれわれの関心と、ほとんど比較を絶して強いはずであり、それはむしろわが国において、天皇家への関心をおもいうかべるべきであるように思われるが、しかもなお、米国市民が、大統領一家への批判的な平常心をうしなうことはない。たとえば次のようなエピソードを、ケネディ大統領の新聞報道官であった、ピエール・サリンジャーがつたえている。

《パキスタン大統領モハメド・アユブ・カーンからジャクリーン夫人宛の贈り物である美しい馬のサルダールは、一九六二年にジャクリーン夫人がパキスタンを訪れたあと送られてきた。しかしジャクリーン夫人は、他のふたつの贈り物を賢明にも辞退した。それはインド象と虎の子たちであった。ちょっとした批判の風が吹いた。なぜならば馬のサルダールはワシントンまで、明らかに納税者の犠牲において運営されている軍用輸送機によって運ばれてきたからであった。しかし私が新聞記者団に対して、この飛行機は定期飛行であって、陸軍輸送便の大部分がそうであるように、他の荷物もなんにも乗せずにアメリカに帰ってくる飛行機だったということを述べたので、この非難も長くは続かなかった。》(『ケネディと共に』鹿島出版会版)

すなわちイギリスの民衆も、アメリカの民衆も、すくなくとも権威主義のべとべとした粘着力からは、はっきり自由なところがあるというべきであろう。そのように、権威主義から自由な民衆のいる国では、為政者は、一種の不安と共に「内遊」に出発しなければならない。しかし、わが国では、首相は、実際にかれが「内遊」しさえすれば、そこにかれを権威主義的に歓迎する民衆があらわれるだろうことを予想することができる。かれの政策に対していかに底深い不満が、他ならぬその民衆によって内蔵されていようとも、である。そしてもし、かれの車とジャーナリストたちの列をさえぎる民衆があらわれたなら、首相はこう考えることができる。いや、あれは特殊な団体に属する、指導された連中なのだ、あれは自由な本当の民衆ではないのだと。首相の、「期待される民衆像」はつねに安全に維持される。

岸首相が国会議事堂をとりまく厖大な数の民衆をあたかも空気を見るように見て、「声なき声」の民衆を信ずることができたのもおなじメカニズムによるものだった。岸首相もまた、真実、心底から、国会議事堂をめぐる民衆を、いや、あれは特殊な団体に属する、指導された連中なのだ、あれは自由な本当の民衆ではないのだと信じたのであろう。それは客観的事実に反しているが、しかしその客観的事実は、首相の主観的事実を圧倒するにたる力をもちえなかったのである。

なぜなら首相は、いかなる自己欺瞞もへずに、まさにそのように信じたのであるし、しかも、もしかれもまた「内遊」を試みれば、ただちに権威主義的な一群の民衆があらわれて、かれに「声なき声」の実体を示したであろうからである。おそらくそれはごく少数の民衆からなる「声なき声」の実体であったろうが、首相は、あえてそれより他の民衆の存在にまで想像力を働かさないことを選びさえすれば(それは実際やさしい)、十分に満足すべき状態において、かれの民衆のイメージを具体化することができたであろう。

政治家は、民衆について、あくまでも、巨視的、全体的、綜合的なイメージをもたなければならない職業だと、僕は書いたが、いうまでもなくそうしたイメージは、ガスカルの嵐のもとの民衆のイメージが端的に示すように、ひとつの想像力の産物である。小説家が民衆についていだく、微視的、部分的、分析的なイメージは、もともと具体的な民衆のうちの一個性の観察から出発するのであるから、少なくとも現実に根ざしているし、しかもそれを再び現実につきあわせて検討することが容易であるから、大幅に歪むことはほとんど不可能である。いったん大幅に歪んだ民衆のイメージをもつ小説家があらわれれば、これもまた容易に、かれの狂気の摘発がおこなわれうるであろう。

しかし、政治家の民衆についてのイメージは、本来、想像力にのみもとづくのであるし、現実に、巨視的、全体的、綜合的な民衆という存在があるのではないから、かれの想像力の産物は、現実につきあわせて検討されることが不可能な性格のものである。そこでは、いかなる歪んだイメージもまたつくりあげられることがありえるし、しかもそのイメージは相当に長もちすることがありえるであろう。すなわち、すべての政治家の、民衆のイメージが、虚像の性格をおびているのであり、政治家の期待にしたがって、その虚像に実体をあたえるのが、権威主義的な民衆である。「内遊」とは、結局そうした政治家の民衆の虚像への出会いの旅であった。

民衆が、政治家の民衆の虚像にたいして、拒否の姿勢を示すために、政治家の論理を逆手にとって、「自由な本当の民衆」として、ひとつの自己主張をおこなおうとすれば、かれはまず絶対に、権威主義的であってはならない。来日したサルトルの、いわゆるにせの知識人という言葉にならっていえば、権威主義的な民衆は、にせの民衆である。もし、日本の民衆が、いかなる団体にも属さず、いかなる指導のもとにもなく、「自由な本当の民衆」として、なお権威主義から無縁であれば、その時、首相はかれの政策への不満がみちみちている国内への「内遊」を試みる勇気をもちえないはずである。

そのような時は、果してくるだろうか？　その時はまた、わが国の「自由な本当の民衆」が天皇制をめぐる権威主義からも、自由になった時でなければならないであろうが……

右にあげたサルトルは一九五四年五月、ベルリンで世界平和評議会のためにひとつの演説をした。それは核兵器の出現によって、戦争に関する民衆の意味が一変したことをあきらかにする明快な論理につらぬかれたものであった。それは、十二年たって、ベトナム戦争を中心に、「エスカレーションの梯子」(“On Escalation” Herman Kahn, Praeger 版による)がのぼられているいまも、なお原則として正しい論理である。《中国人の表現によれば、「魚が水中に住むように」、人民の中にある人民軍》の本家である中国の軍隊そのものが核武装したこと、「冷い戦争」はいまや「エスカレーションによる熱い戦争」に変っているが。五四年のサルトルの意見を回想すればほぼ次のようである。《原子爆弾こそは、いわゆる冷い戦争とよばれているものにその独特の性格を附与しているのである。》

国民戦争の時代、すなわち国民軍が戦争に参加する時代、殺戮はきわめて大規模のものとなった。しかし国民軍は大衆を必要とするから、民衆の世論はかなりの戦争に対する監視力をもっていた。そこへ人民戦争の時代、人民軍が戦争を、その軍としての本質にしたがって侵略的にではなく、防禦的におこなう時代がおとずれた。《しかるにこの人民の軍隊と丁度対照をなすのが原子兵器である。人民軍と原子爆弾とは現代を特徴づけている二つの対立物である。紛争への人民の完全なる参加によって、平和の可能性、もしくは戦争制限の可能性がきわめて大きくなってきた正にそのときに、恐ろしい威力をもった原子爆弾の出現によって、西欧の指導者たちは、人民にたよらないで、戦争したり、あるいは戦争するぞといって威嚇したりすることができるようになった。》《戦争をやるにはアメリカ国民なしでもやってゆけるのだということを教えこまれれば教えこまれるほど、彼らは事件にたいする影響力を失ってゆく。彼らの頭につぎこまれた宿命論のおかげで、原子戦争はいっさいの統制力から解放され、やがてそれは、アメリカ国民の意志と利益に反し、内閣にいる数名の人々によって決定されるようになるかもしれない。恐らくここにこそもっとも大きな危険がある。》

原子爆弾は、抽象的な暴力のもっともむきだしのかたちであり、それは人民軍の勝利という歴史と論理の法則に抗しうる武器である。それは不断の最後通牒であり、《現状維持か完全破壊かという二者択一》をおしつけるところの本質的に反動的なるものである。《原子爆弾はブロックをつくりだす、それは恐怖を生みだす、またそれは、人民による監督なしに投げられるが故に、数名の人間の手中にある恣意的な力を表すものである。》そしてサルトルは二つのことを、すなわち、第一に原子爆弾に対抗する団結を形成することと、第二に恐怖とたたかわねばならぬことを、提唱したのであった。

もっとも端的にいえば、人民軍による戦争という、すべての民衆の参加する、しかもまさに生死をかけた民衆の実像の参加する戦争によって、民衆が歴史の最前線におどりでたとき、核兵器が、ひとにぎりの為政者をのぞくすべての国民、あらゆる民衆を、戦争の外に、歴史の外におしやってしまった、とサルトルはいうのである。いうまでもなく、核戦争は、すべての民衆を、戦争の犠牲者としてはそこに参加せしめるものであるが、民衆は戦争についての監視力のみはまったくうしなってしまった、ということである。

十二年たっても、本質的には事情はおなじである。われわれ民衆は、ペンタゴンの数名の人間の手のうちにあるわれわれの運命をつねにきづかわねばならない。原子爆弾に対抗する団結はいまなお形成されていないし、恐怖はいまやわれわれの不断の属性である。

しかし十二年前にくらべて、民衆の役割につけ加えられたものがあることにもまた、気づかざるをえない。それは、あるいは、民衆の虚像の役割というべきかもしれないが。そしてそれをもたらしたのは「エスカレーションの梯子」にほかならない。すなわち、民衆の虚像が、ペンタゴンの数名の人間と共に、核戦争に参加することを要請されているのが、十二年後の現実というべきではあるまいか？

アメリカの核戦略家ハーマン・カーンのいわゆる「エスカレーションの梯子」において、核兵器が十分に潜在的な力を発揮して、エスカレーションの脅迫競争における相手方を圧倒するためには、核兵器が、結局は人間の良識によって使用されることがないであろう、という考え方は、二重の意味で有害である。まず相手方の国の民衆および為政者によって、こちらがわの国が、結局は核兵器をつかわないであろうと考えることは、エスカレーションの威嚇の力が致命的にうしなわれることであるから有害である。そして、こちらがわの国の民衆が、自分たちの為政者は、結局は核兵器をつかわないであろうと考えることは、相手方の国に対する示威の上での核兵器の説得力を根本的にあやうくするものであって、それもまた有害である。

エスカレーションの威嚇力とは、こちらがわは核兵器の使用において、どのようにでも気違いめいたことをやることができるぞ、ということを相手方に知らしめることによってのみ生じるのであるから、もっと正確にいえば、こちらがわの国の民衆が、自分たちの為政者は、結局は核兵器をつかわないであろうと考えているように相手方にみえる、ことこそもっとも警戒しなければならない。

したがって、現在の中国の毛沢東から紅衛兵にいたる為政者と民衆一体の（たとえそれが見せかけであろうと、エスカレーションの脅迫競争においては、見せかけこそが、もっとも決定的なポイントなのであるから）、あえて戦争を辞せず、という態度は、アメリカと比較しての核戦力の劣勢を十分にカバーするほどに有力な威嚇力である。

それに対抗して「エスカレーションの梯子」の上での優位をたもつためには、アメリカの為政者たちも、いや核兵器はペンタゴンのひとにぎりの人間によって希望されているのではない、民衆によっても十分に支持されているのだ、という示威が必要である。しかも相手方の為政者と民衆とをすっかり説得しうる迫真力においてその示威をおこなわねばならない。そこで、実際に、屈伏よりは核戦争による全滅を選ぶ、といった狂的な主張のもとにあつまる民衆の虚像が、切実に必要とされるということになるであろう。アメリカにおける、中国に対する一種の反共マス・ヒステリアは、そうした核兵器戦略をバック・アップする民衆の虚像の空洞の内部につめこまれるパテのごときもののように思われる。

しかしエスカレーションの進行は、核戦争を望む民衆という虚像を、いやおうなしに、実像にかえてゆく力をもつであろう。そして、虚像がすっかり実像にかさなったとき、ペンタゴンの少数の人間の指が核兵器のボタンをおす瞬間がおとずれるはずである。サルトルのもっとも大きな危険とみなした状態より、さらに大きい危険は、アメリカの民衆が、エスカレーションの、相手方をあざむくためのはずであった詐術にみずからあざむかれて、ペンタゴンの少数の人間と共犯の状態において、核戦争に突入してしまうことにちがいないのである。

「期待される人間像」は、わが国の為政者が、その民衆のイメージ、かれらにとってもっとも都合の良い民衆の虚像を、実際に、青少年に向って指示し、そうしたイメージの民衆になることを要請したものである。すくなくとも、民主主義国家において、民衆が為政者を選ぶのでなく、逆に、為政者が民衆を選ぶという、この荒唐無稽がおこなわれた例は、あまり多くはないであろう。天皇制にかかわる条項があきらかに示すとおり、それは権威主義的なタイプの民衆の大量生産をめざすものであって、あまりにもあざとく、為政者による民衆の虚像の実像化の計画である。

「期待される人間像」は、国内における、為政者の民衆のイメージのおそるべき押しつけの試みであったが、おなじ試みは、国際的にも、日本の民衆にむかってしかけられているというべきであろう。それが一種の新しい国際世論の見せかけのもとに、ひとつの機運となっているように観察される、日本の核武装への呼びかけである。

日本の核武装を、みずからの自発的な意志で望んでいると信じている日本の為政者たちの誰かれが、現にいることはあきらかであるが、しかし結局、日本の核武装、核武装する日本というイメージは、国外の為政者の頭に最初にやどった、かれら自身のためにもっとも好都合な虚像である。ある新聞のパリ支局長が、日本に帰国して土産のように発表した論説が、日本の核武装についての主張をふくむものであったことなど、おのずからこの問題が、本質的に外国種であることをあかしだてている。

ハンス・モーゲンソー教授が僕に語ったのは、核武装した日本というイメージが、核武装した中国大陸との対比において、いままさに自殺しようとしている島にみえる、ということであった。しかし、ハーマン・カーンの「エスカレーションの梯子」における、見せしめのための核兵器による局地戦という命題から見れば、すなわちアメリカのペンタゴンにおけるエスカレーション戦略の計画者から見れば、共産圏とアメリカとのエスカレーションの脅迫競争において、中国に相当のダメージをあたえたのち、核報復によって全滅する日本は、究極的な核戦争の威圧を、相手方により現実的に思い知らせる上で、まことに有効な捨て石ではないか。

「内遊」した首相に、権威主義的な民衆がちょっとした合意を示した、かれの民衆に対するイメージ、首相の望む民衆の虚像についてなら、「期待される人間像」ともども、われわれがそれを否定しさる時は、結局おとずれるであろう。しかし、核武装を望む日本人という、わが国の民衆への国際的な最悪の虚像を、もしわれわれが実像として具体化する時があれば、エスカレーションの脅迫競争の、国ぐるみの恐怖にみちた絶望的捨て石としての、われわれの滅びの道は始まったのであり、それは後戻りのきかぬ道なのである。僕は民衆のひとりとしてそれを希望しない。

〔一九六六年〕

アメリカの百日

この夏のはじめから、秋の終りまで、僕は百日以上をアメリカで暮らしてきたことになります。この夏と秋というものは、太平洋をはさんで、じつに激しく不安な日々でした。ヴィエトナムを中核として日本とアメリカとがきびしい緊張のコイルの両端でふるえつづけているという印象が、少なくとも、アメリカで旅行者としての生活をおくるひとりの日本人である僕には日々、濃密でした。

五年前の夏、僕は北京にいて、やはりおなじように緊迫したアメリカと日本との相関の圧力とでもいうものを感じていたのです。それは、いわゆる安保闘争の時期で、ヴィエトナム危機の今日と、あの一九六〇年夏とは、やがて戦後二十年の日米関係のもっともスリリングな分岐点として、記憶されることになるでしょうが、僕はそれらをそれぞれ、北京とワシントンで観察するまわりあわせになったわけです。

ワシントンからVOAで、僕はヴィエトナム戦争への日本人の一市民としての感想を語りましたが、北京からも僕は、新安保条約をめぐるデモンストレーションについての僕の感想をのべる放送を行なったものでした。それについて僕が思い出したのは、最近ひとりのアメリカ人から、かなり意地悪なあいさつとともに、一葉の日本の新聞の切りぬきを見せられたからです。切りぬきは、安保闘争をめぐっての江藤淳さんのエッセイで、江藤さんは僕の放送が「日本人民の英雄的闘争」を支援するものであった、とカッコつきで書いています。僕の放送は、たまたま『アカハタ』紙が、僕に無断でその日曜版にのせましたから、それを参照することができますが、実際には僕はこうしたことばを使ったことはなく、こうした気分の放送をしたのでもありませんでした。

僕は五年前の夏から、この夏にいたるまで、いわゆる安保闘争において発揮された日本人の市民の「強権に確執をかもす志」にたいする信頼と評価をうしなったことはなく、反ヴィエトナム戦争の市民の意思表示にあらためてそれを確認する思いを味わっています。しかし、僕は市民のデモンストレーションの、とくに僕をふくめて日本の市民のデモンストレーションの背後にひそむ、暗く、ほとんど絶望的な無力感についても、いくらかは体験的にそれを知っているつもりです。しかもなお、その日本の市民がヴィエトナム戦争にさからってデモンストレーションを行ない、それを持続するということが、もっとも意味深いことであろうと思います。したがって、僕は、江藤淳さんの、こうした事実をゆがめた揶揄《やゆ》的ないいまわしを生産的な批評であるとは思いませんでした。そもそも、アメリカで日本の市民のデモンストレーションの実情について知ることは、決して容易ではありません。もちろん、それがごく小さな記事としてであれ、アメリカの新聞にのることはある以上、まったく不可能だというのではありませんが、そのデモンストレーションが日本の市民の行動として、どのような独自性をもっているかというようなことは、いかに注意深い日本通にもそれらの記事から読みとることはできないでしょう。アメリカの市民がそうした日本のデモンストレーションについて、もつことのできる知識はごく限られたものであり、しかもその知識が日本の市民の行動の独自の内的意味とかかわることなどありえないとすれば、日本の市民のデモンストレーションが、アメリカの市民に深く正当に訴える可能性は、きわめて希薄に感じられます。それは日本人同士の意識的な曲解以上に気持をめいらせるものです。

もちろん、アメリカのリベラルな知識人たちが、日本の市民の行動について知ることを積極的にもとめていることは確実で、少なくとも一面ではいまやアメリカのデモクラシーの正統をまもる人びとの城のように感じられる様ざまな私立大学、そして公立大学をたずねるたびに、僕はそうした質問に接しました。

しかもなお、日本人のデモンストレーションの独自な意味が(おそらく日本人ほど、そのデモンストレーションに独自の意味をつらぬきとおすことを潔癖に望んでいる市民はほかにないのであって、それはとくに現在の日本の政治的位置にかかわっているはずだと僕は考えています。ただ単に東洋のひとつの国で反ヴィエトナム戦争のデモンストレーションがあったというのみの報道だけでは、日本の市民のデモンストレーションに関する限り、じつに多くのもっとも重要なものが欠落してしまうように思われるのです)、十分にかれらにつたわっているとはいいがたいので、そのような際に、あらためて日本人が、日本人の市民のデモンストレーションとその評価とを、わざわざねじ曲げてあげつらうことはないではないかというのが、江藤淳さんのエッセイをアメリカで読んでの、僕の憂鬱な感想でした。

さて、こうした激しい夏と秋とをアメリカで暮らしているあいだ、当然僕は自分のアメリカについての印象を少しずつまとめることを試みましたし、それを記事にして日本の新聞に送る約束もしてきたのですが、結局、僕はほとんどその約束をみたすことができませんでした。それはまず、百日あまりという旅の日程が、スケッチふうの印象をまとめるためには長すぎ、しかもしっかりしたひとつの意見をつくりあげるためには短かすぎるといった感じであったこととともに、僕のアメリカでの百日間が、とくに激しい時の流れのうちの日々であったことにもまた由来するように思われます。

僕は東京に帰ってあらためて、僕自身のアメリカを理解することを始めねばなりません。

それでも僕はここに、僕がアメリカでとったノートのうちの、もっとも緊急に感じられるテーマ、すなわち、アメリカの市民たちの、核兵器、あるいは核戦争に対する感情についての印象を書きつけておきたいと思います。

僕は僕の会うことのできたアメリカの知識人のほとんどすべての人びとに、それをめぐる質問をくりかえしてきたのでした。

アメリカ人が広島および長崎ですでに炸裂した原爆について、どのように感じているかということでは、この八月、アメリカの新聞、雑誌、それにテレビなどが一斉に特集した原爆後二十年の記事が多くを語りました。

それから僕のうけとった印象は、結局アメリカ人たちが、これらの原爆をいくらかでも正当化するためにはらっている努力の厖大さということでした。戦争終結のため、いかにあの原爆が欠くべからざるものであったかについて、太平洋戦争末期の日本の軍部の執拗な抵抗ぶりがくりかえし描写されましたし、ついには日本人の旧軍人や当時の官僚の証言までが、アメリカの家庭のブラウン管をにぎわせたりもする始末でした。しかし結局、それらは、僕のアメリカの友人である文学専攻の大学院生がいった言葉をかりれば「二発目の原爆の正当性まで主張するには十分でなかった」ように思われます。

こうした自己正当化の意思が攻撃的にまで激しくあらわれる場合もあって、たとえば僕は、ハーバード大学で原爆をめぐっての短い話をしたあと、ひとりの老婦人から、それではパール・ハーバーについてどう説明するか？ とくいさがられたことがありました。これはアメリカの雑誌ではありませんが、『パリ・マッチ』誌の八・一五特集号の表紙は、パール・ハーバーと広島の写真を半分ずつ重ねたものでした。アメリカの軍備問題の専門家である『武装した社会』の著者コッフィン氏と話していて、僕が沖縄問題について質問をつづけるうち、突然氏が、結局パール・ハーバーの奇襲というものが、原爆を、そして現在のアメリカの東洋における基地保有を結果したのだと、強く答えられたこともまたおなじ種類の印象として残っています。そこで僕の考えることは、こうした時代において、少なくとも日本人だけは、それがどのような種類の「善き意志」にうながされたものであれ、ヒロシマとナガサキとを正当化する動きにつらなってはなるまいということです。そうした動きにさからい、原爆の事実への正確な証人の存在は、皮相的な反米感情などとは別にもっと深く、あるいは暗くさえある、人間そのものの本質および歴史とかかわって欠くべからざることだと思います。

原爆使用のもたらしたものを正当化しようという感情、ヒロシマ、ナガサキへの罪悪感からのがれたいという心理的欲求が、アメリカの市民一般にあるとすれば、とくに、もっとも保守的なアメリカの市民の感情にきわめて甘い蜜のような味のするショックであったと思われるのは、いまや日本人自身のうちに、核武装を望むものたちがあらわれた、という日本からの報道であったろうと思います。それはまた同時に、過去の原爆と未来の原水爆への責任を正統的にひきうけ、新しい道をきりひらこうとする意志をもったリベラルなアメリカ人たちにとっては、もっとも苦しいショックであったはずです。

僕がニューヨークで会った、アメリカの「ラディカルな保守派」、かつてジェームズ・ボールドウィンやノーマン・メイラーとの公開討論をつうじて日本にも紹介された若い右翼ウィリアム・バックリー・ジュニアは、もっとも端的に日本の核武装への期待を表明するアメリカ人のひとりでした。ニューヨーク市長選に立候補しているバックリー氏は、かれの論敵が認めるとおり、会って話す限りでは、じつに魅力にみちた若わかしく知的な、たくましい青年ですが、かれは日本が核武装して中国と対抗し、アジアでの「責任」を果すことを、なにかもっとも素晴らしいことについて語るとでもいうように、眼を輝かせ、熱情をこめて主張しつづけるのでした。かれにとって、中国の核武装は、日本人が原爆についてもっている負の感情をすっかり吹きとばし、積極的に原爆を自分の武器としてもとうという意志をもたらす、まさに明確な一転機であらねばならないようでした。

逆に、日本人のなかからの核武装の声をきいて、たとえば広島の被爆者の心理構造の専門家であるエール大学のロバート・リフトン教授や『孤独なる群衆』のリースマン教授は、憂うつに、あるいは憤りとともにきわめて否定的な反応を示されたものです。

そうした態度のうちで、とくに印象的だったのは、シカゴ大学のハンス・モーゲンソー教授のそれでした。教授の最近出版された『ヴィエトナムと米国』は、ここ十年間の教授のヴィエトナム問題をめぐる、まさに実際的でかつ人間そのものへの深い洞察もはらんでいる、刺激的な書物ですが、教授は日本の核武装というテーマについても端的に実際的な批判を行ないました。

すなわち、日本の核武装は、そのまま中国に、日本への核攻撃の正当な理由《エクスキューズ》を与えるものである。日本の中国への位置・状況は英国のヨーロッパへのそれとおなじく、日本のように高度に工業化した狭い国土を中国から核攻撃することになれば、それはたちまち日本のすべての地方が新しいヒロシマとなることを意味する。日本の核武装、それこそは自殺行為にひとしい。

僕はモーゲンソー教授の意見に組します。しかも僕は、それを日本の核武装のみならず、日本の基地におけるアメリカの核兵器保有についてもまた適用すべき考えだと思うものです。沖縄の核兵器基地は、すでに中国に、そこへの核攻撃の正当な理由を与えていると感じられます。それはおそらく、すべての沖縄の日本人のもっとも痛切に感じているところのことであるはずであって、たとえ実際にはそうした最悪の事態がおこらないにしても、現在、沖縄の民衆の心に深く根をおろしているはずの厖大な恐怖感を十分につぐなうことは、少なくとも日本の政府にとって絶対に困難であろうと思います。

　こうした核戦争への暗い恐怖感がおもに日本人の感覚にとどまるかといえば、それはそうでなく、アメリカの知識人にもわけもたれているもののように思われます。とくに知識人というのでなく、一般市民の感覚についていっても、僕はほぼ百日前、はじめてボストンを歩いた時、そのあらゆる街角に満ちみちている、核戦争用のシェルターにショックを受けたものでした。現在は一時的にせよ、そのシェルター建造ブームの時期のさしせまった感情は過去のものとなったのではないかと思われますが（それは「当面の敵」が、ロケットの優秀性を誇るソビエトから、いくらか手工業的な核兵器のイメージのある中国へと、少なくとも市民の感情の上では移行していることに由来するでしょう）、それでも僕はじつにたびたび、いったい中国は原爆を使うだろうか？　という不安げな質問を受けたことをおぼえています。知識人の声としては、プリンストン大学の若い法学者であり、かつて『ネイション』誌に広島の被爆者についてのエッセイを発表したこともある、平和運動に深い関心をよせるリチャード・フォーク助教授が、国際法成立の歴史の例をひきながら、もし究極的に、核兵器の国際管理の法律ができあがることがあるにしても、それは、もういちどこの地球上で核兵器が炸裂したあとのことではないかという、いわばペシミスティックな意見をのべられたのが、もっとも典型的に、アメリカの良識派の不安を表現しているように思われます。とくに核拡散の気配がますます具体的に濃厚であるいま、僕には、世界最終戦争のそれでなく、これもまさに恐ろしいことながら、局地戦の武器としての原爆がもういちど使われる可能性は、とくに強まったのではないか、と考えられます。

世界最終戦争に直接むすびつくような核兵器使用については、核パワー・ポリティックスに無力な日本人も、たとえ確たる根拠はないにしても、人類の良識を信じようと考えます。自分たちがその手に核兵器の最大のものをもっているアメリカ人にとって、それはとくにそうでしょう。しかし、局地戦的なその使用については、やはり人間の良識とかなんとかいうより先に、国際法にかかわる措置がとられなければ、具体的に不安は減じないように思われます。たまたま東京から原水爆禁止運動の中国と日本共産党中心の大会が、新興国の核兵器保有の正当化という命題を出したことが伝えられた時でもあり、僕はフォーク助教授を単にペシミスティックとのみは呼ぶことができないと感じたものです。

新しい核兵器保有国の問題の最大の焦点をなした中国の核実験について、それがアメリカの市民にもたらしたいくぶんナイーブな反応についてはすでに述べましたが、そうした反応よりももう少し深いところには、日本でのそれとはまったくちがう、まさにアメリカ的な受けとり方が行なわれたのではないかと僕は考えています。すなわち、その核実験以前から今日にいたる中国への、アメリカ市民の異様なほど硬化している敵対感情の流れを、この中国の核実験が一挙に整理し、すっきりと方向づけたのではないか。もちろん、整理し、方向づけたというのは、硬化した感情を解消することにむかって、というのとはまったく逆に、それまでのいくぶんむりやり硬化した感情の背後に未解消にのこっていたもやもやしたものを、さっぱりはらいのけ、あらためて中国がアメリカ市民の感情の内で「嫡出の仮装敵国」とでもいうべき存在となることを決定づけたのが、この中国の核実験ではなかったか、と僕は考えるのです。

ごく一般の保守的なアメリカ市民層にとって、いかに中国への硬化した感情が広まり深まっているにしても、中国が核武装しなかった時期において、その中国に対して核兵器を使用することを空想することは心理的にやはり罪悪感をともなったであろうと思います。それはヒロシマ、ナガサキにかかわる、日本人のもっとも基本的な平和運動のもたらした効果であった、といっていいかもしれません。しかし中国もまた核武装したとき、このジレンマは解消されたにちがいありません。しかも現在、あきらかにアメリカが中国よりも核兵器保有について優位である以上、中国との核戦争について空想するアメリカ市民の心理状態は、かなり明るいものであることでしょう。罪悪感もなく恐怖感もないという、ピストルをかまえた素人にたちむかうガン・ファイターの気分のように。したがって中国が十分に強い核兵器保有国となる前に北京をたたけというった、ウルトラ右派の声もあらわれるゆえんだと思われます。

これを保守的なアメリカ市民の反応とすれば、ごくリベラルな人びとの中国の核実験観も、また日本人の感覚とは異なっています。すなわち、核兵器保有国の人間たるアメリカ市民として、かれらは中国が核武装したときはじめて、それをフェアな相互関係の回復と感じたということであろうと思うのです。僕はたびたび、アメリカの市民の家庭のパーティーの席などで、自分が中国をたずねたこと、また毛沢東の著作と人間を敬愛していることを話しては、いわばスキャンダラスな反応をよびおこしたものでした。それでいて、しかも僕が、中国の核実験を認めることを拒んで、日中文化交流の団体から個人的に脱退したことを述べると、右よりの人びとも、ごく進歩的な人びとも、その続きぐあいが理解できないという態度を示しました。すなわち、アメリカの市民から見るかぎり、中国の核武装は、少なくともモラルの上で正当なことなのであって、いったんそういうことになったのち、アメリカはモラルのひけめなしに中国と核兵器の競争を行ない、そしてやすやすと圧倒しさえすればよいというのが保守派の、そして中国の核武装がアメリカのアジア政策をいくらかでも牽制してくれればいいというのが進歩派の、考え方であろうと思われます。

しかし実のところ、これこそがアメリカ旅行の全体を通じて僕にもっとも深刻なショックをあたえたことでした。そしてあらためて日本人の日本独自の態度における、反核兵器運動の重い意味を再認識させるところのことだったとも思うのです。かつて核武装しない状態を続けていた間の中国は、それ自体が反核兵器の思想のもっとも端的な象徴でありえたはずでした。そうした意見をセンチメンタルとみなす考え方が流行しているようですが、これは少なくとも十年間、歴史的な事実だったというべきであろうと思います。しかし、現在すでに中国が核武装した以上、アメリカの市民のモラルに、あるいは心理世界に、絶対的な反核兵器の思想の働きかけを行ないうる唯一の存在としては、日本および日本人のみがある、というべきなのではありますまいか?

そしてそれこそが、核兵器所有国としての中国に対して、あらためて加速度的に硬化をつづけるアメリカ市民の心に、いわば第三の声を届けること、もういちどあらためて核兵器の使用を絶対悪とする感覚をとり戻させるための、もっとも人間的な声を届けることなのではありますまいか? 僕はとくに広島と長崎の日本人が核兵器について二十年間失わなかったこの原初の態度を、日本人全体の名において持続すること、あるいは回復することの重要さをあらためてくりかえしたいと考えるものです。それは日本人の平和運動の不易流行でなくてはなりません。日本の核武装ということがもっとも端的な自殺行為であるとすれば、進歩的な日本人が「いかなる国の核武装にも反対」という態度を放棄することもまた、結局は、それほど緩慢ではない自殺の道につらなることのように思われます。この夏から秋にかけての日本で、平和運動に関心をもつ若い人たちから、すでにこうした原初の考え方が迂遠なものとして捨てられてしまっていることを、僕はアメリカでもっとも恐れたのです。

〔一九六五年〕

もうひとつのアメリカ

『もうひとつのアメリカ』というのは、アメリカ社会の繁栄の陰にかくれている貧困層について書かれ、ケネディにも、またリンドン・B・ジョンソンにも影響をあたえたといわれる若いジャーナリスト、ミッシェル・ハリントンの本のタイトルです。そこには五千万人にのぼる低所得者の実情がえがきだされ（それはアジアやアフリカの国々の貧困層とは違った性格の低所得層であるにしても）、分析されているのですが、ここで僕が、このタイトルを借りるのは、ヴィエトナム戦争をなお強力に続行し、なお、その深い泥沼にはいってゆこうとしているアメリカとは異なった〈もうひとつのアメリカ〉と〈もうひとつのアメリカ人〉について書きたいからです。

まず、今日、八月一日付の日曜版『ニューヨーク・タイムズ』は、昨日、約二時間にわたって、二百人のアメリカ市民が、ヴィエトナム戦争におけるアメリカの役割に抗議するデモをおこなったことを報じていま す。

このデモは、黒人の社会主義者、教育家、作家であったデュ・ボワの名を冠した若い左翼学生のグループによって組織されたもので(もっとも黒人のデモ参加者は少なかったようですが)、彼らのデモ隊と、おなじくヴィエトナムに平和をねがう老婦人のデモなどに対して、反対ピケをおこなう連中の状態もふくめて、『ニューヨーク・タイムズ』の記事は、昨日、タイムズ・スクエアになにがおこなわれたか、ということの全体をたくみに浮かびあがらせています。

「ヴィエトナム戦争をやめるよう大統領に手紙を書こう」という横幕があり、そして、それに対抗する American patriots for freedom の連中のプラカードは「コミュニズムへの勝利」とか、「コミュニストの平和は隷従を意味する」であり、彼らはデモ隊にむかって「フロにはいってこい!」とか「裏切者は殺せ!」とか叫んだそうですが、デモ隊のひとりの娘が、あの連中はなにか悪いところがあって、それであのようにもひどく人を殺したがるのだろうといった、というようなことも書いてあります。『ニューヨーク・タイムズ』の記者は、この娘さんがサンダルに黄色い農婦ふうブラウスの、すなわちビート、あるいはヒップのスタイルだったことを付記して、アメリカの善良な中産階級の、こうしたデモへのいくらか嘲笑的な気分のこもった一般感覚をあきらかにしていますが、僕はむしろ、短いアメリカ滞在でのいくらかの見聞にもとづいて、あのヒップ・スタイルの娘たち青年たちの画一主義への反抗には、独特な、真面目なところがあるのであり、それはそのまま、反ヴィエトナム戦争デモへの参加にもつながっているのだろうというふうに考えています。

先日、ハーバード大学で夜を徹しておこなわれた、同じ目的のティーチ・インにしても、ポップ・アートふうな広告をはったり、ビラをくばったりしている娘たちは、皮サンダルのあの服装でした。僕と話すアメリカの若い人たちは、重要な批評用語として、たびたび、sincere 真実ノ、真面目ナ、誠実ナ、ということばをつかいますが、かれらの軽べつする square すなわちマジメ人間とはちがう hip でいて、しかも sincere な人たちが、ここにいるのだと思います。

このタイムズ・スクエアのデモには、ヴィエトナム戦争の終結を訴えつづける老婦人や、逆にデモ隊を攻撃しつづける老人も顔をだし、そして自分はあと一月でヴィエトナムに行くんだ、あなたは一体、何を知っているんだ？　と憤慨する若者の印象的な肖像も報告されています。

僕は先週の木曜日のホワイト・ホール・ストリートのデモもふくめて、最近のこうした反ヴィエトナム戦争の動きを、また、それに参加するアメリカ人たちの全体を〈もうひとつのアメリカ〉として受けとっているのです。

少なくとも、僕が個人的にハーバード大学周辺の学生たちと話すかぎり、〈もうひとつのアメリカ〉は、それを実際に行動に示す、示さないは別にしても、彼ら一般の感覚であるように思われます。しかもそれは、広く社会的な展開をとげうるものでもあるように感じられます。

おなじ今日のニューヨーク・タイムズには、英国の芸術家たちの抗議が、全面広告としてのっています。

それはアメリカの芸術家たちの「日々、あからさまに非人間的となりつつある外交政策」について沈黙していることをやめ、かれらの抗議に加わるよう呼びかけた文章に答えたものです。《われわれは、アメリカにおいて抗議の声をあげた人々にあいさつをおくる。われわれは、われわれの国の市民たちに沈黙を破るよう呼びかけ、あなたたちと連帯したいとねがう。》

そしてこの抗議広告には、日本になじみの深い名前をあげれば、アイリス・マードック、アラン・シリトウのような作家や、ピンター、ウェスカーのような劇作家、ケネス・タイナンのような批評家、そしてピーター・オトゥール、アレック・ギネスなどなどの俳優たちの署名があるのです。

こうした抗議広告のもっと切実かつ危険をはらんだものをあげれば、それはビートニクの詩人ギンズバーグや、日本ではジャズ評論家として知られているナット・ヘントッフたちの署名している『ヴィレッジ・ヴォイス』先週号所載のそれでした。catholic worker を筆頭とする、アメリカのもっとも活動的な平和運動団体をスポンサーとしたこの抗議広告は、直截に徴兵忌避を呼びかけ、アメリカの若者たちにヴィエトナム戦争のボイコットをすすめるものでした。そして、ヴィエトナム戦争に行くことを拒否する意思を、署名によって示した若者たちに「ヒロシマ二十周年を期して」のワシントンでの抗議集会に参加することを求めるもので、抗議広告の責任者たちは法的な制裁を覚悟している模様です。

これが、グリニッジ・ヴィレッジの青年たち、娘たちに読まれる新聞であることを考えれば、僕のいだいている感想、sincere な hip 真面目なビートニクのイメージは、もっとあきらかになってくるのではないかと思うのです。

僕はそうしたアメリカの若い市民たちの勇敢さに（風俗的なものから政治的なものにまで具体的な生活感覚や生命の喜びにうらうちされた独特な態度をもちつづける sincere な hip の、時にはおさない気負いはあれ、勇敢な一貫性）に信頼をおきたいと思うようになりました。

かつて、この『ヴィレッジ・ヴォイス』の関係者であったノーマン・メイラーが、ハーバード大学の、いかにも古式な美しさにみちたサンダース・シアターの講堂でおこなわれたティーチ・インにやってきたのは、七月なかばのことでした。

夕方から夜明け近くまでおこなわれた、このヴィエトナム戦争反対ティーチ・インには二千人の学生が参加し、しかも講堂にはいれない学生たちが、扉の前にぎっしり集っていて、すくなくとも学生たちの（知的な）ヴィエトナムへの関心の激しさは、そこに十分に示されていたはずです。ティーチ・インには、ニューヨークで独特な政治、経済、外交にかかわる個人週刊誌『I・F・ストーン・ウィークリー』をだしているI・F・ストーンも加わりましたが、学生たちの関心はおもにメイラーにあったようです。メイラーにさきだってヴィエトナム戦争に関わるスピーチをそれぞれおこなった学者たちは、日本の学者たちのヴィエトナム分析の率直さ、激しさ、自由さにくらべて、決して、より実効的とはいえないというのが僕の印象でしたが（それは、ほぼ常にリンドン・ジョンソン批判という形をとっていて、こうした戦争にいたるほかなかったアメリカ合衆国の本質そのものへの根元的批判という形で、ヴィエトナム戦争への抗議がおこなわれたのではありませんでした）。

それにしても、教授たちと学生たちとの、いかにも冷静で、しかも生きいきした興味にみちた、緊張した関係は、きわめて程度の高い集会であることを、あきらかにするものでした。

さて、ノーマン・メイラーは、少し酔っぱらって(それはかれ自身が講演にさきだって、そういったのですが)クマの人形みたいにふとった上体を細いズボンの足でささえ、なんとなく右手、右足をそろえて前に出すような、また、地面をしっかり踏みしめるダンスを踊っているような、上機嫌な歩き方で登場しました。

かれは早口で、むきになってしゃべりたてて、他の学者たちのようにたくみな講演者とはいえませんが、とくにスピーチの前半のリンドン・ジョンソン批判、あるいは嘲弄は、おおいに学生たちをわかせるものでした。

かれの講演は、二カ月前、バークレイでおこなわれたティーチ・インで、かれ自身のおこなったスピーチにもとづくもので、メイラーは「なにかものを書いて、それが二カ月間も生きたままだというのは、注目すべきことだ」というようなことをいいながら、講演したのですが、まさに、かれの描きだすリンドン・ジョンソンのカリカチュアは生きていたといわねばなりません。かれはジョンソンの演説のアクセントをたくみに模倣し、笑いとばします。ジョンソンの書いた本『アメリカへの我が希望』My hope for America を、メイラーは"Mah hope fo America"と発言してみせるのですが、メイラーはそれを、公的人物の書いた、おそらく最悪の書物、とよびます。そうした愉快かつ辛辣なジョンソン批判の前半のあと、後半は冷たい戦争を終らしめねばならないということについての、かれがアメリカの若い右翼との討論や『白い黒人《ホワイト・ニグロ》』で主張しつづけてきた理論を、あらためて演説することでした。

ヴィエトナムにおける戦争は、結局、内戦であって、アメリカの介入は求められていない、とメイラーはいいます。アメリカはヴィエトナムにおいて条約を破り、実際にはすでに崩壊してしまった国をささえようとしている。これはまったく反理性的な戦争であって、それを論理的にあつかうことはできない。この情念にかかわるかぎり、意味のまさに空虚な戦い……

《冷戦を終えよ、とわたしはいう。実際に防護されることを望んでいる人びとのところまで、前線をひきさげよ。コミュニズムがやってこようとしている国々には、コミュニズムをしてきたらしめよ。結局のところ、コミュニズムはあまりにも広がり、そして経済的に豊かになったあげく、それ自身で燃えつきてしまうだろう。》

ほぼ、こうしたことが、かれの結論でしょうが、とくにそれが学生たちに印象を与えるということはなく、学生たちはメイラーによるリンドン・ジョンソンのカリカチュアをもっとも楽しんだようでした。

メイラーの演説のあと、深夜の構内を僕が寮に戻ってこようとしていると、僕のすぐ前を、メイラーがかれの車にむかって歩いてゆくところでした。かれはふとって金髪で、いわば『アメリカの夢』のヒロインみたいな、おそらくはかれの夫人である女性と指先をつなぎあって歩いていました。そこへ、ひとりの学生がとびだし、メイラーにタバコの火をかりたのですが、ライターの火の明るみの中のメイラーと金髪の娘と、そしてひどく興奮し、薄笑いをうかべ、しかも不安げな、その若者の顔とは、僕にとってなんとなくショッキングでした。やがて学生は、試合に勝ったとでもいうような様子で、奇妙にヒステリックに高笑いしながら、仲間のところへかけ戻りましたが、メイラーは、アメリカの若者から、そうした軽薄で、いくぶんヒロイックな味のする挑戦をうけるる社会的存在とみなされているのでしょう。

ちなみに、現代の代表的な百人を選んだ『エスクワイア』誌の特集で、メイラーは、J・D・サリンジャーが当然ながら作家という肩書でそこに加えられているのに比べ、社交界の人物というべきか、社会的有名人と訳すべきか、social figure と説明されていたものです。

さて、その深夜、僕はボストンの酒場でメイラーと会いました。もっとも僕がそこへ呼びだされたのは深夜二時で、壁にさまざまなスポーツ風景を描いた絵のかかっている酒場でのメイラーは、すでにおおいに酔っぱらっていましたし、かれと話したがっている人たちは沢山いて、僕はただあいさつしたくらいのものでした。

メイラーはティーチ・インの演説がそうであったように、非常に真面目に、生真面目にみえるときと、すっかり酔っぱらって冗談を連発しているときの、ふたつの柱のあいだを揺れ動いていて、いちばん酔っぱらってみえるとき、かれはスペイン系の肥満した中年婦人とボクシングの試合の話をし、それからいちばんしらふにみえるとき、ティーチ・インの世話をした学生たちと、ティーチ・インの実効性について熱烈な議論をしました。そのうち僕は、スペイン系婦人のがわも、ティーチ・インの世話をした学生のがわも、おなじように、メイラーと、いわゆる汚ならしいことばで語るスリルを楽しんでいるだけではないか、スペイン系婦人の方はともかく、学生たちがそうでは困るのではないか、というような不機嫌な気分にとらえられてきました。

すなわち、僕はこれらの学生たちが、ティーチ・インの実効性などと論じてはいても、じつはメイラーをティーチ・インにつれてきたことだけで満足しており、ティーチ・インの考え方や思想を、実際行動にひろげてゆくこと、真の実効性をもたらすことには熱心でないのではないかと考えはじめたわけでした。

そのように憂鬱症が昂じてくると、メイラー自身、かれの演説の実効性を信じているのかどうか疑われてき、僕はひとり酒場をひきあげてきながら次のようなことを考えたものです。

すなわち、もしアメリカ人による反ヴィエトナム戦争の大衆行動が、リンドン・ジョンソン氏に影響を与えるとすれば、それはむしろティーチ・インのようなアカデミックな秩序にみちた知的な集会であるよりも、もっと乱雑かつ卑俗であっても、現実的な街頭行進のようなもの、黒人の市民権をめぐるワシントン大行進のようなものであるのではあるまいか。それでは、ティーチ・インの学生たちが、かれらの行動の実効性を講堂のなかの演説の生み出す金の卵みたいなものとして空想するのみで、それを街頭に押しだそうと考えない模様であるのは、困ったことではあるまいか?

しかし、いま、しだいに、アメリカの市民たちの反ヴィエトナム戦争の意思表示が街頭にあらわれてくるように思えるとき、酒場での僕の感想は、おそらく、アメリカ旅行中の日本人というヴィエトナム戦争の現実とその拡大の可能性に、嫌悪と不安とを重い錘《おも》りのようにもちこんでいる人間の憂鬱症に、多分におかされていたとみなすべきなのでしょう。

ともかく、いま僕は『ヴィレッジ・ヴォイス』の抗議広告の、いわゆるヒロシマ二十周年を期してのワシントンでの大衆集会において〈もうひとつのアメリカ〉の声が、よりあきらかにひびくことを待ち望んでいます。

〔一九六五年〕

「強大なアメリカ像」の崩れたあとに……

オーストラリア南部の市で、ひとりの婦人が、弟は日本軍に殺されたが、すでに「にがい記憶《ビターネス》」は忘れた、と語りかけた。彼女の脇に立っている息子は、ヴィエトナムで戦い、生き延びて帰ってきたところであった。かれもまた、こんどは逆にヴィエトナムの婦人に「にがい記憶」をうえつけてきたことであろうし、若さに似合わず暗い顔をした青年は、かれ自身の「にがい記憶」を胸にひそめているのであるかもしれない。

　そこでわれわれは黙りこみ、いったい戦争のもたらす「にがい記憶」とは本当に忘れさられるものなのか、という不安なもの思いにおちこんでしまう。

　そのオーストラリアから帰国した翌日、僕はあらゆる新聞が、ジョンソン大統領の北爆停止と次期選挙不出馬の声明によってうずめつくされるのを見た。株式市場は暴落したが、この日の夕刊はまことに幾年ぶりともしれぬ、明るい期待の光に内側から照らしだされていた。

　しかし翌日の新聞、翌々日の新聞は、なおも北爆がつづけられていること、北爆停止が条件つきであったことを報道して暗い色あいにそめられた。四月四日の朝刊がハノイからの対米会談の意思表示をつたえる。再び光がよみがえり、それにこたえるジョンソン大統領の、和平予備会談をひらこうとする声明をのせた夕刊は生きいきとして明るいものであった。そして五日夕刊が、やはり一面トップに報道する記事、それはマーチン・ルーサー・キング暗殺の報道である。

　そこにおちている影の濃さのうちには、この数日来のもっとも無気味な暗さともいうべきものがある……

　僕はこの四月一日以来の激しい明暗にいろどられた新聞から、いうまでもなくその報道の内容自体によって衝撃をうけたが、それとおなじほどにも強い印象として、あらためて、われわれ日本人はこのようにも深く広範囲に、アメリカという国家の影響下に生きているのだ、という感慨をいだかずにはいられなかった。なにを、いまさら？　という声があることであろう。しかし僕は、いまこそそれをあらためて確実に鋭く感じとることの意味を認めたい、と思うものである。

　アメリカ、偉大なアメリカ、あるいは強大なアメリカ、われわれは戦後の二十三年間を、いつ、この圧倒的なアメリカから、自由に解放されて生きる日をあじわっただろう？　しかも、いま、そのアメリカが、すなわち頭上に山のごとくそびえたつ大怪物たるアメリカが、それ自身で、なにかちがったものにかたちを変えようとしている。どこかちがった位置にあとずさろうとしてる、その曲り角にたちあっているのだ、と誰もが感じているのである。

　それがわれわれの頭上に翼をひろげた大怪物の曲り角である以上、それが単にアメリカの曲り角であるにとどまらず、われわれの日本の曲り角でもあることは当然である。

　そしてこのふたつの国の曲り角における実態は、日本人にとってのアメリカのイメージの曲り角という、ひとつに統合されたかたちにおいて、とらえられるものであろう。すくなくとも僕は、そのようにして、この曲り角におけるすべてのあらわれを、見つめたいと思うのである。

　一九四五年夏、はじめてアメリカ兵のジープが村の谷間にはいってくるのを見た時から、偉大なアメリカとまではいわないにしても、強大なアメリカというイメージは、ずっと僕につきまとって離れることがなかった。おそらくは、すべての日本人が、まことに強大なアメリカというイメージに、この二十三年間を深く影響されつづけてきたのだ。そのイメージは、アメリカにたいしてどのような態度をとるかということにかかわらず、政治的、経済的、文化的なアメリカへのあらゆる立場をこえて、おそらくは、すべての日本人をとらえてきたのである。

もしかしたら、アメリカ自身もふくめて、世界じゅうのあらゆる国において、きわめて強大なアメリカという単純化されたイメージが、もっとも巨大にふくらんで、もっとも完全無欠な形で、この二十三年間を、実在しつづけてきた国が、わが日本国である。なぜ、アメリカでなければならないか？　という疑いの声が発せられることはくりかえしあったにしても、それがまともに受けとめられたことが、この日本国において実際にあっただろうか？　もちろん、学生運動から沖縄の日本復帰のための国民運動もふくめて、様ざまなかたちでの、アメリカへの抵抗運動はおこなわれてきた。依然として沖縄には核基地があり、本土には一応核とは無関係な基地があり、第七艦隊は寄港をつづけているけれども、アメリカへの抵抗運動がおこなわれつづけてきたことには疑いがない。

しかもなお、僕には、そうした抵抗運動の当事者たちをもふくめて、おそらくはすべての日本人が、強大なアメリカというイメージからすっかり自由になることはなしに、この二十三年間を生きてきたのではなかったかと思われてならないのである。すくなくとも、アメリカの威信というような言葉が、もっとも真剣に口にされ活字にされることの多かった国は、当のアメリカをのぞけば、わが日本国においてであっただろう。それはいわゆる負け犬《アンダー・ドッグ》の精神ともちがうものだ。

負け犬といっても、犬の群れのナンバー・2は、すなわち筆頭の負け犬は、支配者たる最強犬にたいしてつねに挑戦の心をうしなわないものだということである。

しかし日本人は、アメリカの強大なイメージに咬み伏せられながらも、その種の心をいだいて隙をうかがっているというのではなかったのではあるまいか？

戦後の日本の不戦と民主主義の二十三年間が、まがりなりにも一応の一貫性をそなえてきたことの(わが国が外国に派兵することなく、直接にわが国の基地から戦闘にむかう飛行機が飛びたったことはないということになっており、わが国にクーデターがおこなわれたことはなく、戒厳令もしかれることがなかったというほどの意味で)、そのすぐ裏がわには、核兵器をもふくめたあらゆる兵器の基地であり、朝鮮とヴィエトナムの二度の戦争に直接つながる基地であるところの、そして民主憲法とは無関係な沖縄の存在があることはいうまでもない。沖縄は、日本人における、強大なアメリカのイメージのもたらす歪みのまさに端的な現実的あらわれとして、この二十三年間、犠牲羊の立場を脱けだすことがなかったのである。

もしわれわれが、沖縄の人びとにたいする暗い恥ずかしさの底をさぐりつづけてゆくならば、その指はただちに、強大なアメリカ、というイメージにゆきあたるにちがいない。沖縄をきっかけにして、自分の日本人としての存在の奥底に実在している、強大なアメリカのイメージをつかみだすことになるにちがいない。そして、この強大なアメリカというイメージが、いかに自分の日本人としての生き方の本質的な土台に影響をあたえているかを、厭いやながら認めざるをえないことになるであろう。

一国家を覆っている、こうした巨大な政治的偶像は、民衆の政治的な視界をせまく限定する鎧戸《よろいど》である。自由に外を見ようと窓に近づくたびに、強大なアメリカという怪物の顔のみを見出す、といった具合に。こうした巨大な政治的偶像は、民衆の政治的な想像力を縛りあげてしまう。すなわち、現在このようにあるところの政治的な現実ではなしに、もっと別の政治的な現実が日本人にとってもあるのではないか、ありえるのではないか、と想像する力を縛りあげてしまう。なぜアメリカでなければならないか? と正面きって疑ってみる自由がきかないまでに、政治的な想像力を縛りあげてしまう。

日本人の政治的な想像力が、強大なアメリカのイメージによって、いかにかたく縛られているかという実状を、具体的に見ようとすれば、中国にたいするわれわれの戦後の「長く不愉快な」態度をかえりみるだけで充分すぎるほどである。もし日本人に広く深く、強大なアメリカというイメージがしつこく根づいており、その自由な政治的想像力をさまたげる、ということがなければ、われわれはもっと切実に、もっと懸命に、中国について考えてきたことであろう。現に保守党に投票し、将来もずっと保守党に投票しつづけるであろうような人びともまた、中国についてまともに考えてみる時間をもち、それがいくらかなりと政治的な現実として表面にあらわれてきたことであろう。しかし、あまりにも強大なアメリカ、というイメージによって妨げられているために、中国についてはどうしても、真面目に考えなやむ気になれなかった、という日本人はまことに数多いであろうと思われるのである。

政治的な力関係の強さにしたがって国家間の距離をきめるやりかたの、政治的世界地図を考えてみるなら、その地図において日本国は、あまりにも強大なアメリカというイメージにしたがうかぎり、ちょうどアメリカ大陸のすぐ脇に(現実にはアジア大陸のすぐ脇に位置しているのと同じように）、ぴったりとよりそっており、その日本国と中国の間に敵意にみちた太平洋が広がっている、という具合である。現実に日本国は、中国とあたかもそうした地理的関係にあるがごとくにふるまってきたのであり、その一挙手一投足の背後に、強大なアメリカのイメージが濃く巨きい影をおとしてきたのであった。

そのようにして強大なアメリカ、あまりにも強大なアメリカという、単純化され一面的なアメリカのイメージは、あらかたの日本人の心のなかで様ざまな障害を跳びこえつづけ生きのびつづけてきた。

ヴィエトナムにおけるアメリカのエスカレーションのすべての段階において、日本人の心から強大なアメリカというイメージが崩れることはなかった。数知れぬ報道写真家の仕事をつうじて、ヴィエトナムにおける戦争の悲惨の実状をつきつけられ、そこでアメリカの軍隊のはたす役割にむかむかしながらも、また、おなじく数知れぬ従軍記者の文章をつうじて、決して敗退しつくすことのない南ヴィエトナム解放戦線の強靭さ、ハノイの不撓不屈な戦意について知り、人員資材ともに果てしなく増強されるアメリカの軍事力のからまわりについて充分すぎるほどの知識をもちながらも、本質的なところでは、われわれはなお強大なアメリカというイメージから、すっかり自由になることはなかったと思われるのである。

猛りくるうタカ派ではなく、ハト派に属するアメリカの学者が、ヴィエトナム戦争において底なしの泥沼に足をとられたアメリカについて確実に認識しながら、ヴィエトナムで戦いつづけることによってではなく、そこから撤退することによって、むしろアメリカの威信は保たれると論じた時、おおかたの日本人にとっては、なおこの「威信」という言葉が現実的に重く大きく響いたと思われる。そしてこの「威信」という言葉には、やはり強大なアメリカの匂いが充分にこもっていたと感じられるのである。

しかしこの四月一日のジョンソン声明の新聞報道においては、アメリカの威信という活字が強い輝きをもなってもちいられることはなかった。新聞は希望もしくは期待の予感に明るかったが、アメリカの威信がこれで回復される、というところへむかって本気でその明るさを方向づけるものはなかった。ヴィェトナム戦争の終結の希望の予感と、「強大なアメリカの威信」とのあいだのつながりは、すでにすっぱり断ちきられていると感じられたのである。

すなわちジョンソン大統領の北爆停止と次期選挙不出馬の声明は、日本人の意識から、強大なアメリカ、というイメージをとりのぞくために現実的に有効な、この二十三年をつうじての第一撃として働いた、と感じられたのである。そして今後のヴィェトナム戦争をめぐる国際政治の状況の進展がいかなるものであれ、すくなくとも日本人の意識において、強大なアメリカのイメージが、ここにはじめて確実に揺れ動いたという事実は、意味深い力を発揮しつづけるであろうと思われるのである。そしてまた、それに持続的な力を発揮させつづけねばならぬ、とねがわれるのである。

この願いは、すでにのべたように、日本人の政治的な想像力を縛りつけてきた、強大な、あまりに強大なアメリカという政治的偶像から、われわれが自由になるためにである。その自由に解放された想像力によって、まず中国という国家をまともに正面から見つめ考える、ということのためにである。

オーストラリアには、きわめて英国的な部分が、むしろ英国以上に保たれているところがあって、そこを拡大して見る者は、もし英国王室が亡命をしいられる時がくれば、名誉ある一家の亡命先はオーストラリアだろう、ということがあるそうだ。

もし日本人が、この曲り角において、強大なアメリカのイメージから真に自由になるための努力をおこたるならば、どういうことがおこるであろうか。アメリカをなおも強大無比と信じる、アメリカのタカ派たちが、最後の望みをかける国が、ほかならぬ日本国だ、ということになりかねないではないか？

もうひとつ、オーストラリアについての対照的な例をひけば、太平洋戦争においてオーストラリアが、チャーチルの要請するヨーロッパ防衛のための軍隊をおくるかわりに、自国の守りをかためる決意をしたとき、すなわち、なぜ英国でなければならないか？　ということをまともに考えて歴史的な決断にいたったとき、はじめてオーストラリアはアジア圏の一国家としての歩みを踏出したのだ、という者がいる。

それにならっていえば、いまこそ日本人は、強大なアメリカのイメージから自分をときはなって、なぜアメリカでなければならないか？　と自分に問いつめるべきであろう。そうすることがなければ、もし不幸にもアメリカ、北ヴィエトナム会談が不成功に終り、その結果あらためてアメリカが「エスカレーションの梯子」を一挙に数段も駈けのぼる、ということがおこったとき、われわれ日本人にはそれに抵抗して巻きぞえを拒むための、いかなる確実な足場もきずいておくことはできないだろうではないか？

そしてまた、この時期にアメリカという国の実体についてあらためて新しい眼でみつめるとすれば、強大なアメリカ、という単純化され一面化されたアメリカのイメージからわれわれが解放されるとき、はじめて現実的なアメリカの理解が日本人に可能となるであろう。それは複雑で多様なアメリカであり、暗殺された非暴力抵抗運動の指導者とおなじく黒人である作家の言葉をかりれば、多様性《ダイバシティー》をそなえたアメリカである。

それはこれまでの日本人の、強大なアメリカという単純化されたイメージより、もっと人間的な苦しみと希望をともにそなえた、真のアメリカのイメージである。ジョンソン大統領にあの敗北声明をおこなわしめた力のひとつにアメリカの平和勢力の活動があり、それはまた厖大な数の黒人たちの運動につながっていることを信じないわけにはゆかないが、そこにはすでに、強大なアメリカのというのではないが、良き多様性をあきらかにした新しいアメリカの、苦しみにみちた誕生の気配が明瞭であると思われるのである。マーチン・ルーサー・キングの死もまた、その動きのうちにおいてとらえられる時、むだに流された血とはならないであろう。そうでなくて、どのような希望がありえるだろうか?

〔一九六八年〕

「アメリカの夢」と暗殺者たち

ケネディ上院議員が暗殺された状況のいっさいをテレビ・ニュースで見つめながら、われわれの感じたところの、あの根深い吐気のようなグロテスクな嫌悪感は、いったいどういうものだったか? この、われわれという主格は、強調していえば、「われわれ人間一般の」という意味においてであり、もっと強調すれば「今日のわれわれ人間一般の」という意味に用いたい。

いうまでもなく、ケネディ上院議員暗殺事件には、まことにアメリカ的な、としかいいようのない、アメリカそのものの過去と現在の本質に根ざした特徴がそなわっている。事件への反応もまた、しばしばアメリカでくりかえされた形のそれのように感じられる。

《……今こそ国民がこれらの事実を率直に認め、その欠点について真実を受入れるべき時である。社会的にムード化した暴力を抑制するという困難な仕事は、どんなに急いではじめても急ぎすぎるということはない》と『ニューヨーク・ヘラルド・トリビューン』紙が書き、《われわれは初めてまともにアメリカの恥辱に直面した。民主主義が犯罪者のなすがままになっていることぐらい……》と『オレゴニアン』紙が書いたのは、それにつづく言葉が《ヨーロッパの独裁者たちを喜ばせるものはない》という一行であることが示すとおり、愛児を殺害された「アメリカの夢」のヒーロー、リンドバーグが故国を棄てたときの論説である。そこへさかのぼる必要もない。もうひとりのケネディが暗殺され、そしてこの大統領暗殺よりも、もっととりかえしのつかぬ暗黒の前ぶれであるかもしれぬマーチン・ルーサー・キング暗殺もまた、つい昨日のことだ。

　これらはすべて、「アメリカの夢」の実現者に不意に卑小な暗黒の影がとびかかるとでもいうべき事件であった。「アメリカの夢」という言葉を具体的に考えてみようとするならば、ケネディ家の兄弟は、まさに「アメリカの夢」の実現者たちという光彩をはなっていた人物であったろう。アイルランド系の移民の祖父が、その祖国から「根こそぎにされた《アップ・ルーテッド》」状態でアメリカという荒野にわたり、そしてその若い孫たちが、厖大な資産とすぐれた能力によって、大統領の椅子にいどみ、現にひとりはそれに坐り、もうひとりはそれを目前にしている。すべてのアメリカ人たちの夢の実現者たるかれら、そして次の瞬間には不意に暗殺者があらわれてかれらを殺す。それはシェイクスピアにおける、王対王の殺戮劇のかげに安い報酬でおどる卑しい暗殺請負人のように、卑小で歪んだ若者にすぎない。

オズワルドにしてもサーハンにしても、いわば「アメリカの夢」とは逆に「アメリカの幻滅」をあらわすとでもいうべき者らである。とくにサーハンはかれ自身が、ヨルダンから「根こそぎにされた」状態で移民してきたまま、まだアメリカに根づくことのできぬ貧しい男である。

マーチン・ルーサー・キングもまた、やはり「根こそぎにされた」状態でアメリカに送りこまれた、しかも奴隷として徹底的に「根こそぎにされた」黒人として新大陸に到着したアメリカ人であった。そしてかれは、その黒人にも「アメリカの夢」をになう人間たる可能性があることを、白人たちに穏やかに説得しうる資質をあきらかにそなえている人間であった、そのかれも。白人ではあるが、かれにくらべれば知的にも肉体的にもなにもかも卑しく醜く劣っている暗殺者に、精密機械が棍棒で殴られるぐあいに破壊された。それはアメリカ人一般に、かくも卑小なるものの一瞬の行動がたやすくうち破れるものであるならば、かれらの「アメリカの夢」とは、「民主主義体制」とは、まことに脆《もろ》い幻ではないか、という根源的な動揺をあたえることは当然であろう。

あの暗殺の夜、数知れぬアメリカ人たちがエア・コンディションの完備した寝室に横たわりながら、「根こそぎにされた」人間として新大陸の森に野宿する移民の血がよみがえって、自分の血管のうちに暴力的なるものの前に、赤裸の状態で、すなわち「根こそぎにされた」状態で投げだされている者の、不安のざわめきをきいたはずである。

この五月、アメリカで、英国人がつくったものではあるが、まだ未公開のチェ・ゲバラの死をめぐる記録映画を見た。記者たちにゲバラの死を確認させるために(!)かれの閉じられた瞼を汚ない指がいじくりまわすシーンの後、沖縄に訓練基地をもち、ベトナムで実戦に参加しているアメリカの特殊部隊《グリーンベレー》の将校が突然フィルムにあらわれて、ヴィエトナムではうまくゆかなかったにしても南米でなら、われわれの方法で訓練された政府軍によるゲリラ討伐は容易だ、チェはこうして殺されたと、昂然と語る。

ケネディ兄弟が「アメリカの夢」を、マーチン・ルーサー・キングが、「黒人たちをもふくむアメリカの夢」を代表していたとすれば、チェ・ゲバラは言葉をもっとも狭く限るにしても「南アメリカの民衆の夢」を代表していた人間である。そしてチェについていいえば、ケネディ兄弟の死をいたむ涙をぬぐう指が、じつはチェ・ゲバラを殺した血に汚れていることを見出さなくてはならぬ人間は数多いのではあるまいか？

歴史のうちなる暗殺者のすべてが卑しく醜いのではない。ロシア帝政末期の暗殺者のなかには、殺されるべき王よりも高貴な魂をそなえながら、暗殺後、殺戮行為そのものの醜さを恥じてかれ自身を殺すほかないと覚悟している若者もいた。それにくらべてアメリカでおこったこれら一連の暗殺事件を特徴づけるのは、すべての暗殺者たちの惨めなほどの卑小さである。

卑小な歪んだ男が輝かしいヒーローを暗殺する。暗殺者が卑小であり、醜く歪んだ人間であればあるほど、当然かれの個人的な顔は背後に沈んで、「暴力」そのもののまがまがしい光が前面にあらわれる。それはアメリカ人にあらためて、かれらの二十世紀文明社会がじつは「暴力」の光にみちみちた現実なのであって、超高層ビル群のうちなる現代アメリカ人も、かれらの祖父、曾祖父が新大陸の荒野の暗闇におびえつつ、丸太小屋ですごした夜とおなじ、恐ろしい「暴力」のすぐまぢかに不安に揺れて生きているのだ、ということを思い知らせる。

しかもその「暴力」とは単にアメリカを覆っているのみならず、いまやわれわれの全世界を覆っているのである。暗殺者の「暴力」の一瞬のきらめきがわれわれの頭上に照らしだす、もっと圧倒的に巨大な「暴力」の動かしがたい実在感こそが、われわれにあの根深い吐気のようなグロテスクな嫌悪感をあたえたのだ。

なぜなら、全世界的な、すなわち人間一般の規模におけるわれわれの文明世界とは、ピストルの引金をひく暗殺者の指ほどに汚ならしく卑小ではないかもしれないが、やはりひとりあるいは数人の者の指のひと押し、すなわち核爆弾のボタンのひと押しによってたちまち現実となる「暴力」のもとにある、脆い幻のような世界にすぎないからである。

ケネディ上院議員暗殺直後のテレビ中継によるアメリカ市民の発言のうち、回復されるべき「アメリカの威信《ディグニティー》」という言葉と「恥辱《ディスグレイス》」という言葉と「恐怖《ハラー》」という言葉とが耳に残っている。そしてもっとも、濃く鋭く残りつづけているのは最後の言葉である。われわれが「暴力」の巨鯨に乗りあげた船のような世界に住んでいる時、卑小な暗殺者が一政治家を撃った弾丸の閃光が照らし出すもの、それはわれわれ人間一般をとらえている「暴力」そのものである。すでに「アメリカの威信」を信じぬ者、アメリカ人と共に「恥辱」を感じる義理合いはないと考える者も、このもっとも巨大なる「暴力」への「恐怖」から自由ではありえないだろう。

〔一九六八年〕

政治的想像力と殺人者の想像力

われわれがどのように悪い時代に生きているかということは、意識的にそれについて眼と耳をふさぎ、それを認めることを拒もうとする者、もっとも鈍感である者、それ自身はカツオノエボシの触手の毒に免疫であるために、この紫色のクラゲの庇護のもとに暮らして犠牲を呼びあつめる魚ノメウスのたぐいの者よりほかには、誰もが認めるところのことである。

数箇月の外国滞在から帰って、いま都心のホテルに投宿している友人によれば、そのホテルにはヴィエトナムから飛んできた米軍兵士たちと、かれらにつきまとう、われらのコールガールたちが押しあいへしあいしているということだ。ヴィエトナムのもっとも悲惨な戦争は、われらの国をすでに侵している。しかもある若い知識人がみずからヴィエトナムにおもむいて帰ってくると、これから日本がヴィエトナム戦争に巻きこまれる惧れがあるなどとは滑稽だ、すでに日本は大幅に戦争に参加している、そこには日本製の車や機械や雑貨のたぐいが氾濫しているのを見た、という。しかしかれは、それらの認識をつうじて、われわれの国は、戦争の現場からひきかえさねばならぬ、いますでに泥沼に踏みこんでいる足をひきずりあげて、わずかなりと乾いた土地を探さねばならぬ、というのではない。すでに巻きこまれているのであるから、このままじっと巻きこまれていよう、このままどころか、これよりもっと幾重にも、巻きこまれよう、というのである。

この若い知識人は現実政治にのりだす抱負を持っており、すでにその行動をおこしている。かれは目下のところ作家だ。そのかれが作家としての仕事を現実的に無効だとみなして、自分自身を現実政治のただなかに投げいれようとしているのは、やはり今日の日本において作家でありつづけることは、どのようなことであるか？という問いかけへのひとつの判断の材料であって、無視さるべきではない。かれの行動の全体は、観察され熟考されねばならない。それはまた、ひとりの人間の実在の仕方について考えることでもある。なぜならば、作家から政治家となる、という意識のあらわれは、その決意の瞬間と、その努力の過程において、やはり、ひとりの具体的な人間が、サルトルの用いる、そしてサルトルのみならず多くの人びとがかれとほぼ同じ意味に用いてきた言葉をかりるならば、

se dépasser

することだからである。この言葉は、できるかぎり具体的に了解するために、自分自身を超える、という風に翻訳することにしよう。それは哲学の世界に拉致された言葉ではあるが、もともとは日常的なフランス語の言葉であろうからである。不完全なものは、完全なものにむかって自分自身を超えてゆく、というようにデカルトを翻訳することができるならば、僕はこのような意味づけでもって、se dépasser という言葉を用いようとするのである。さて、あの若い作家は、作家であるかれ自身が、なにか欠けたところのあるもの、なにか満足しえない欠落をそなえたところのものだと感じている。もともとかれの文学は、そうした性格のものである点において、作家自身がそれを意識していたかそうでないかは問わないにしても（なぜなら作家の意識というものほど、かれのつくり出すものを有機的に支配しうる力をそなえること少ない存在はまれだからである。その点に関わるかぎり、作家は批評家に対してつねにうしろめたい感情をもちつづけなければ

ならない)、言葉の正統的な意味において想像力の世界にまっすぐ到っているものであった。
かれは、文学的にそうした想像力の世界につらなりうる作品を書きえていた、初期のある小説の冒頭に、奇妙なエピグラフのごときものを書きつづけている。それは小説のヒーローが、幕のあがる前に客席に頭をさしだして、自分の役割の性格づけについて一言のべた挨拶のようであるが、実は、作家自身がマス・コミュニケイションの反応を敏感にうけとめて、かれ自身のメンタリティーの形を、すなわち作家としてのかれにそくしていえば、自分はどのようにして想像力の世界にいたることを余儀なくされているのかという形を、宣伝した言葉である。《抵抗だ、責任だ、モラルだと、他の奴らは勝手な御託を言うけれども、俺はそんなことは知っちゃいない。本当に自分のやりたいことをやるだけで精一杯だ。》
この言葉には実体がある。この若い作家はそれ以来、十年間をこえて小説の厖大な量を生産しつづけてきたが、この数行より以上にも切実な実体のある言葉を発しはしなかった。俺はそんなことは知っちゃいない、とかれはいう。かれは実際に、なにひとつ知ってはいなかったのだ。抵抗、それについてかれは知らなかった。戦前、戦中をつうじておこなわれた抵抗、戦後もなおつづけられてきた抵抗のいかなる形についても、かれは無知であった。責任、それについてかれはなにも知らなかった。戦後すぐ知識人たちがつくりあげ守りぬこうとすることを望んだ、真に民主主義的な文化の実質について知らなかったかれは、戦後の若い知識人が「責任」という言葉に接するときはじめに思い浮かべるべき、もっとも基本的な文化継承の責任についても、俺はそんなことは知っちゃいない、といっただろう。モラル、それもまた他人の勝手な御託だった。

かれは大量のプチ・ブルジョワ家庭の不良少年どもに自動車やヨットを乗りまわす時の心の翳りを、すっぱりとり除いてやる程度の、モラルの破壊をおこなったが、積極的なモラルに達したのではなかった。かれが『価値紊乱者の光栄』という評論集を刊行したことは暗示的だ。かれの仕事は実の所、風俗紊乱者の栄光に輝やいたほどのことだったのである。すなわちこれらの言葉は、ネガティヴな意味あいにおいて実体を有していた。

しかしそれに続く言葉はアクティヴな実体をそなえている。《本当に自分のやりたいことをやるだけで精一杯だ》とかれはいうのである。しかもかれは、それから十年後に政治の世界に入りこもうとすること自体において、かれがやりたかったこと、本当に自分のやりたかったこととは、小説を書くことではなかった、ということを示している。しかもなお、かれは精一杯のいきごみで小説を書きつづけたのである。それはどういうことを意味するか？　すなわちかれは、この文章を書きつけた時点において、自分がなにごとか欠けた存在であることを認識していた。しかもかれはなにが自分に欠けているのかを、俺はそんなことは知っちゃいない、という形においてのみ確実に、認識していた。したがって精一杯にその不安な状態から脱出するために行動をおこさねばならなかった。そこでかれは小説を書いたのである。すなわちもっとも端的に、想像力の世界へ抜け穴をあけるための方法であるところの、小説を書くことをかれは選んだのである。小説自体は目的ではない。それは、この作家がつねづね表明しつづけ、そしていま決定的に政治の世界にはいりこむことによってあらためて示したように、かれにとって小説自体は、真の目的ではない。なにものかに向って、脱け出すことが必要だったのだ。そしてかれを、その脱出にかりたてるものが、外界に実在する理由ではなく、かれ自身の内部の、自分にはなにか欠けているものがある、という認識を(それは漠たる違和感のようなものである場合もあるし、単なる居心地の悪さであるかもしれないし、ひとつの予感とでもいうほかにいいあらわしようのないものであるかもしれない。ともかくどのような形のそれであれ、この認識をそなえている人間は、眠っている人間ではない、ということが重要なのである。かれ自身の人間的な実存の状況について、眠っていない鋭敏な眼をひらいている、ということが重要なのである)かれが持つことによって小説の制作にたちむかった以上、実際になしとげられた小説が、かれの真に獲得したかったものでないことは、やはりかれにとって明瞭に認識されざるをえなかったであろう。かれは se dépasser することをもとめて小説にむかったが、制作されて外界に実在しはじめたところの書物は、かれがめざした行きどまりではなかった。かれは自分自身を超えたが、もういかなる欠落も無い、一箇の神のようなかれ自身に到達したわけではなかった。すなわちサルトルが、まことに不幸な存在としての人間を見つめる、その仕方とおなじく、かれは人間一般が不幸であるところの、その根源的な不幸にぶつかるほかはなかった。かれは人間としてのかれ自身の核心にふれたのである。実際あらゆる人間において、その意味ではかれが正確にいったとおりに、本当に自分のやりたいことをやるだけで精一杯だ、というべきなのである。すなわちそのような存在が人間だからだ。それを認識した人間が、なおも繰りかえし繰りかえし、自分自身を超えようとする。その一環として作家は想像力の世界という、もっとも端的に、人間一般の、se dépasser する意識のあらわれの現場において仕事をしているわけである。その意味で、この若い作家が、右にのべたような意識の論理において小説に繰りかえしたちむかいつづけたことは正しかった、というべきであろう。その範囲におけるかぎり想像力という言葉とその機能についてのかれの理解もまた、正しかったといわねばならない。実際、かれがなしとげた仕事のうち、かれが具体的に、本当に自分のやりたいことをやるだけで精一杯だ、という内的な衝迫につきだされて、自分自身を超えようとした時期の作品は後に残って正当に評価されるだろう。

しかし、やがてこの若い作家は、小説の世界において自分自身を超える試みをおこなっている、という認識をうしなってしまったのである。この認識とは、さきにのべたとおりに、あるいは漠然とした予感というほどのものであってもよい。それをうしなう時、作家は小説の世界において se dépasser する方途を、もっと正確にいえば、小説の世界において、se dépasser の試みを繰りかえす方途を見失なってしまう。かれの眼に小説の世界は荒涼とする。なぜなら、かれの小説制作は、人間としてのかれの存在の基幹であるところの、se dépasser することと、いまやまったく無関係であるからである。なぜ、この作家がそのような荒涼をのみ小説の世界に見なければならなかったか、ということを考えるならば、それはかれが、かれの存在の根本に関わりながら自分自身を超えつづける作業であるところの小説の創作のかわりに、おびただしい量の通俗小説を生産する日々を続けてきたからだ、というほかはない。作家が文章を書く行為には、すでにいったとおりかれの意識のコントロールをこえてかれの存在の基本的な形、すなわち se dépasser しつづける意識としての人間のありように根ざすところがある。作家たちが、かれにとって本質的なものと、非本質的なものを書きわけつつ、かれ自身を害なうことがないという、われわれの国にのみ実在する信仰はマス・コミュニケイションの担当者の制作した欺瞞の神話にすぎない。

さて小説をつうじて se dépasser することの不可能になったところの作家は(ここでも誤解をさけるために繰りかえしておけば、se dépasser して確実なある実在に到る、というのではない。小説をつうじて se dépasser しつづけること、すなわち人間として本質的に実在しつづけることが、不可能になった、という意味である)、自殺するほかないか? この若い作家はそのかわりに、作家としての自分から政治家としての自分に、自分自身を超えることをこころざしたのである。すなわち、僕が現象としては単なる自民党の大量生産したタレント候補にすぎぬ、この若い作家の生き方に、観察され熟考されねばならぬ、ひとりの人間の実在の仕方があるとみなす理由である。

しかもまことに正当に興味深いことには、この若い作家はしばしば政治家の想像力という発想を(事実はこの作家に、政治的な想像力ということへの具体的な理解、また観念としての理解がともに欠落しているにもかかわらず)公表してきたのであった。それはあらためて検討するにたる事情だといわねばならないであろう。なぜなら、想像力という言葉が、小説の世界から政治の世界へと、この双方ともに「言葉」によっておこなわれる人間の仕事のふたつの世界の間に、確実な橋をかけるものである筈だからである。そしてこの橋は、その橋脚を人間の本質的な実存のうちに深く潜りこませているものであろうからである。

小説を書くことも、現実政治をおこなうことも、もしそれが人間の本質的なありように関わった行動である時、それは人間の意識のあらわれかたの基本的な形である se dépasser することとして、その行為者に意識されてしかるべきであろう。そして小説を書くことは、想像力の世界にもっとも端的に関わることであり、すなわちその際の、自分自身を超えてゆくことは、想像力の機能によって超えてゆくことであるのが、まことに明瞭である。それは想像力の機能の、現実世界全域への広がりかたについて考えることのない人間にとっても、容易に認めうるところである。しかし、そこで留意されねばならないのは、たとえひとつの小説においていかなる荒唐無稽の空想が繰りひろげられるにしても、その創作のさなかにおける作家の意識は、かれのぬきさしならぬ現実生活に根ざして se dépasser する作業をおこなっているのだ、ということである。すなわち作家にとって想像力の行使とは夢幻をつくりあげることではない。逆に現実的な、この日本の一九六〇年代に関わり、それを囲みこんで容赦なく浸蝕してくる、世界の現実すべてに関わる生き方の根にむかって、みずから掘りすすめることである。そのようにして現実の自分自身を超えてゆくことである。

ある作家が、そのような小説制作の日々から現実政治を実際におこなう生活へとはいりこもうとすることもまた、かれが自分自身を超えてゆく行為のひとつであって、それはかれがかれの責任において選ぶ生き方でもって、人間たることを確かめる行為であることもまた明瞭である。しかし、その際に二つのことが確認されねばならない。すなわち、かれが政治の世界に向って自分自身を超えて行ったこと自体のみでは、決して文学の世界が現実的に無効な世界であることを証明しえない、ということである。ただ、ひとりの作家が、かれの手によっては文学の世界のうちに人間の se dépasser という本質的なありようの方途をさぐり出しえなくなった、ということが証明されたにすぎない。第二には、現実政治の世界においても、そこでひとりの人間がかれ自身の人間的な本質を確認するためには、やはり se dépasser することを試みつづけるほかはなく、その試みは、また想像力の世界につらなっているということである。

したがってこの若い作家は、右にあげた二点のうち、第一についてはすでに錯誤していることがあきらかだと考えざるをえず、それは現実政治に転身する選択をしたあとの錯誤ではなくて、かれの作家としての生活のうちに堆積した荒廃によって、かれがすでに錯誤せざるをえない道を歩みつづけていたことだと認めるべきであろう。第二の点については、かれがしばしば政治的な想像力という言葉を発する以上、すくなくとも出発点においては、かれはあまり大幅にまちがっているわけではないかもしれないということが、あわせ認められるべきであろうと思う。

しかし不幸なことには、現実にかれの政治的意見を見るかぎりにおいて、この若い作家には政治的想像力という言葉が、単なる手さぐりによって、しかも正確ではない方向への手さぐりによって、気分的に用いられているにすぎないことが明瞭である。それでは政治的想像力とはなんであろうか？　とくに想像力の機能についての認識を広げてゆくことによって、現実における政治的想像力というものを、もっとも端的に表現するとすれば、それはどのようになるだろうか？　ここではいったんサルトルを離れて公正を期するために、想像力についてもっとも一般的だと考えられる定義をひいて前に進みたい。そして僕がもっとも一般的だと考える定義とは、ガストン・バシュラールの《想像力とはむしろ知覚によって提供されたイメージを歪形する能力であり、それはわけても基本的イメージからわれわれを解放し、イメージを変える能力なのだ》という言葉である。

それを現実政治の世界にそくしてみるならば、想像力をもった政治家とは、現にある政治的実在を歪形する能力をもった政治家であり、われわれが今日それを耐えしのばされている、悪しき現実の基本的なイメージから、われわれを解放し、現実生活についてのイメージを変える能力を持った政治家でなければならないであろう。それは単なる言葉としての保守とか革新とかいう区分とは関係がない。この若い作家もまた、かれ自身が現政権の配下にはいる際の苦しい自己弁解として、今日の真の革新とは、保守党のうちにある、という意味のことをのべたものであるが、かれの言い分はあるいは認められるべきであるかもしれない。もし、かれが右にあげたような意味において、われわれの現実をつくりかえ、われわれがそれにとらえられている悪しき現実からわれわれを解放する考え方を、すなわち政治的な想像力をそなえているならば、僕はかれを真の革新と呼ぶことをためらわないであろう。

はたしてこの若い作家は政治的な想像力をそなえているか、当然に、右にのべたような意味あいにおける政治的な想像力をかれはそなえているか？　最近のひとつのインタヴィユーにおいて、かれは《自民党の体質改善のためにも、若い世代の想像力を注ぎ込んでゆくことが必要だと思ったからです》と、保守党から立候補する理由をかたっている。すなわちかれの政治的な想像力について検討するにあたって、この言葉につづくインタヴィユーの言葉のそれぞれは有効であろう。質問者が、沖縄の即時返還についてたずねる。《うん、僕はそれはやっぱり一つの暴論だと思うね。防衛に対する日本のインタレスト――国益ってものをふんまえてものを考えなければ――アメリカに対する防衛だってあるわけだから。アメリカが日本に対して持っている経済的優位ってものがね。ああいう感情論で基地を返還しろっていう、沖縄問題を通じてアメリカとのリレーションを非常に乱暴に切ってしまうことによって、経済的な報復とか……。日本が戦争によってすべて取り戻さない限り、やっぱり平和な経済外交の中では、当然持つべき債務ってものがあるわけでしょ。そういったものをふまえてかからないと、沖縄の問題は一概に、沖縄だけの問題として進まないと思います。アメリカに対する防衛っていうのは、単に戦争っていうことだけでなく、経済的な競争という点からも防衛を考えなくちゃいけない。》

沖縄について考える時、この若い作家がいだく想像力とは、沖縄返還によってアメリカとの関係が切れた際の、経済的報復ということなのだ！　もし僕も知っている沖縄のアメリカ人向けの真珠屋が(かれは沖縄の日本復帰反対運動の実力者であるが)、右のようなことをいうとすれば、それは沖縄についてわずかに現実性をもつ基本的なイメージでありえるだろう。しかし、もし政治的な想像力をもっと自己主張する人間であるならば、そうしたイメージをうちやぶり、そうしたイメージのうちなる悪しき現実からわれわれを解放して、新しい沖縄のイメージをつくりあげる者でなければならない。すなわちこの若い作家は暗殺されたアメリカの大統領について(かれは雪のワシントンでのかれの就任演説が大好きだが)同国の作家が批評した言葉をもじるならば、参議院議員となるためのありとあらゆる素質をそなえているが、政治的な想像力だけは欠けているといわねばならないであろう。

さて僕は、この現実政治をめざす若い知識人における、かつては作家としての、そしていまは現実政治にたちむかおうとする人間としての se dépasser する試みと、その想像力について考えてきた。そしてこの若い知識人がほとんど意識的にではなく、やみくもな情熱において、小説の世界をつうじ se dépasser する試みをくりかえした初期には、かれの想像力をつうじてわれわれに、この時代そのものの実体が鋭く照明されることがあったにもかかわらず、いまかれが実際に現実政治に向って se dépasser しようとする時になると、新しい現実が啓示されるどころか、かれの政治的想像力の欠如によって、今日の悪しき時代の歪みすらが、かれという一箇の人間の肉体をつうじては明瞭に見えてこないのを認めた。かれはただ現政権のための、時代の歪みの遮蔽幕たろうとしているのだ。遮蔽幕は鈍く不透明でありさえすればよい。遮蔽幕に想像力は必要でない。すなわちすでにこの若い知識人には、僕の分析の対象たる意味もないといわねばならない。

そういう時、あらたに浮かびあがって僕をとらえるのは、この知識人とはまったく逆に、在日朝鮮人としてわれわれの国の最下層に、幾重もの差別と共に生きて、かれら独自の se dépasser の試みを繰りかえした、ふたりの殺人者の想像力なのである。それは強姦殺人者としてすでに絞首刑に処された李少年の生き方をつうじての想像力の問題であり、いま僕がこの文章を書いている現在、ふたりの男を射殺した後、人質と多量のダイナマイトと高性能のライフル銃とによって、いわば日本のすべての警察権力に対抗してその自由を確保しつづけている、金嬉老をつうじての想像力の問題である。

なぜ現実政治をめざすひとりのエリートから、ともに日本の下層社会での自己解放に行きづまって、犯罪者としての絶望的な爆発にいたらなければならなかった人びとに視点を移すのか？　すでに右に分析したひとりの若い知識人が、かれ自身を超えるために選んだ政治家の世界が、かれ自身の政治的想像力の欠如によって、かれ自身にもわれわれにも、なにひとつ新しい現実のイメージを開くことがなく、この若い知識人が、やがて亡びさるべき現政権のつかのまの現状維持のための棄て石でしかないことを、すなわち想像力に関わって考えるかぎり、いまやかれがいかなる持続的関心もひかず、われわれの明日にかれの存在がつながりえないことを僕は示した。しかし現状維持を望む、すなわち基本的なイメージとして固定した現状の社会の持続を望むところの、想像力に欠け、自由の感覚を見うしなっている民衆は(それを一般には問題の所在をぼかすために、もっと穏やかに、すなわち政治的無関心層と呼ぶのであるが)、大量に投票を集中して、この幻のヒーローをむなしい議員たらしめるであろう。かれが目的どおりに総理大臣となりうるかどうかは別にして、ともかくかれはこれまでどおりむなしく花やかに生きつづけるだろう。

しかしかれがいまや想像力に関わる喚起力をいささかも持たぬ石の花とでもいうべきものであるのと逆に、すでにひとりは絞首されて死に、もうひとりは自爆するか射殺されるか、あるいはとらえられて死刑または終身禁錮を判決されるであろうところの、ふたりの悲惨な犯罪者は、かれら自身の実存においてまことに生きいきと、se dépasser することとはどういうことか、想像力とはどういう現実か、ということのみならず、異様に鋭い光を今日の悪しき現実にあてて、一種の戦慄と共に明日をかいま見させるのである。すなわちわれわれは、このふたりの殺人者の想像力のうちに、われわれ自身の政治的想像力への呼びかけの声を(警察側の回答をまことに執拗にもとめて呼びかけつづけ、警察のみならずマス・コミュニケイション全体にたいして、かれに対する「言葉」そのものをまず改めさせ、ついにはその選ばれた「言葉」による回答をえようとしている金嬉老のごとくに)、絶対的な持続力においてわれわれを問いつめつづけ、われわれの言葉の世界に革命をもたらし、ついにはわれわれに、まったく新しい現実を(あるいはまったく全的な否定としての今日の現実を)、見出さしめるにいたる根源的な喚起力を発見するからである。僕はかれらの精神と行動についての分析をはじめる前に、まずわれわれの到達すべき地点を示しておきたい。あれは朝鮮人のことを話しているのだという風に、他人事を聴くように聴かれたくないからである。李少年とはわれわれ日本人自身であり、金嬉老もまたわれわれ自身、現代日本人自身にほかならず、われわれ自身が強姦して絞首され、われわれ自身がダイナマイト束を腹にまいてライフル銃を乱射しているのだというのが、やがて僕の到達すべき地点である。

　李少年の犯罪を一種の想像力の犯罪とみなす考え方は、しばしばおこなわれてきた。その理由のうちもっとも通俗的なものは、李少年がかつて一篇の犯罪小説を書いたことがあり、あたかもその小説における想像的なるものを現実化する行為として、強姦殺人をおこなったのだ、とする見方である。いったんは想像の世界の犯行であったものが、しだいに現実と空想のあいだのさかいめがあいまいになり、実際の犯罪がおこなわれたとする見方である。李少年にとって、もっとも親身な理解を示しているある朝鮮人作家の、李少年が圧迫され差別される在日朝鮮人としての現実生活においての生き方のいちいちは《徹底した受け身であることのあらわれであるが、それが紙のうえに書かれるものがたりということになると、これが急に、逆に攻勢となってあらわれる。そしてやがてそれが、けじめのわからない実行と結びつく》という言葉は、その典型的な例であろう。こうした考え方は、決して全面的に否定されるべきものではないかもしれない。ただこの考え方には、想像力についてのあいまいな見方が軸になっているところがある。したがって、想像力の問題を中心に押しすすめてゆくべき考察は、そこからいったん離れておこなわれなければならないであろう。もっともいわゆる想像力について、最高裁の検事がどのような受けとり方をしているかということを、たとえば次の例において見る時、想像力の犯罪という表現はおよそグロテスクな光をおびる。それはわれわれに国家権力、警察組織のまことにいやらしい恐怖にみちた実態をかいまみさせずにはいない。すなわちひとりの検事は、李少年の小説のヒーローがおかす殺人の犯行場面(!)について、それを李少年が第一の犯罪の体験を書いた証拠物件であるとみなし、《これが田中せつ子の首を絞めたときの被告の実感であろうし、前述の被告の自供と酷似している。田中せつ子はこんなにして殺されて行ったと思うと、この描写に鬼気迫るものがある。このようなことは、凍結した心の持ち主だけができる業である》と語るのである。すなわちこの検事は、李少年を是が非でも絞首台にみちびくために、かれを「凍結した心」の持ち主としなければならない。そこで検事のおこなった拙劣で恐ろしい発明が、右の文学的分析である。しかし李少年の小説を素直に読む者なら、右のいわゆる犯行場面がおよそありきたりの概念で書かれていて、そこにはひとかけらの想像力も、すなわち李少年の本質にかかわるものはなにひとつ、働いていないことを読みとるであろう。それは通俗小説の作家たちが月々に大量生産してみせるたぐいの光景である。たとえば殺人という概念を知っており、強姦という文字を書くことのできる人間が、それだからといって現実に殺人と強姦とを望む体質的犯罪者とみなされていいであろうか？　このつまらぬシーンを書いた際の李少年は、事実かれがそれ以前から強姦殺人者であったにしても(強姦については、第一、第二の殺人とともにその事実性が疑わしいのであるが)、かれの本質的な想像力に、この光景をあい関わらしめていない。その時、かれの想像力は死んでいる。それは右にあげた検事の言葉が、しきりに想像的なるものへの知識をちらつかせていながらも、単に歪曲された概念の記述に終って、かれ自身の人間としての属性における、想像力の根本的な欠如を示しているのとあい似ている。いわばあの小説の犯行場面を書いていた時点の李少年と、右のすさまじい言葉を最高裁でかたっていた時点の検事とは、ほとんど同一人物だといってもいいほど似かよったメンタリティーを示しているのである。

それではこの小説において、李少年がかれの想像力を充分に発揮している部分はどこか？　まず、いくぶん古典的な意味あいにおける想像力に関わる記述が、この小説にはふくまれている。それをこころみに引用し、つづいてわれわれの文学の世界におけるもっとも権威ある批評家の、想像力に関わる言葉をあわせ引用する。《俺は誰かが俺の事を罪を犯したと言えば、そいつに俺の立場になってみろと言ってやりたい。この事は極く当たり前の考えから行なわれたのである。》《特攻隊というと、批評家はたいへん観念的に批評しますね、悪い政治の犠牲者という公式を使って。特攻隊で飛び立つときの青年の心持になってみるという想像力は省略するのです。その人の身になってみるというのが、実は批評の極意ですがね。》

しかし李少年の小説において、その小説を書くという行動が、かれの差別され抑圧される在日朝鮮人の貧しい少年としての、自分自身を超えてゆく試みという、真に想像力の根幹に関わった精神の昂揚を示している部分は、その末尾においてである。「俺」は殺人を犯したが、恋人もできた。しかももうひとつかれは最後につけくわえねばならないことを持っている。《二週間前俺は池で溺れていた子供を助けてやった事がある。子供の母親が俺の住所氏名を聞くので仕方なく教えてやった。それに対して警察から表彰されたのを新聞にかかれ、純子はそのお祝の言葉を持って家にきたのである。俺は警察から表彰されたのは子供を助けた事ではなく、山田を殺した事の為と思えて仕様がない。》

この文章を内側から支えているかれの想像力は、またこの文章が、李少年を外側から支えつづけることになる想像力である。この文章をコミュニケイションの道をひらくべく(コミュニケイションという言葉についての誤解をさけるために、そしてまたすでにこの言葉をつうじてうけてきた誤解をとくために、つけくわえなければならない。僕はAとBとが、お互いを味方だと理解しあうことのみならず、AとBとがお互いを敵だと認めあうときにも、そこにはコミュニケイションが成立したと考えている。それは核戦略における、いわゆるエスカレーション理論において用いられているコミュニケイションという言葉の意味とあいつうじる。すなわちA国とB国とは互いに敵であって核戦略による威嚇をくりかえしながら「エスカレーションの梯子」を登って行くのであるが、お互いのあいだに効果的な威嚇がおこなわれうるのは、そこにコミュニケイションがあるからであって、その逆ではない)、新聞の文芸欄に李少年が送ったのは、そしてこの場合、新聞は警察と共にかれの敵であるが、ともかく李少年がこの小説の新聞上の発表をつうじて、かれにとって生れてこのかたの敵であり圧制者である日本人たちとのコミュニケイションを望んだのは、この末尾の文章において発揮された想像力がかれの会心のものであり、それにかれはこうした想像力を発揮することによって、自分自身を超えてゆく喜びをあじわっていたからである。ここに、かれを抑圧し差別してきた日本人の集中的な表現たる、「警察」と「新聞」とがあらわれる。かれが自分をなにか欠けたところのある不安な存在と感じる時(それが意識をそなえた人間の一般的な実存の基本的なありようであるが、それはつねに人間にとって具体的に、したがって個別的にあらわれるのであって、李少年の場合には、かれの実存の基本的なありようとは、在日朝鮮人の貧困層として差別され抑圧される生活であった。かれは優秀な少年であり、したがって李少年の研究者のうちには、かれが優秀であるにもかかわらず朝鮮人だからということで正当にあつかわれなかったことからの歪み→犯罪という公式をつくりあげた人びとも多い。しかし僕は、かれの優秀さを、右にあげた意識の欠けた部分への認識力の鋭さ、という形でうけとめたい。僕がいま分析をすすめているのは、李少年がかりに朝鮮人でなく、特に優秀でなくてもなお、あの犯罪とそれにつづくすべての行為はかれにとってありえた、ということを証明することであり、すなわち、結局はわれわれもまた李少年たりえたのだ、ということを確認するためである)、具体的にかれの前にあらわれる歪みと圧力は、すなわち「警察」と「新聞」をつうじてもっとも濃密に実在したのである。そこでかれが se dépasser するためには、「警察」と「新聞」に縛りつけられ押しひしがれてきた自分自身を超えてゆかなければならない。自分をなにか欠けたところのある不安な自分と感じる苦しみをあじわうことから、みずから乗り超えるためには、その乗り超えた自分が、なお確実に自分自身でありながら、しかも「警察」と「新聞」とに対する圧力関係とをすっかり逆転しているところの自分であらねばならない。李少年はそのような存在にむかって se dépasser することを望む。そしてかれが最初に小説の形で想像力を働かせることによって se dépasser しようとした試みは、人間を殺したために警察から表彰され新聞に報道される、という発想であった。そこにはおのずから自由の感覚があらわれている。真に自分自身を超える試みのみが、このような自由の感覚をもたらす。この才能まずしい稚拙な小説においてなお、その末尾の部分がわれわれにいくらかの解放感と充実をあじわわせるのは、ただその作者がこの部分を書くことによってみずからに確保した、自由の感覚によるのである。

李少年はつづいて第二の殺人を犯した。しかし実の所その殺人事件そのものは、この小説に本質的に関わっているものではなかったし、あえていえば、この殺人そのものはなくてもよかったのだ。李少年に関わるすべての事件のうち、本質的な実在感のもっとも稀薄であるものが、この殺人の犯行であるとさえ思える。法廷で李少年の発した言葉、《殺さなくてもよかったと思います。でも結局、殺しちゃったんですけど……。わからないですね》という供述は、おそらく犯罪者自身が意識にとらえたよりももっと深く、事件の核心にふれているように思われるのである。

その李少年があらためて真に se dépasser する試みを開始し、かれの犯罪が想像力に関わる本質的な契機となりはじめるのは、李少年が「新聞」に電話をかけて「警察」に挑戦しはじめた、その瞬間以後のことである。そしてその意味においてのみ、かれの犯罪は、かれの小説と、かれの実存の根本において緊密にむすびついたのである。李少年が自分自身を超えてゆくためには、かれを歪め屈伏させ抑圧しているところのものを否定しなければならない。逆にかれを歪め屈伏させ抑圧しているところのものによって、かれ自身を決定的に否定されることは、自殺することにほかならない。しかも当然に、かれを歪め屈伏させ抑圧しているところのものを否定するためには、その対象を確実に把握しなければならないであろう。そしてその対象とは、具体的にかれの頭を殴ろうとする拳などというものではない。かれの短い生涯にそくしていえば、在日朝鮮人の貧困家庭に生れて差別されながら育ってきたかれを、つねに歪め屈伏させ抑圧しつづけてきたところのものの総体を、かれは否定しなければならないのである。漠然と巨大なあいまいなるものを、確実に否定することは誰にもできない。そこでかれの想像力は、否定さるべきものを具体的に狙い撃ちし踏みにじりうるところのかたちにおいて、自分の世界のうちに喚起しなければならない。そこで「警察」と「新聞」こそは、かれの想像力がそれを否定することによって、かれの自分自身を超えるために選びだしたところの、具体的な対象である。それはかれがすでに小説の世界において確認し、焦点をさだめておいた対象にほかならない。いうまでもなく、それはあの小説が、次の犯罪の準備のためのものであったということを意味しない。小説たると、現実世界の出来事たるとを問わず、「警察」と「新聞」とは、それ自体が即物的な実在として李少年にせまるのではない。李少年がその想像力の世界に、否定さるべき根源的な対象として「警察」と「新聞」とを選びとった時、はじめてそれらは、これまでの李少年の生涯をつうじて、かれを歪め屈伏させ抑圧してきたところのものの、具体的な等価物としてがっしりと実在しはじめるのである。その全体と本質とを正しく見きわめえるのは、そしてそれに命をかけうるのは、ただ李少年ひとりであって、外部の人間には、かれもまた李少年の想像力にむかって自分の想像力を集中し近接させる努力をおこなわないかぎり、李少年の「警察」と「新聞」とはついに幻にすぎない。その事情は、犯行後の李少年の行動の根底にかれの想像力の問題があり、そしてすなわちそれが、李少年のse dépasserするための行動にほかならなかったことを示すであろう。そしておなじ事情が、李少年はわれわれ自身だ、という命題へのヒントともなるであろう。なぜならわれわれが、われわれ自身の想像力を李少年の想像力に肉迫させることなしには、李少年がその生涯のすべての負債を一挙に逆転すべく賭けた否定の対象たる「警察」も「新聞」も、ついにわれわれにとって幻にすぎず、われわれは李少年の犯罪とそれにつづく自分自身を超えてゆく行動のいかなる細部からも、われわれ自身の現実的なありようについてまったく啓示を受けえないからである。確かに李少年の問題は、政治的にも日本人のモラリティーの側面からも、在日朝鮮人の問題としての特殊性を強調しつつとらえられねばならないであろう。しかしそれをこえ人間一般の実存の根本に深くはいりこんで李少年の問題をとらえる視点からは、李少年はわれわれ自身であるか、あるいは、われわれにとって李少年の提出した「警察」と「新聞」の実体は幻にすぎず、李少年自身がわれわれにとって実在しないか、のどちらかなのである。

李少年の小説のヒーローはわれわれに向って、俺の立場になってみろ、といってやりたいという。かれの殺人はごくあたりまえの考えから行なわれたのだ、と。それはわれわれもまた、自分の意識のめざすところを確実に見きわめ、想像力を発揮するならば、われわれ自身の殺人を、ごくあたりまえの考えから行なうことになるかもしれないではないか？　という問いかけである。われわれの高名な批評家の想像力は、特攻機に乗りくんで飛び立つ青年を見送る人間の、最上の想像力であることに疑いはないが、しかし批評家自身を飛行機に乗りこませ、やみくもの猛スピードでむなしい死にむかって飛び出させる想像力ではない。すなわち想像力の現実世界に関わる接点において、より鋭く、より切実にわれわれにむかって問いつめつづける声は、かれの批評からではなく、犯罪少年の拙劣な小説をつうじてのみ響いてくるといわねばならない。この声に比肩しうるものは、特攻機に乗りくんだ若い兵士の、エンジンの音にかき消されてかれ自身にすら聞えない声によってであるにせよ、もしかれが、自分はいま自分自身を超えようとするのだ、なぜなら自分はいま自分を特攻機に乗りくませ自殺させようとする国家権力も、またそれに抵抗することを自分自身に禁じせしめた自分の「愛国心」も、それに端的な死への恐怖心すらも、いま自分の想像力の世界において自分がいちいち具体的に把握しているところであり、そして自分はそれらをひとまとめに否定しうるからだ、とみずから に言明したとするならば、その声こそがそれであろう。その時かれは自由を見出す。しかし発見された自由はつかのまのものである。かれは自爆による死を目前にしている。もしかれの飛行機のエンジンが突然に停止してかれが孤島に不時着し、生きながらえることになれば、かれは再び自分自身を超えるための果てしない試みを繰りかえしはじめねばならないのである。

李少年についても事情はそれとことならなかった。新聞社に最初の電話をかけて、かれの最初の他人たちの意識をひきつけそれを支配し、最初の嘲弄の声で警察を踏みにじった瞬間、かれは se dépasser しつつあったのであり、かれは確実な充実感にかざられた自由をえていた。しかしかれはかれ自身の、この現実世界でのありようの核心に向って、一歩踏みだしたのみにすぎない。かれの行動が、「新聞」と「警察」によって代表されるところの外界すべてを転覆しさったのではないからである。小説においてかれがその想像力を自由に働かせたように、かれの殺人行為そのものが「新聞」と「警察」によって支持され賞めたたえられるというようなことが仮におこれば、かれの行動は完結しただろうか？　その時には逆に「新聞」と「警察」はかれの想像力の世界において具体的な否定の対象たる存在の重みをうしない、かれはもっとも不安な宙ぶらりんの状態にかえらざるをえなかったであろう。李少年が、かれを歪め屈伏させ抑圧しているところのものを、想像力によって具体的に把握し、それを否定することができたのは、「新聞」に電話をかけている瞬間のみであり、「警察」に嘲弄の手紙を送っている時のみであった。自由の感覚は持続しない。かれは繰りかえし「新聞」と「警察」への呼びかけをエスカレートしつづけるほかに、その自由の感覚を手離さないでいる手続きをもたなかったのである。それはサルトルのいうように、人間が自分自身を超えてゆく向うに、かれがいかなる欠けた部分をもたぬひとつの完全な全体として実在しうる到達点があるのではなく、かれはただひたすらその不完全なかれ自身の核心にむかって、自分自身を超えてゆくのであり、人間の現実とはもともとその不安な、欠けているところのある状態を決して脱することはできないものだからである。すなわちこの視点にたてば、李少年が殺人者であること、貧しい在日朝鮮人たることは（そうした具体性こそがもっとも重要なものであることは認めた上で）、われわれの認識の平面からいったん消去されてもなお、われわれへの李少年事件の喚起力は残るのである。すなわち右にのべたような根源的な意味において、李少年の事件は、われわれすべての人間の現実世界でのありようの根本に関わる事件であり、李少年を絞首した綱は本来われわれのすべてを絞首しうる綱なのである。

金嬉老が人質と共に（かれはそれらの人質を、同居してもらっている人びとと呼び、かれらに恐怖心をあたえないように気をくばり、かれらを金自身の死の道づれとはしないことを保障している)、ダイナマイトとライフル銃によって、現在も脱出しようのないどんづまりにおいて、しかもかれの生涯における最大の自由を体験しているように見えることは、そのままこれまでのべてきた李少年の想像力についてのいっさいにつながっている。しかしそれはかれが、李少年とおなじく貧しい在日朝鮮人であるというきずなによってむすびついているというよりは、じつは李少年がわれわれ自身である、ということと同じ意味あいにおいて、金嬉老の問題が、普遍的な人間の実存のありように関わっているからである。かれらがともに表現力にとんだ雄弁をそなえているのは、抑圧され、つねに自己弁明をしなければならぬ危険にさらされてきた弱者として、これまで言葉に頼るほかなかったからであり、犯罪後、「新聞」と(金嬉老はこの「新聞」という言葉をテレビをふくめてマス・コミュニケイション全体にまでおしひろげているのであるが)「警察」を具体的に把握し、それを否定することによって自分自身を超える瞬間を体験したからである。自由の感覚が、かれらのもともとはネガティヴな雄弁の、自己防禦の意図によってたくわえられた力を、アクティヴな他者攻撃の目的に解放する。実際かれらが在日朝鮮人だからあのように雄弁なのだ、というような判断はありえようはずがないではないか? 李少年と金嬉老は、その悲惨な犯罪とそれにつづく行動の持続によって自分自身を超えてゆくことによってのみこの雄弁を確保したのである。いまなお閉じこもっている金嬉老に向って、じつに様ざまな呼びかけが繰りかえされている。在日朝鮮人からの呼びかけがあり、日本人としてもっとも良心的に朝鮮問題を考えつづけてきた人びとの、《わたしたちは、あなたの行動を通じて、日本人の民族的偏見にかかわる痛烈な告発を知りました。もし、あなたが生延びる道を選ばれた場合は、法廷闘争を通じて、あなたの行為をむだにしないよう努力するつもりです》、という呼びかけもまたなされている。別の新聞によればこの呼びかけには、《金が自決しても訴えの本質をしっかり受けとめることを約束する》むねの意味もこめられているという。とくに金嬉老の自殺のケースも条件にくわえながらの呼びかけが、実際におこなわれているとすれば、この呼びかけはきわめて重要なものであろう。そして金嬉老がしばしばマス・コミュニケイションに対してかたった自己主張のうちから、朝鮮人にたいする差別の問題に焦点をしぼるとすれば、金嬉老がこの呼びかけに接して、ダイナマイトとライフル銃を棄てて自首しない理由は、すでにほとんどみあたらない。しかしこうした呼びかけにいったんは涙を流して感謝したりしながらも、閉じこもって五日目の現在、金嬉老は怒りを発して報道関係者にライフル銃を発射し、なおも抵抗を続けているのである。その怒りの理由は、一応はかれのこれまでの日本における貧しい朝鮮人としての、差別され抑圧されてきた生活への怒りの表現という自己主張につながるものである。すなわちいま金は在日韓国居留民団の責任者のひとりのテレビ放送が、《人種差別問題解決のために全力をあげて戦うと、二十三日に説得に来たときにあれほど約束したのに、そのことに全然ふれず、国家権力にへつらうような姿勢だ》と、怒っているのだという。

しかし金嬉老の行動とそのインタヴューとを仔細に追いつづければ、かれにとっての人種差別に対する抵抗のモティーフは、李少年の場合においてとおなじように、確かにかれらがそれによって生涯を歪められてきた個性であるにかかわらず、結局はかれらの生き方のありようのひとつの手がかりにすぎないと感じられてくるのである。とくに金嬉老が、かれの行動によって日本における朝鮮人差別の解消という現実的な成果がなしとげられると信じているとは思えない。すなわち、現在のかれが、かれ自身の外部に超越的に存在するひとつの価値を達成するために行動しているとは考えられないのである。かれは確かにかれ自身を超えようとしているが、それは李少年においてと同様に、かれ自身の内部の核心に向っての乗り超えであり、ついにかれが、ある確実な不安のない完全なものへといたることはありえないにちがいないのである。実際かれが現実的な成果をめざしてとじこもっているとすれば、その試みは当初から挫折すべく定められている試みである。自分を侮辱した刑事のテレビをつうじての謝罪を、繰りかえし執拗に要求すること自体、右の事情を金嬉老が自覚していることを示しているであろう。人質とダイナマイトとライフル銃に強制された刑事が、真に謝罪することなどありえないということを、在日朝鮮人として、強者たる日本人の欺瞞に裏切られつづけ、しかもしばしば警察の厄介になって刑事のメンタリティーを知りつくしているところの金嬉老が、どうして知りえないであろうか？　金嬉老もまた、李少年同様に、かれの想像力の世界に「警察」と「新聞」、すなわち日本人一般を具体的な形で喚起し、生涯においてはじめてそれに対して優位にたつコミュニケイションをおこない、その上でそれらをすべて否定しようとしているのである。それをおこなう時かれは自分自身を超えてゆく者の自由をあじわっているにちがいない。しかしすでにのべたようにかれの自由は永続きするものではなかった。それは本質的に永続きしえないものであり、繰りかえしそれに向って自分自身を超えてゆかねばならぬ性質のものである。そこですなわちかれは、繰りかえし繰りかえし「警察」に謝罪を要求し、「新聞」に新規の関係づけをエスカレートしてゆくことをおこなっているのである。かれがその人間としての本質に関わってついに最後の自由を確保するためには、サルトルが十五分後の死を確実に見きわめる作中人物に採択させた態度をとることのみが、ただひとつ可能だというべきではないかとさえ思えてくるほどである。《彼は射った。彼は純粋だった。全能だった。自由だった。十五分。》その時、サルトルのヒーローともども金嬉老は、在日朝鮮人としての個別性を超えて、われわれ自身に、われわれの実存の本質的な意味あいを教示するであろう。かれの想像力の血管とわれわれの想像力の血管は、シャム双生児の頭においてのようにつながるであろう。その時われわれはすなわち金嬉老にほかならないのである。

……しかしいまテレビ・ニュースは金嬉老が、報道陣にまじりこんでいた刑事たちの、背後からの不意の襲撃によってとらえられる光景を報道した。つづいて警察の欺瞞の謝罪に調子をあわせる報道をしてきた苦心談を、現地に派遣されていた記者が語っている。昨日のニュースでは、自由な金嬉老の眼と耳を意識して、在日朝鮮人の差別問題について批判せざるをえなかった解説者が、いまはそれについてはまったくなにひとつ語らない。それでもなお、李少年と金嬉老の挫折した絶望的な行動によって、新しい想像力の契機をあたえられた日本人が、かならずしも多数ではないにしても、いま日本人たる自分への嫌悪と恥の思いと共に、この厭らしいテレビのスイッチをひねり、空白の画面に第二、第三の李少年、金嬉老が暗闇のうちからむっくりと躰をおこすのを見ているだろうことを僕は信じる。それはかれ自身の内部における、かれ自身の想像力に力をあたえられた、李少年＝金嬉老＝かれ自身が、むっくりと躰をおこす光景である。それこそはおそらく、今日のわれわれにもっとも現実的な、鋭い政治的想像力をあたえる光景なのだ。

〔一九六八年〕

III

絶望的な蛮勇気

中村光夫氏の『二葉亭四迷伝』を読んで以来、そこに引用された、二葉亭が死の前年のロシア行きをひかえて語った言葉、

《僕は人に何らか模範を示したい……なるほど人間といふ者はあゝいふ風に働く者かといふ事を出来はしまいが、世人に知らせたい》という言葉が、僕をとらえている。明治の、維新体験をもった作家たちすべての代表の声というふうに、それは僕の耳に響く。僕はこのように剛直な声を発した作家を、同業の先輩としてもつことに誇りをいだく。

その二葉亭がペテルスブルグからの帰途ベンガル湾で客死した年、もうひとりの明治の作家はつぎのように書いていた。

《堕落、荒廃、倦怠、疲労——僕は、デカダンと云ふ分野に放浪するのを、寧ろ僕の誇りとしようといふ気が起つた。》

これは地方の、黴毒のおそれもある不見転《みずてん》芸者を相手に、滑稽な悪戦苦闘を演じている真面目な青年作家の独白だが、僕は、この作家を同業の先輩としてもつことにもまた、誇りをいだく。

硬文学という言葉を、文学史の定義と無関係に、もっと自由につかえば、二葉亭から岩野泡鳴にいたる、明治の作家たちは、社会的にはアウトサイダーでありながら、しかも、日本および日本人について正面から考えつづけることをやめない、硬文学の志をそなえた人びとであった。そしてかれらをそのようにあらしめ

た所以のものは、二葉亭自身が分析しているように、かれらが、直接、あるいは間接に、維新を体験していたからであろうと思う。

かれらが漢学の、すなわち儒教の伝統のもとに育ったことを、かれらの硬派の志の根ざすみなもととする考え方も、現在ゆきわたっているが、僕としては、とくに維新体験を重視したい。というのは、第二次大戦のあと、戦争体験をふまえてあらわれた、戦後文学者たちに、僕は、明治の作家たちとおなじような硬派の志を見るからである。

戦後文学についての様ざまな伝説は、戦後文学者たちが結局は社会的にアウトサイダーであり、読者たちもまた、かれらをそのようなものとして印象していたことを示している。しかも、かれらは日本および日本人について正面から考えつづける作家たちであった。

これらの戦後の硬文学派が、日本および日本人について、正面からひきうけて考える態度をもちながら、単純な日本主義のナショナリストでなかった点も、それは直接、二葉亭の時代につらなるものであると思う。

しかし、マス・コミュニケイションの膨脹の戦後二十年は、いわば、作家たちが社会的にインサイダーとなりかわり、その反面、日本および日本人について正面からひきうけて考える立場から身をひくという、軟文学派への道でもあった。

作家があらゆる人間的なるものに充分に批判的な眼をもつためには、社会のインサイダーであることは、作家のいるべき位置として、あきらかに不利であろう。すなわち、硬文学派は、その批判者としての眼と声の鋭いトゲを確保するために、社会のアウトサイダーである必要がある。サルトルがノーベル賞を拒否したのは、端的に、かれが西欧社会の批判者として、西欧のプチ・ブルジョワ社会に住みながら、かつ、その究極のアウトサイダーであることを確認した行為であった。

社会のアウトサイダーには、いかなる権威もないが、確実な人間的威厳がある。インサイダーの文章には、権威の声がむなしくひびくばかりで、威厳がない。もっとも卑しい文章は、そのように権威ずくで威厳にかける文章である。反面、次のような文章には、滑稽だが、しかしまぎれもない威厳、ユーモラスな威厳を読者は読みとらないわけにゆかないだろう。

《然し、向うが黴毒なら、こちらはヒステリー——僕は、どちらを向いても、自分の耽溺の記念に接してゐるのだ。どこまで沈んで行くつもりだらう？

「まだ耽溺が足りない。」これは、僕の焼けッ腹が叫ぶ声であつた。》

アウトサイダーの耽溺は、そのまま充分にヒロイックだし、かれの焼けッ腹の叫び声にはまぎれもない人間的な威厳がある。すなわち、作家がかれ自身に誇りをもちえるとすれば、それはアウトサイダーの焼けッ腹の誇りのほかあるまいと僕は考えるのである。

ところがマス・コミュニケイションの膨脹は、作家をまったきインサイダーとし、社会の名士とした。作家は、新聞やテレビジョンで、社会の良識として発言する役割をふりあてられた。かれはインサイダーの典型となったわけである。

もっとも、社会のインサイダーたる他の権威たちが、すなわち政治家や実業家たちが、作家のインサイダーとしての権威に、ひそかに軽蔑心をいだいていることは、プライヴァシー裁判についての大岡昇平氏の分析どおりである。作家たちは、アウトサイダーとしての再出発のバネとして、かれらにむけられた軽蔑心を充分に活用しなければなるまい。

マス・コミュニケイション下の文壇人士のインサイダー化は、あまりに明確に圧倒的に進行したので、ついには、ひとりの新作家が文壇に登場するにあたって、小説を書くよりも、ウイスキーの宣伝をするほうが男らしい、と声明したりする始末となった。ウイスキー会社の宣伝部員という、インサイダーのなかのインサイダーのポストが、作家であるよりも、もっと男らしい仕事だという、そういうおそるべき観測がうまれるほどに、マス・コミュニケイション下の文学者の生活が、インサイダー化した、ということであろうか？　ともかくこの声明をのせた新聞紙は、日本近代文学館に保存される価値がある。

作家のインサイダー化ということは、ひるがえってみれば、読者のインサイダー化ということでもあるだろう。社会のインサイダーとして飼いならされた文学読者というイメージが、マス・コミュニケイションの圧政のもとでの、読者のイメージであろうと僕は思う。

そしてこの種の読者は、作家について、豪壮な邸宅をもち、高級車に乗り、ゴルフと酒場をたのしみ、税金について毎年不満を公表する有名人、というイメージをいだく。同時に、かれは政治家や実業家が、作家にたいしてもつ軽蔑心とおなじものを、その作家のイメージに冠しているはずだ。これはとくに文学読者固有の軽蔑心というのではなくて、一般社会人の軽蔑心が、文学読者にもわけもたれている現象である。一般社会人の全体と文学読者の全体像が合一したところにマス・コミュニケイションの膨脹の実体があるわけであるが、それはこのような負の効果をも生みだしたのだった。

かつて、アウトサイダーの作家たちに対しては、かれらの生活状態への、一般社会人の軽蔑心は社会的にもひろくゆきわたっていたはずであるが、少数の文学読者だけはその軽蔑心をわけもつことを拒否した。その文学読者たちは、作家とともに反社会的な位置にたち、おなじアウトサイダーの連帯感を所有していたのである。

実生活ではいかにも哀れな岩野泡鳴が、つねに昂然としているのは、かれの文学に対する、アウトサイダー的気質についての少数の読者への確信があったからであろう。かれの実生活への軽蔑者たちは、俗物でありかれの敵であり、かれの側でもまた、軽蔑をもってそれにむくいれば事はたりたのであった。

ところが現在のマス・コミュニケイションの作家たちにとっては、かれらの読者はすなわち俗物たちそのものである。疑わしげな軽蔑の底意をはらんでかれを見つめている俗物たちは、敵ではなく、かれの読者なのだ。作家たちはその前で昂然としているわけにゆかない。

流行作家が、たびたび自分の仕事について語りながら、月に何枚書くとか、日に何時間しか寝ないとか、年に税金をいくら払うとかいうふうに、いかにも俗耳にはいりやすい表現をもちいるのは、かれの存在に関心をもっている読者たちが、反俗的な少数者ではなく大多数の俗物たちそのものであることを、知っているからであろう。

そして、大多数の俗物たちの支持をうけつづけるためには、スキャンダルの種子になったり、《人間といふ者はあゝいふ風に働く者かといふ事》をしめすべく、マス・コミュニケイションの場を離れて出発したりしてはならないから、作家たちは品行方正な良識派にとどまり、保守的な現状維持家とならざるをえない。ところが泡鳴はアウトサイダーとして世間の反感にかこまれた日々をおくりながらも、じつはスキャンダルなどにはびくともしない、選ばれた文学読者とのつながりを信じて、昂然と耽溺することができたのである。かれは穏健な良識家として現状を維持するどころか、窮地におちいればおちいるほど、《絶望的な蛮勇気》をだして、よりその深みにもぐりこもうとしたのだった。

作家がみずから誇りをもつためには、このようなアウトサイダーとしての位置こそが必要だと思う。高名で裕福なインサイダーとして、作家がみずからいくばくかの誇りをもちうるとしても、その誇りにはなんとなくうしろめたく、いかがわしいところがつきまとうだろうと思うのである。

僕の観測では、現在の日本のマス・コミュニケイションと作家の相関は、あくまでも一時的な仮りのものである。文学的な真の選択眼をもった少数の読者に信頼される作家が、同時に、マス・コミュニケイションの厖大な数の俗物たちに支持される作家であるという現在の状態が永つづきするはずはない。

わが国よりも十数年まえにマス・コミュニケイションの役割がきまったアメリカでそうであるように、遅かれ早かれ日本でも社会のアウトサイダーとして少数の選ばれた読者に信頼される孤独な作家群と、愛想のよいインサイダーとして厖大な数の俗物たちの、ちょっとした娯しみの相手となるべき作家群とが、截然とわかれる時がくるにちがいない。いまノーマン・メイラーは、スキャンダルの泥にまみれながらも、かれの威厳をいささかもそこなわない、少数者たちのためのアウトサイダーである。妻を刺したメイラーは法廷で、自分は正気の人間として、他人どもが探究することを怖れているような人生の部分を探究できるという誇りを持っている、と主張した。

わが文壇でも、石川淳氏は、少数者のための作家だが、古書店で、氏の全集は定価の二倍にちかい価格である。石川淳氏の少数の愛読者たちはつねに、氏の狷介な威厳を確信しているし、そのような作家の選ばれた読者のひとりであることに誇りをいだいているのだ。

〔一九六五年〕

〝記憶して下さい。私はこんな風にして生きて来たのです〟

僕はこの夏から秋の終りにかけて、アメリカで暮したが、その間、たびたび漱石について考えることがあった。もっとも僕は短期旅行者で、飛行機の三等旅客には、書物を充分に携行する余裕などはないから、身辺に一冊の漱石ももたず、いきおい、僕の漱石をめぐる夢想は不正確となり、ここにあらためて書きつけるにあたいするようなことはない。

それでも、アメリカでなぜ漱石についてたびたび思い出したり、考えたりすることがあったかといえば、まず、僕が英語を使用してはあやまりをおかすたびに(実際は、絶対に比較にならないが)、漱石の『倫敦消息』に語られたことどもが頭にうかんできたということがある。それは、たとえば、こういう風に頭にうかぶのだった。僕自身は、戦後のアメリカ万能式の英語教育のうちで育って、しかもこうした間違いをくりかえしているが、明治の人びとの英語学習は、いかにも困難の山積をとおりぬけてのことだったわけだ――、たとえば漱石の英語の不自由には、なんとなく威厳があるなあ、という風に。また、僕の英語のあやまりは、いわゆる車夫馬丁のあやまりであるが、漱石の英語の不自由には、式亭三馬の文章のなかでからかわれている漢学者の不自由とちょっと似たところがあって、その不自由自体に、ユーモアと学識とが、そのままうかがわれるところがあったように思うなあ、という風に。もちろん『文学論』他における漱石のジレンマは深刻かつ切実でユーモラスどころではなく、それはそのまま今日の外国文学研究者のジレンマにつながっているが……

漱石の英語について、僕がそのスタイルの感覚を信頼する幾人かのアメリカ人が、漱石の英文はじつに良い文章だということを、僕に教えてくれたこともあった。それはアメリカの大学の日本文学研究室で、たびたび聞かされたことだった。きわめて孤立無援な気分で生活していた僕は、そのたびごとに誇らしく、まさに頼りになる祖先をもっているような気持になった。

『倫敦消息』が、一応、もっぱら子規にあてられたものだという風に考えて、ひとつにはただその理由において、この文章は、かなり以前から、僕にとって近しいものであった。それというのは、僕の生れて育った愛媛県では、子規がまさに一種特別な存在であったからである。僕の生家は、とくに文学的な環境というのではなく、むしろその逆でさえあったが、それでも家のどこかには、つねに子規の肖像が掛けられていた。

そして、ごく自然に、家の子供たちみなが、近代日本文学でもっとも秀れた人物は、子規であるという風に思いこんでいた。

やがて僕は子規の卒業した中学校の後身に入学し、そこでごく短い間、漱石が英語を教えたということを教室や講堂で聞いた。時どき、地方紙に、漱石から英語を学んだ古老の、すでにあまりにも語り古された感じの思い出話がのることもあった。そういう時にも、古老たちは、漱石と子規とをつねに同格に対置させるべくつとめながら語るのだった。僕はその態度に好意をいだいた。

そうしたころ東京の雑誌に愛媛の松山市について、すなわち高校生の僕が暮していた地方都市について、ほぼ次のような意味の文章が載ったことがあった。『坊っちゃん』において、あのように嘲弄されながら、松山の人間が漱石を尊ぶのは滑稽だと。しかし、あの時分、僕は松山での漱石に対する感じ方に、質の高い、本当に良いものがあると思ったし、現在もそう思っている。文学に対する地方的偏狭、地方的片意地というものは、なかなか乗りこえがたい。それを超越して、しかもとくに漱石を祭りあげるというのでなく、地道に子規と対比させて、独自の位置づけをおこなっているということは、いわば松山の人間の誇りではあるまいか？

アメリカの日本文学研究家の漱石への関心もまた、質の高いもので、教えられることが多かった。そのうちのひとりの研究家から、僕は江藤淳がハーヴァード大学でおこなった漱石をめぐっての講演について話を聞いた。アメリカ青年は周到なノートをとっていて僕に克明に話してくれたが、それを聞くうちに僕はあらためて江藤自身の論文を読みたいという気持をもった。それは『こゝろ』についての江藤の考え方に、僕がそれに反対というのではないが、僕は僕で、すこし異った感じ方でうけとってきたところのことが、あつかわれているからであった。帰国してすぐ、僕は江藤の『明治の一知識人』という文章を読んだ。江藤の後記によれば、それがかれのハーヴァード大学での講演"Natsume Sōseki, A Japanese Meiji Intellectual"にもとづき改訂をくわえたものだからである。この文章には確かに面白い独自なところがある。おそらく江藤は、僕らの年代で、もっとも深く的確に漱石を理解し、またそうすることを必要とした人間であろう。しかもかれはそれを持続して今日に到っている。

さて江藤は「先生」の自殺についてこういっている。《彼は去りゆく明治の精神のために死なねばならなかった。そうしてこそ、はじめて、彼の自殺は、人間の条件からの逃避にとどまらず、何ものともつながらぬ、形式を喪失した自我の暴威に対する自己処罰の意味を持ち得るのである。》

小説家の発想と技術ということからいえば、「先生」の死を乃木大将の殉死とどうむすびつけるかが、いうまでもなくこの小説の根幹である。しかし、「先生」の自殺を、自己処罰とみなす感じ方を僕はもたなかった。

「先生」はこう手紙に書いている。《私はさういふ人に取つて、生きてゐた三十五年が苦しいか、また刀を腹へ突き立てた一刹那が苦しいか、何方《どつち》が苦しいだらうと考へました。》当然、生きていた三十五年が苦しいと「先生」はいうのだろう。そしてまた「先生」は書く、《私に乃木さんの死んだ理由が能く解らないやうに、貴方にも私の自殺する訳が明らかに呑み込めないかも知れませんが、もし左右《さう》だとすると、それは時勢の推移から来る人間の相違だから仕方がありません。》そもそも殉死とは、一般的に自己処罰であろうか?

それは時に自己解放であるし、単にひとつの船が沈むとき、他の船に乗りうつることを拒む者の穏やかな決意でもあるのではあるまいか？　そして「先生」の自殺が明治と関わって意味をもつとしたら、「先生」のように現実世界と絶縁して生きてきた人間にも、明治という時代は、その全体とひとつの一体感をいだかせる時代であって、いわば「先生」は明治という巨大でもあり卑小でもあった筈の一個の船の、まったく眼につかない片隅で、船の運行や機能とは没交渉に生きてきたが、やはり船の沈没にあたっては、他の船に乗りうつる必要をみとめないで死を選んだ、無用者ではあるが異邦人ではない、そうした乗組員だったということではあるまいか？　それこそ、明治という時代と一体感をもたない、次の時代の青年にとって理解することのできないことどもであり、それが《時勢の推移から来る人間の相違だ》ということであろう。もっとも「先生」はつづけて、こういうのであるが、《或は個人の有つて生れた性格の相違と云つた方が確かも知れません。》

江藤は、かれの論文の最初の節に次のような命題をかかげている、《明治の作家たちは、その生活と思想のほとんどあらゆる位相を、圧倒的な西欧文明の影響下に曝した最初の日本の知識人であったにもかかわらず——というよりはむしろその故に——つねに日本人としての文化的自覚を失わず、一種強烈な使命感によって生きていた人びとであった。》

そして江藤は、漱石、鷗外それに二葉亭の名をあげているが、僕もまたこの命題に興味をもっている。漱石の「先生」も、たとえば次のように書くことにおいて、その使命感をあきらかにしたのだった、《記憶して下さい。私はこんな風にして生きて来たのです》

それは二葉亭のこのような言葉といかに似かよって

いることだろうか、《僕は人に何らか模範を示したい……なるほど人間といふ者はあゝいふ風に働く者かといふ事を出来はしまいが、世人に知らせたい。》

江藤にしても、僕にしても、おのおの感じ方や考え方はちがっているが、結局、こうした明治という時代と作家たちの《一種強烈な使命感》による関わりあいに関心をもち、もっともそれに魅かれている者たちだというべきであろう。そしてそれをつうじて、あらためて戦後の今日と、われわれ同時代の作家たちのそれへの関わり方を考えてみることを必要としている世代だというべきであろう。

そのためには、まず早すぎる判断を回避して自分の能力と持続エネルギーの許すかぎり周到に、二葉亭を鷗外を、そして漱石を読まねばならない、というのが現在の僕の決意である。

〔一九六五年〕

新しいものと古いもの

明治維新百年をむかえようとして、多くの学者たち、知識人たちに、明治再認識の動きがある。それは学問的なものから、ちょっとした気分的なものまで様ざまだ。

僕らのような、いわゆる純粋戦後派の年代の者にも、一種の隔世遺伝へのあこがれみたいな感じで、明治に関心をひかれる、そういう流行がおこってきたように思われる。

ところで僕が警戒するのは、この明治ブームに乗じて、悪しき明治が復活したり、じつは明治的でもなんでもない、いかがわしい日本主義がうちたてられたりすることである。現に、漢学的なるもの、すなわち儒教的なるものの重視ということがあって、過激な人などは、明治維新など、思想的には、存在しなかったも同然だ、というような説をなしている。明治の硬派の知識人の美徳は、すべて幕末からもちこされたもので、維新はそれになにひとつ加えなかったというわけだ。

僕らのように、実際、明治から遠い年代の者たちには、こういう強引な考え方についのせられかねない、基本的な無知があるはずである。したがって、僕はそうしたおとし穴から自衛するためにも、明治を勉強したいと思っている。

そこで僕がいま中心に考えていることは、この百年の日本および日本人の発展について、いったいどういうものが本当に新しくなったか、どういうものが古いままであるか、また、この百年間のあいだに新旧の逆転したものはないか、ということである。それ自体、厖大な問題だが、僕としては、ごく基本的な小さな側面から、それを見てゆきたいのである。

たとえば音楽は確実に新しくなった。二葉亭四迷が夢想した《日本人の肺腑に徹るやうな或物》の加わった西洋楽が、われわれのものとなった。しかし、すべてが新しくなったというわけでないのは当然である。

坪内逍遙が『当世書生気質』でえがいた当世は、ほぼ八十年まえの一時代だが、そこで生きいきと活動する書生たちの会話には、現在、本郷の電車通りでかわされてもおかしくないような新しさがある。むしろ、それは、あまりにハイカラなので、現在の学生たちの会話より、確実に古く感じられるといった種類のものである。

《「オイ君。一寸其ブックを見せんか。幾何《なんぼ》した歟《か》」

「おもったより廉《れん》だったヨ」

「実にこれは有用《ユースフル》ぢゃ。君これから我輩にも折々引かしたまえ。歴史《ヒストリー》を読んだり、史論《ヒストリカル・エッセイ》を草する時には、これが頗る益をなすぞゥ」
「さうサ、一寸虚喝《ほら》の種となるヨ」》
八十年間、わが近代のそれぞれの時代の学生たちは、時の流行にしたがっていくらかニュアンスをちがえこそすれ、ほとんどこれとおなじような会話をかわしながら、西欧文明を吸収してきたのだった。

しかし、八十年前の書生たちの、西欧文明に対する、直接的でかつ熱情にみちた対し方と、現在の学生の西欧文明への対し方とでは、どうだろうか？　今日、文学部のとくに大学院の学生が、西欧文学について書く論文は、現地の人間の実証にひけをとらないものさえあらわれたが、明治の書生たちが、そこから日本および日本人の現状と運命についてひきだした具体的な智恵のごときものは、文学部の今日の学生の頭をかすめてすぎさえもしないのではないかと僕は疑うのである。

ひとつの文明に興隆期の生命力の激しさと、退潮期の衰弱があるように、西欧文明との主体的な対決ということにも、興隆期と退潮期があるのであって、現在のそれは、学生たちが、西欧文明との主体的な対決にとくに熱情を見出さない時代なのではあるまいか？

そうだとすれば、西欧、あるいは一般的に外国に対する日本人の態度ということで、今日の学生たちの気質が、八十年前の書生気質より新しいものだとは決していえないだろうと思うのである。

《政府が秘密主義で外交政策を進めて、一般の庶民の耳や目をふさいでいる、というのは、低開発諸国に共通のあやまった傾向であって、それが国民の啓発をさまたげるばかりか、愛国心の教育の為にも悪効果を果すであろう事はまさにあきらかである。》

右のような文章が、原子力潜水艦の寄港問題について、一九六四年の新聞の論説欄にあらわれたとして、それは古すぎるだろうか？　むしろ、愛国心の今日的なタイプについて、いかにも簡にして要をえている書き出しではあるまいか。これは羽仁五郎氏の名著『明治維新』から、明治九年六月『近事評論』第二号の次の論説を、幾らか現代風に翻訳してみたものである。
《政府ノ国事ヲ秘シテ、一般庶民ノ耳目ヲ蔽塞スルハ、東洋諸国ノ旧来ノ陋習ニシテ、ソノ国民ヲ愚ニシ、愛国ノ心ヲ杜絶スル者コレヨリ甚シキハナシ。》
もちろんこの本文の、いわば雅語による論説といった文体のすばらしさと、僕の翻訳とでは、文章の品格において問題にならない。現在、一般に新聞雑誌の論説の文体が、特に魅力的でないのは、『近事評論』の読者数にくらべて、今日のマス・コミュニケイションの読者数が、比較を絶する厖大さであるためであろうか？

ここ数年、新しいナショナリズム待望の気運の中で明治的なるものの再評価の声がはげしいのは、いかにも当然であるが、それにしても明治期の文章には、独特なナショナリズムの勢いがあふれている。それは小説家の文章についても同じである。

二葉亭四迷は愛国者であった。彼のロシア語習得は、本来、カラフト問題をめぐってのロシア勢力東漸に抵抗すべき、ナショナルな意思に発するものであった。そして、その《ハイカラならざる》政治的関心について、二葉亭はそれを彼が幼年期に体験した維新の影響であるとみなしていた。

現在の明治再認識の気運の中で、明治の文学者達のナショナリズムの根底を、彼らが江戸期から継承した儒学の伝統に帰する意見が、特に新しい保守派によって、一つの定説となった観がある。

しかし、歴史的事実を、よりダイナミックに考えようとすれば、二葉亭をその典型として、明治期の文学者達は、彼らそれぞれの直接間接の、維新体験によって、独自のナショナリストとなったとみなすべきではあるまいか？

少なくとも彼らは、維新によって自由な発言力を得たのである。いかに江戸末期の日本的儒学が高度のものであったとしても、旧体制のもとに、一人の森鷗外を想定することは困難であろう。

その森鷗外に『普請中』という小品があることは広く知られている。この小説の中で高級官吏である主人公は（それを森鷗外その人とみなして大した不都合はない）、ヨーロッパ通の、それこそハイカラな紳士であって、ドイツ人女性と、自由であるばかりか微妙なニュアンスにとんだ会話をかわす事のできる程の人物だが、彼は旅行者のドイツ娘とともに、はるかな高所にたって明治末の「普請中」の日本のガタピシしたさまを嘲笑するかわりに、自分自身を一個の俗物とみなす徹底ぶりで、日本および日本人に正面から責任をとるのである。

今日の小説家のナショナリズム、あるいは、もっと積極的に愛国心が、明治の小説家のそれの新しさに匹敵するに足るハイカラさであると主張する自信は、とうてい僕にそなわっていない。

広く知られているとおり『福翁自伝』の文体は、自由で生きいきしていて剛直で、しかも様ざまな層の読者を寛大にうけつける、人あたりの良さもあって、すばらしいものである。それは、会話の達人の談話を筆記したことに直接、由来するのであろう。明治三十年代の初頭に、文筆家たちは、まだこの文体の独特さには達していなかった筈で、口述筆記の試みは成功であった。もっとも、現在もなお福沢諭吉の口述する文体の独自さにいたっている、あるいはそのタイプの文体をもっている文筆家は、いないというべきかもしれない。その意味でも『福翁自伝』はじつに特別な書物である。

その『福翁自伝』に、緒方洪庵の通夜の席でおこった小事件の記述がある。

《……私は夜半玄関の敷台の処に腰を掛けて居たら、其時に村田蔵六(後に大村益次郎)が私の隣に来て居たから、「オイ村田君＝君は何時長洲から帰て来たか。「此間帰た。「ドウダェ馬関では大変な事を遣たぢやないか。何をするのか気狂共が、呆返った話ぢやないかと云ふと、村田が眼に角を立て、「何だと、遣ったら如何だ。「如何だッて、此世の中に攘夷なんて丸で気狂ひの沙汰ぢやないか。「気狂ひとは何だ、怪しからん事を云ふな。長洲ではチャント国是が極まってある。あんな奴原に我儘をされて堪るものか。殊に和蘭の奴が何だ、小さい癖に横風な面して居る。之を打攘ふのは当然だ。モウ防長の士民は悉く死尽《しにつく》しても許しはせぬ、何処までも遣るのだと云ふ……》

この村田蔵六が仮に攘夷主義のマスクをかぶっていたのか、骨のズイまでそういうことに転向してしまったのかは、いまだにわからない、不思議なことであった、と福翁は語っているのだが、ともかく村田蔵六は、諭吉が横浜で、すでに世界的な言語が和蘭語でなく英語であることを見ぬき、一緒に英語を勉強するよう誘うと、いや自分は、もし英語で書かれた書物に必要を見出すなら、その蘭訳を読むといってことわった親和蘭派であったわけだから、その不思議さは相当なショックをともなったことだろう。

しかし、この不思議な小事件のあと百年間、日本ではおなじようなタイプの、親欧米派の唐突な日本回帰がくりかえされたので、われわれは、すくなくとも福沢諭吉より、体験的によく、村田蔵六のケースを理解できる。百年間が生んだ蔵六タイプの数ときたら！

僕のように、外国文学をまなんで青春を出発した人間には、おなじ大学の先輩たちの、日本回帰へのジャンプぶりが、つねに関心のまと、恐ろしさと魅惑のからみあった、熱い関心のまとであった。それは、村田蔵六流に、《死尽しても許しはせぬ》激しさにまでたかまる日本回帰へのジャンプであったこともあるし、たいていは政治的な思想がそれにからんで、ますます複雑なジャンプとなった。

一般に、外国語を勉強して、その言葉を話す本国人と接したことのある人間には、おおかれ少なかれ、屈辱感にみちた思い出の、ひとつやふたつはあるものであって、往々にして、かれらは《あんな奴原に我儘をされて堪るものか》などと肩ひじはって強がりをいってみたくなるわけだが、それにしても、こういう傾向が健全である筈はないし、それが百年間も、おなじパターンでつづいてきていることは、おぞましいことではあるまいか？

もっとも、老年にいたるまでインターナショナルな知識人というものにも、なんとなくおぞましいところがあることは否定できない。そこで誰もが、気狂いじみてもいなければ、「国是」におもねってもいない日本回帰をしたかと考えれば、この百年間、本当に新しかった知識人が誰であるかも、おのずからあきらかになるはずであろう。

〔一九六四年〕

恩賜的と恢復的

お正月には、毎年、その年に集中的に読みたいと思っている種類の本の第一冊を読む。それがドストエフスキーだったこともあればサルトル、ヘンリー・ミラーだったこともあり、ノーマン・メイラーだったこともある。来年のお正月には、渡辺一夫訳『ガルガンチュアとパンタグリュエル』の最終巻が刊行されているであろうから、あらためてその第一之書から読みたいと思っている。今年、僕は幸徳秋水著『兆民先生・兆民先生行状記』を読んだ。岩波文庫版の解説者、絲屋寿雄氏の書かれているとおり、これは、《菊判仮綴一〇二頁(附録二一頁)の小冊子であるが、熱をおびた幸徳秋水の文章はよく革命家兆民先生の風貌をつたえて遺憾なきもの》である。この小さな本の内容の豊かさは、まことに見事なものであって、この解説をはじめ、幸徳秋水の文章はもとより名文、『兆民先生行状記』に附された小泉三申の文章も独得だし、ごく短い堺利彦の解説的文章は、大内兵衛氏を彷彿させる達意の文章である。僕は父親の書棚から確かユーモア文学全集の堺枯川集という一冊をとりだして読んだことを思いだすが、それにしても、日本の明治生れの社会主義者たちがみなこぞってすばらしい名文章家であることの、なんという壮観だろう!

僕は、漢語を軸にして構成した文章のうち、こけおどかしの悪文と、醇乎たる名文とを見わける基本的な鑑別法は、それが自然なリズムをそなえているかどうか、ということだと考えているが、秋水の青年期と壮年期のこれら二つの文章は、それぞれコミックなものとトラジックなものの二種でありながら、ともに生きいきしたリズム感覚につらぬかれている。そしてそれは直接に兆民の感化によるものであって、兆民はまた、岡松甕谷の翻訳に感嘆し、その門下となったのだった。

《其訳文縦横自在にして絶て硬渋の処なし。先生深く之を喜び、嘆じて曰く、老手如此の人ある耶と。》

『兆民先生』も、『兆民先生行状記』も、じつに面白い。これを小説に擬すれば、『兆民先生』は、パセティックな悲しみにみちた、一篇の中篇小説だし、『兆民先生行状記』は、コミックな好短篇であろう。すなわち、それらはともに、あるいは中篇の、あるいは短篇の技巧を、高度に発揮しているといわねばならない。

　具体的にいえば、『兆民先生』が第七章、第八章の書束《しょかん》上下をはさんで、第九章末期にいたる、その悲劇的な盛りあがりのたくみさを僕は中篇小説の技巧と呼ぶのである。

『兆民先生行状記』の、

《先生近時全く政海文壇より隠遁して、専ら心を財利の業に傾けらる。》

といった展開のしかた、そして突然に、

《梅花匂へども彤雲《とううん》尚厚《なおあつ》し。》

と漢詩の読みくだしの一行を挿入して効果をあげる、そのような手法を、僕はユーモラスな短篇の技巧とみなすのである。

　ユーモラスなといえば、それが兆民の性格に由来するのか、秋水の感受性により深くもとづくのか、兆民・秋水師弟の対話のユーモアは豊かである。夕食後、師弟は歓談する、

《天体の事、地理の事、自然の事、社会の事、経済のこと、政治のこと、文学のこと、美術の事、理化の事、英雄のこと、美人のこと、諄々として説来る。》

　それがついには、されば如何にして男女の別を生じ

来るや、ということになり、それは母の食物によるのだろう、と兆民は秋水に教示する。なぜなら信州の養蚕において、蚕にあたえる桑の産地のちがいが、男蝶、女蝶の数の多少をみちびくからである。もっとも秋水が人間の場合について、男女を生みわけるには？という当然な質問をおこなうと、この先生は、

《「然らば如何なる食物を用ゆるべきや」それ迄は余は究め居らず。》

なんと、のんびりした師弟の会話だろう。もっとも当時、兆民一家の生活は、のんびりどころの話ではない。家計のそのような状態について、これはあきらかに幸徳秋水のユーモア文学の才能にもとづく、微笑をさそう一節もある。

《先生も令閨も、長の歳月貧乏には慣れられたれど、今度の如きは珍らしといへり。左もあるべし。今迄は新聞雑誌の原稿料毎月多少の収入はありつれど、去年の秋以来、所謂金儲けに着手せられてよりは、収入といふは借金ばかり、段々押詰りし大節季には廻しきれぬ火の車、焔飛散つて眉を焼くやうな騒ぎ。》若き幸徳秋水が、兆民家でどのように自由に、気兼ねなくふるまえる人間であったか、ということも、秋水の瑣事にこだわらない若わかしくインテリジェントな性格とともに、よくでている。

兆民が堺に病むとき、それを見舞った秋水の『夏草（泉州紀行）』は、喉頭癌の兆民が《両膝を抱へて蹲踞《うずく》まり其切開した喉仏の処へ、令閨が布片を宛てゝ居る、予は見るから胸が塞がるのを禁じ得なかつた》というような悲痛な行をふくみながら、全体には、まことにのんびりしていて、海水浴のことや、兆民の住居にすんでいる三匹の古狸のこと、名物餅屋の売上げのことまで記録されている。

しかし、兆民がいったん死去すると秋水は、じつに

哀切きわまりない悲しみの声を発して、

《予亦た涙滂沱《ぼうだ》として禁ぜず、走って暗中に入て慟哭する者之を久しく》

するのである。

実業家を志ざした(そのあたりのいきさつは岩野泡鳴の苦闘とそのユーモアを想起させるが、)兆民が禁酒したことについても、「故中江篤介君の葬儀に就て」という大石正巳の荘重な演説のなかでは、(この解剖と葬儀の光景は美しく感動的である)

《酒を廃すには命を惜むに就てゞある、国の為に尽すには一日でも命を延べなければならぬ、其命を延べると云ふ方に向つて酒を禁ぜられましたのである。》

と、モラルにかかわる意味づけをあたえているのにくらべて、秋水はきわめて即物的に、

《而して先生の一たび牙籌《がちゅう》を取るや、酒を廃し、行を慎み、殆ど別人の如し。》

と、すなわち、いったんビジネスマンになるや、と禁酒の事情を説明するだけである。そういうところにも、秋水の兆民への親しみの気分はにじみでているように思われる。『兆民先生』のうち、憲法の発布にあたっての兆民の反応は、にがい味のする悲劇的な一光景である。新憲法の発布をめぐって、それが、あたえられた憲法(あるいはあたえられたデモクラシー)であって、みずから克ちとった憲法(あるいは克ちとったデモクラシー)でないとする啓蒙的な声が、われわれ子供の耳にも響いてきたものだった。この声はすぐさま当初の自己反省の響きをうしない、反動的な力の後押しにおいて、いまもなお続いている。続いているばかりか、なお旺んになろうとしている。そして、その声は旧憲法こそ、みずから克ちとった日本人の憲法であったと暗示しようとするのであるが、実は、明治憲法のにがい味のする性格について、すでに中江兆民のような人

間は、

《憲法の全文到達するに及んで、先生通読一遍唯《た》だ苦笑する耳《のみ》。》

であったのだった。そういうことは僕のような戦後世代があらためて学んでもっともあざやかな印象をうける歴史的事実である。兆民の憲法批判の骨子について幸徳秋水は次のように紹介している。

《先生其著、三酔人経綸問答に於て諷して曰く、世の所謂民権なる者は自ら二種有り、英仏の民権は恢復的の民権なり、下より進みて之を取りし者なり、世又一種恩賜的の民権と称す可き者有り、上より恵みて之を与ふる者なり。》

これは戦後すぐの新憲法批判ときわめて深く似かよっている。民権とは、すなわちデモクラシーということであろう。ところが兆民の声が進取的民権への意志につらぬかれているのと逆に、しだいに悪化しながら二十年つづいてきた新憲法への疑いの声には反動的強権の底意がちらついているというわけである。然り、僕は決してその種の声に満足する者にあらざる也。

さて、僕がこの小さな本に陶然としていると、最近「明治大帝」を特集した、ある綜合雑誌の、僕と同世代の編集者がたずねてきてくれて、きみが近頃、明治の作家たち、思想家たちに興味をひかれているのは、このところの「偉大なる明治」熱にうかされてのことではないか？　という質問である。

そこで僕が答えたのは、つづまるところ、僕にとって明治についての自分の基本的な無知をカヴァすべく試みはじめた動機は、維新とそれにつづくすさまじい勢の西欧化を、敗戦とそれにつづく二度目の西欧化の洪水とに、比較してみたい、ということにほかならない。したがって僕は「偉大なる明治」熱にかぶれて「卑小なる戦後」説をたてるものではない、ということだった。僕にとってもっとも重要な時代は、やはりこの戦後にほかならないのだから。

いま恩賜的にあたえられようとする筑摩書房版『明治文学全集』についても、僕はなんとか自分自身の選択において恢復的に愛読したいと考えている。

〔一九六五年〕

戦後の人間として「明治」を読むこと

自分が無知な分野の本を読みはじめる時には、当然に様ざまな抵抗があるが、なかでも僕がもっともおびやかされるのは、その本を、この分野のどういうところに位置づければよいのかわからない不安感である。そこで数年たち、その分野についての自分なりの見取図のごときものが頭のなかにできあがり、新しい本を読めば、その本が見取図のどのあたりにはいりこむべきものであるかがわかるようになり、見取図のなかでその本を囲むべき四囲の本からの、歓迎の挨拶の声が聞えてくるように感じられるときの喜びは、そうした不安感から解放された自由な喜びである。

もちろん、大学を卒業した後にめぐりあった分野では、独学者として手さぐりに前へ進むほかはなく、見取図はいつまでも穴ぼこだらけだし、また錯誤することが多い。ただ、一応の見取図をつくった後では、錯誤もまた教訓的である。

僕がそうした不安感の抵抗になやまされつつ、明治の文章を読みはじめたのは、おもに政府の側からの「明治百年」の声が活潑になった時分であった。僕は「明治百年」の政府の企画者のイメージに自分の無知からそのまましたがうことを不安に思った。もし反対したいところがあれば、いや、ここはちがう、と自分の声でいいうることを望んだ。

そしてそれが、パッシヴな動機だとすると、僕を明治の文章におもむかせたアクティヴな動機は、自分がそれを大切に考えている「戦後」という時代が、その底を人間的な情念のように一貫している精神において、民衆にとっての「維新」とかさなりあうのではないか、という想像をはたらかせたからであった。

そこで僕は明治の文章を読んできたのであるが、頭のなかにいくらかの自分自身の「明治百年」の見取図はできたとはいえ、それはなお穴ぼこだらけである。したがって明治の専門家たちと公式に話す席に出ることとは遠慮してきたものの、私的な話合いで、まったく恥ずかしい思いをしたことは数えきれないほどである。

それでも不十分な見取図からあたえられる喜びは少しずつあらわれた。昨年の秋沖縄に行って、謝花昇という民権運動の担い手にかかわる文章を読んだ時がそうであった。農民の息子として育ち、明治初年の沖縄の民衆の期待をあつめる秀才として本土にまなび、帰沖して誠実かつ革新的な技師として本土からの官僚の専制に反抗して仕事をし、ついには野に下って戦いながらも、悲惨な失意のなかの死をとげねばならなかった謝花昇に、直接影響した人間として中江兆民の名を見出すとき、頭のなかの見取図に、幸徳秋水とならんで謝花昇がおさまり、それが、子規や二葉亭の印象とも呼応して、僕にひとつの個人的な感慨をひきおこすというようにである。

かれらはみな、生きいきして具体的な現実への志につらぬかれて明治の前半に育ち、そして時代とかれらのようなすぐれた個人をつらぬいて流れる精神の流れがせきとめられる、明治の中ごろの時代の折れめに、それぞれ悲劇的に衝突してしまった人たちだという感慨。そしてそれは「明治百年」を一体としてとらえるとらえ方と対立する点で、さきにのべた僕の明治の文章を読むパッシヴな動機につながるものである。

同時にアクティヴな動機にかかわっては、僕はかれらの青春期にかさなる明治初年と戦後すぐのデモクラシー時代とをひきよせて考えることが、すべての側面においてではないにしても、可能であることを感じた。実際、戦後二十二年の新しい専制のもとの沖縄の民衆のために働いている二十世紀の「謝花昇」たちは数多いし、かれらを本土の新しい「中江兆民」が力づけていることも確かだ。

もっとも今日の「中江兆民」とは、本土の知識人のだれかれの名をあげるより、一個の人格のように確実に全体的に受けとめられているところの、しかも現実的には沖縄に実在していない、新憲法という「民権思想」であるが。

さて僕が明治の政治小説を読みながら、基本的に感じてきたことは、明治の政治が、民衆の日常的な感覚にそう言葉によってでなく、いかにも反日常的な漢語によっておこなわれたことを見、あらためて政治がその核心の武器として「言葉」のみをもつことを考えると、政治小説が果した啓蒙的な役割はまことに大きかったであろうということである。そして戦後すぐ僕の年代の者があたえられた『民主主義』という教科書こそは、戦後の「政治小説」だったというべきではないかということである。

今日でもまた権力をもつ者が、その方法としてもちだす、新しい「漢語」があれば、それをときほぐし民衆の身ぢかな言葉として、民衆の抵抗の方法にもまた転化できうるものとすることが、今日の「政治小説」の書き手のなすべきことであろう。

この一、二年もっともしばしばもちいられてきた、右のような意味あいの「漢語」とはナショナル・コンセンサスという言葉である。

ひとりの民衆として、このナショナル・コンセンサスという言葉を聞く僕に、それは確かに大切な内容をはらんだ「漢語」と感じられる。しかしなお耳をすましても、このナショナル・コンセンサスとは、政府の意図する考え方に、民衆の方からしたがってゆくことによってのみ生じうるナショナル・コンセンサスであると聞える。そして僕の胸にとどこおるのは、民衆のみずからかちえた考え方に、政府がよりそうナショナル・コンセンサスとは、この「漢語」のもともとの意味あいからはずれるのであろうか、という疑いである。兆民の言葉を用いるなら、政府からの「恩賜的」なナショナル・コンセンサスでなく、民衆による「恢復的」のナショナル・コンセンサスはありえないのか、という疑いなのである。

〔一九六八年〕

ほんとうの教育者としての子規

あらゆる現実の細部にたいして、また現実をこえるもののいちいちにたいして、それを自分のモラリティの核心とつきあわせつつ受けとめる型の人間を、まず僕は、理想的な教育家と考えたい。その意味において、正岡子規を、われわれの国が生んだ最上の教育家とみなすことは、だれの目にも妥当であろうと思う。子規の痛ましくも早すぎた晩年のエッセイ群のそれぞれが、右の判断のための証拠となる。

　また僕は、現実につきあたり、のりこえることによって、かれ自身をも変えてゆく、実践的な型の人間であることをも、理想的な教育家の資質としたい。その意味において、確かに大きい仕事をなしとげはしたが、《年が年中、しかも六年の間世間も知らずに寝て居た病人》、《何も仕事などは出来なくなつて、たゞひた苦しみに苦しんで居る》晩年の子規を、実践的な型の人間であるとみなすことには、端的な根拠を示すことが必要であるかもしれない。そこで僕は子規と河東碧梧桐との関係を例にあげよう。

　広く知られているように碧梧桐は、「将来恐るべき青年」たる松山中学校生のころから、子規の弟子であった。そして子規の晩年には、すでにその師の俳句にたいする考え方とは、かなりことなった方向に進みつつあった。『墨汁一滴』に記録されている、いわゆる「月並調」についての子規と碧梧桐の問答は、この才能ある弟子が、自分の疑問とするところを執拗に問いかけつづけ、子規が、苦痛にみちた病床にありながらも、やはり根気づよく解答をあたえつづけた様子をあきらかにしている。かれらは「対話」する師弟である。

同時に子規は、碧梧桐とその仲間の新傾向にたいして批判を忘れない。かれはこの良き弟子の実作についても、また、その弟子が評価する新傾向の句についても疑いの言葉を発しつづける。かれらは妥協しない師弟である。

ところが『病牀六尺』は、ある日、子規が碧梧桐のみずからそれをおしすすめている新傾向に属するものとして推賞する句に、不意に感銘を受ける、一種の回心を語るのである。不意に、というのは妥当でないかもしれない。子規はいかにも論理的にその句を追究した上で、碧梧桐の評価の正しさを否定しがたくなり、ついにそれにしたがうのであるから。そこには、少年碧梧桐の紹介で子規にめぐりあった、やはり少年の高浜虚子への手紙で子規がのべたところの《文学上の交際を以て僕を教へんとならば、謹んで誨《おしへ》を受けん》という言葉が、単なる空手形ではなかったことを示すところのものがある。しかも『病牀六尺』のこの記述は、さきに引いた「たゞひた苦しみに苦しんで居る」ことを記した部分のすぐあとにあらわれるのである。

子規は「ひた苦しみに苦し」みつつ、弟子の新傾向によって、かえってかれ自身の俳句観が変革を迫られる経験をし、それをひるまず公表するところの実践的な型の人間であった。すなわち僕は子規を理想的な教育家のひとりと呼ぶ根拠をもつ。

事実、子規は、もし資力があれば幼稚園を開きたいと考えていたし、近親の看護ぶりにいらだつと、その憤りをしだいに論理化していって、ついには「教育は女子に必要である」と幾分ユーモラスな結論づけをおこなう人間であった。また、水産学校の生徒が罐詰をつくり、漁具を修理してえた利益を修学旅行につかっていることを聞いて「涙が出る程嬉しかった」とのべる人間でもあった。

そして具体的に、その教育構想とでも呼ぶべき考え方をのべた『病牀譫語』を残してもいる。子規が《主として試みんとするは徳育、美育、気育、体育》である。体育が一般的なそれとことなって《滋養多き食物を取り、時に好むに従ひて散歩、競技、談話等快心の事を為す》ことであるのは注意されねばならない。

しかし、もっとも子規の面目をつたえているものは、気育という考え方である。《気育は意思を発達せしむるなり》と子規はいう。それは徳育とことなるものである。子規の徳育はいわゆる道徳教育をこえた考え方であるけれども、それをもなおこえて、気育とは、勇猛心、忍耐心をつくるためのものであり、《勇猛心、忍耐心は善悪邪正の感とは異なり》ということが強調される。

子規はその少年期を、自由民権の思想の波のうちよせる地方ですごした。かれが少年期にみずからかちとった民権の考え方は、かれがしばしば自殺を思う苦痛にみちた病床生活の晩年まで、かれの放棄するところのなかった思想である。それはかれの面目であり、かれのモラリティの核心である。

その民権が、強権のもとになしくずしに変質させられる時代に、子規は「善悪邪正の感とは異」なるところの勇猛心、忍耐心の教育の必要を語ったのである。それは民権をあらためて回復するために、あるいは反逆者があらわれるとしても、かれの背骨を支えるにたる教育ともなるべきはずの気育であった。

〔一九六八年〕

IV

誰を方舟に残すか？
——または余剰について

武田泰淳の『誰を方舟に残すか』は、恐ろしい小説だった。誰を救助して方舟に乗りこませるか、誰を大洪水のなかに見棄てるか、ノアはむずかしい選択をしなければならない。これが旧約世界の恐怖であるとしても、現代のノアは、十人乗りの救命ボートに乗りこんだ十一人の難破者から、荒れ狂う海に後戻りすべき哀れな一人を選ばなければならない。それは明日にも、われわれの身にふりかかりかねない選択の恐怖である。

かつて自分を余剰だと感じていた人間は、すなわち、なんとなくロマンティックな匂いのする、一時代前の余計者たちは、一般に自分が他の人間とはどこかちがう存在だという意識をもっていた。それがプラスの方向のそれであれ、マイナスの符号のつくそれであれ、過去の余計者は、孤立したエリートであったというべきであろう。方舟の正規の乗客たちから拒まれる余計者は、すくなくとも自分がほかの人間とはちがっているという、ときには誇らしい認識を得ることができた。

しかし、今日の余計者は、まったく逆に、自分があまりにもほかの人間と似ており、自分のような人間がたくさんいすぎるからという理由で、自分を余剰だと感じるのではあるまいか？　方舟におなじオオジカが二十頭ものりこんでいたとすると、ひとつがいをのぞいて、十八頭のオオジカどもは大洪水のただなかへ追いおとすほかないであろうが、今日の大衆社会の余計者とは、この十八頭のオオジカみたいに、すっかり自分とおなじような他人どもにかこまれて当惑している人びとのことをさすのではあるまいか？

ぼくは大阪のテレビ局で、F・Kそっくりショーという番組の予選風景を見た。予選というのはどういうことかといえば、まず全国の視聴者に、あのF・Kというすねたようでもあり素直なようでもあり、またふてぶてしいようでもある細面《ほそおもて》の美少年歌手に似ている人物の推薦をもとめ、数千人にもおよぶ候補者のなかから写真をつうじて選別し、その第二次候補をあつめさらに選考し、実際にテレビ・ショーに出演する最終候補をきめる予選である。

当日のテレビ放送局のロビーは、まさにF・Kそっくりの少年たちで氾濫した異様な光景であった。水道の配管工、農民、テレビ組立工、自動車教習所指導員、商店員、高校生などなどのF・Kそっくりたち、あえていえば、余剰F・Kたち。かれらはみなF・Kそのままにおなじ奇妙な髪形をしており、そろってアゴをひき、上目づかいに人をみる……

もし、あの奇怪なロビーに、当のF・K自身が居あわせたとしたら、かれはおかしなジレンマにとりつかれたことであろう。かれはスターであり、そしてスターであるということは、かれが特別な個性の持主で、当然のことながら自分のアイデンティティーは、自分自身にしか絶対にもとめられないことを誇りとしている、そういう人間であるはずであろう。ところがロビーには五十名ものF・Kそっくりたちがひしめいているのであるから、これではかれのスターとしての自己認識の基盤が揺らぐことになったにちがいない。

しかし、もっと興味深かったのは、五十名のにせF・Kたちの独特な態度だった。かれらはみんな一次の書類選考をパスしたことで自信をつけていて、自分が

Ｆ・Ｋそっくりであることを疑っていず、余裕にみちた楽しげな様子である。それでいて、その五十名のにせＦ・Ｋたちは、おたがいに誰かれを（上目づかいに！）ながめては、あれこそ本物のＦ・Ｋだろうと、ささやいているのである。実際には、Ｆ・Ｋ自身は出席していなかったのであるが、しかも、ロビーには、すっかり自足しているＦ・Ｋそっくりたちの、のどかな平和共存の印象があった。

たいていの人間が、かれそっくりの四十九人の人間にかこまれたなら、真のうんざりした気分をあじわい、嘔気《はきけ》をもよおし、それら四十九人を殺戮したいと望むであろうと思う。

ところがテレビ局のロビーのにせＦ・Ｋたち五十人は、のどかに平和共存している。その光景を眺めているうちに、ぼくは一種の感銘にとらえられたのであった。あの少年たちはみんな、自分が本物のＦ・Ｋではなく、にせＦ・Ｋ、余剰のＦ・Ｋであることを認めているために、おだやかな平和共存をかちえたのだ。おれこそが方舟に当然残るべきだと主張する人間のかわりに、自分はこの方舟にとって余剰な人間だと反省する人間だけが乗りくんでいる方舟ほどにも、住み心地の良い方舟があるだろうか。

人間にかかわる余剰のドラマは、どのような時代の人間の社会にも存在したのだった。

松永伍一氏は、下北半島の恐山の賽の河原に小石を積む農婦たちのことを、彼女たちがみな、自分の赤んぼうを、あるいは妊娠中絶によって、あるいは、実際のマビキによって、殺害した婦人たちであり、彼女たちは小石を積みあげて個人的な供養をおこなっているのだ、と書いていられた。ぼくもまた恐山に旅行し、あの敬虔な農婦たちを見て、鮮明な印象をうけた。出産の余剰が、このようにおとなしい羊のような殺人者たちを数多くつくりあげているのは、東北の農村も、東京もかわりないが、ただ、恐山にもうでる農婦たちは、おずおずと賽の河原に小石を積むのである。

また、柳田国男は、ある対談で、明治維新までの日本の人口が三千万という数をリミットとし、それに近くなると飢饉がおこったり戦乱がおこったりして、人口をもとへ押しかえした、と語っている。

かつては、余剰を制限するさまざまな制動装置が、能率よく、かつ残酷に働いていたのだ。現在もなお、そういう装置の一等巨大なものは残っているが、一般に、人間社会が余剰の傾向を深めていることは確かである。われらの未来の方舟の均衡を平和的にたもつ方法はあるものだろうか?

結局のところぼくは、あのテレビ放送局の異様なロビーにおいてのように、すべての構成人員が、自分もまた余剰な存在にすぎないと知っている、そういう社会のおだやかな民主主義を期待する。恐山の賽の河原の農婦たちの群れをすっぽりつつんでいた敬虔な気分は、農婦たちみなが、それぞれ自分のことを余儀なく殺戮した人間であると覚悟しているために生じたものであった。誰もが自分を余剰だと感じている未来社会の方舟はなかなかバランスをうしなうことがないであろうし、もし定員が超過すれば、その方舟の未来のノアは、かれ自身が率先して、さかまく大洪水のただなかへ身を投じるであろう。

〔一九六五年〕

ホモ・プロ・セ

――または自立について

ツヴァイクは、一五一五年に出版された『無名士書簡集』から、次のような言葉を見つけだしてきている。《余はロッテルダムのエラスムスが、かの党派に加わりおるや否やを、聞きたださんと努めた。しかるに、或る商人の答えていわく、「えらすむすハ自立ノ人(ホモ・プロ・セ)デアリマス」と。》

エラスムス、この人文主義時代の巨人は、終始一貫、自立の人であろうとした。かれは十六世紀はじめの全ヨーロッパ文化の中心であり、さまざまな国の王、教皇、諸侯たちからチヤホヤされたが、その誰とも真に与《くみ》しようとはしなかった。お世辞や蜜のような言いまわしで、相手を喜ばせるが、とくに自分を縛りはしない、あいまいな弁説や手紙で王たちをあしらい、かれはいつまでも自立の人でありつづけた。マルチン・ルターの嵐のような宗教改革が進行し始めてもなお、かれはそれから自由であろうとし、しかもローマの側になびくというのではなかった。ワレ何人ニモ属サズ(ヌルリ・コンケド)。

しかし、対立した両陣営が、火刑台までもちだして争っているとき、かれほどに影響力をもった精神界の巨人が、そのどちらがわとも微笑をかわしあい、しかも、どちらがわにも属さないでいるということは、これはじつに困難なことだった。時にかれは不人情でさえあらねばならない。かれを限りなく尊敬し、かれの啓蒙によってひらかれた魂において宗教改革に参加した一学徒が、異端者として焼かれそうになったばかりか、重病にかかって命からがら逃げだしてきて、エラスムスに救いをもとめた時も、かれはこのあわれな男に門を開いてやることはしない。病人はびっこをひいて犬のように、かれの屋敷のまわりをうろつくというのに。それほどにも用心しなければ、この自立の人の自由は、まもられなかったというわけである。当然ながら男は死をまえに、憤怒にみちみちエラスムス告発の声をあげる。ルターもまた、かれを味方とすることを断念して、公然とかれを敵とみなす。晩年のエラスムスの自立の世界は、しだいに狭められ窮屈になる。しかしかれは臨終の時までついに自立の人だ。ワレ何人ニモ属サズ。

四百年後の今日もなお、自立とはやはり困難な響きのする言葉だ。見たところ、まず太平な日本一九六五年において、われわれが、いかなる党派にも属さないでいることができるとしても、その裏には、われわれの国そのものが、いささか自立の国でないところがあるということがあるし、この太平を不満かつ不安に感じる、もっとも敏感な生活者たちの層は、数百万世帯もがひとつの宗派に属している。しだいに、自立の小市民たちが、いかなるものにも属していない状態を異常に感じはじめる、そういう雰囲気の兆候すらなしとしない。今日の真の自立の人とはどういうタイプを指すのだろう?

いわゆる安保闘争の年の秋のことだった。東京の私鉄の無人踏切で、ひとりの幼児がひき殺された。若い父親は憤激して、十数万人のデモ隊のかわりに、ただひとり抗議のデモをおこなった。すなわち自分だけで、線路上を歩いてゆき、巨大な電車にたちむかった。ぼくは、この事件を報道した、小さな新聞記事に感動して、かれこそは、今日の自立の人であると考えたものだ。怒り狂い、あわれにも絶望した、無力で孤独な自立の人、しかしかれには、まぎれもなく、ホモ・プロ・セの真の魅力があるではないか。

これはごく最近のこと、春さきの突風が砂ぼこりをまきあげる都心のビルディングで、灰、黒褐色の岩肌もどきにしたひとつの壁面、まさに二十世紀的な岩壁を、ひとりの中年男がよじ登っていた。もし、ごく普通のビルディングの壁面を、このようによじ登る男があらわれたなら、消防隊が出動しただろうし、狂気とみなされる筈の登攀者はつかまってしまっただろう。ところが、この模造岩肌をつけたビルディングの壁面においては、とくにとがめられず、狂気とみなされることもなく、合法的によじ登ることができる。ビルディングの壁面登りという風変りな着想を、すくなくとも表向きこのように穏当にしたのは、プランナーの独創である。これから、いかにも健康で常識的な数多くの人びとが、この壁面を登ることになるのだろう。しかし、それはやはりなにがしかの生命の危険をかけた冒険なのだから、この合法化されたビルディングの壁面登りも、その奇怪かつ風変りな本質をまったく完全に、うしなってしまったというのではない。

この模造岩肌を登る人びとのなかには、おれは登山練習のために、合法的な練習場でトレーニングしているのではなく、気違いじみた冒険心から、ビルディングの壁面そのものをよじ登っているんだ、たまたま、この岩肌つきビルディングを選んだのは、消防隊の連中の目をごまかすためにすぎない、と覚悟して、よじ登ってゆく者もいることだろう。こうした人は、やはり今日の自立の人のひとつのタイプである。

東京中にまさに数しれないビルディング壁面があり、その内側に、穏やかで正常な日常生活をおくる厖大な数の人びとがいる。そして、この模造岩肌つきのビルディング壁面には、その外側をよじ登って、生命を危険にさらしているただひとりの人間がいるわけである。すくなくとも、ひとりぼっちで生命の危険をおかしながら壁面をよじ登っているかれは、自立の人たることの困難さについてしたたか思いしりながら風に揺れるロープをにぎりしめ、恐怖におののく瞬間をもつだろうではないか。

また、遠方のビルディングの、エア・コンディションのほどこされた窓のなかで、秩序ただしく、日々の仕事をつづけている勤め人が、窓の向うを眺めて、かれと同じように窓の内側で勤勉に働いている日常生活者の群れを見るかわりに、ひとりの他人がビルディングの壁面を、真面目によじ登っているのを見つけるとすれば、かれもまた、いくらかの感懐をいだかないではいられまい。かれは、かれ自身の生活の表面から姿を消している酸っぱい危険の味を舌さきに感じて身震いするのではあるまいか。それこそは、自立の人が、順応的な大多数者たちにたいしてもつ、教育的役割というものであろう。

子どもの時分、ぼくはひとりの仲間が小学校の階段のいちばん高い手摺りの上で逆立ちするのを眺めた。この気違いじみた冒険家は、墜落して肩の骨を砕いたが、そのかわり、われわれ幼い見物人たちは、こぞってこれから生きてゆくべき現実生活の深奥にひそむ残酷なものについて、なにごとかを学んだのであった。

〔一九六五年〕

今日のなかの昨日と明日
――または永遠について

人類ではじめて宇宙遊泳をおこなったソビエト人の飛行士が、宇宙空間というものは、あたかも底のない井戸のようだったと話していた。暗く、無限に深い、底のない井戸！　これは、ぼくが子どもの時分から、つねに恐怖しつづけてきた、ひとつの悪夢の、科学的な体験談だった。そこでぼくは、悪寒のごときものを感じ、身震いし、ちょっとしたアルコール飲料をほしいと考え、もし、ぼく自身が宇宙服を身にまとって無限空間にとびだし、この底なしの井戸をのぞきこんだのであったとしたら、ぼくはたちまち恐怖のために発狂して、ロケットに戻るどころか、まさに果てしない宇宙遊泳の旅に出たにちがいない、と思った。暗く、無限に深い、底のない井戸の奥底に、一滴の水をもとめて……

子どものぼくは、くりかえし、自分が宇宙の無限空間に、ひとりぼっちでほうりだされる夢を見たのだった。それは恐ろしく、辛い夢だった。この夢がなにを意味していたか、それは死である、すなわち、死＝時間的無限→空間的無限＝宇宙空間という意味のクサリが、ぼくの夢を構成していたのである。死ぬ、そして時間的無限、永遠にわたって、ぼくは虚無だ。それは、空間的無限にわたって、すべてが虚無の宇宙空間に対応する。

いま、三十歳になったぼくにとって、死の恐怖はすっかり克服されたというのではないが、この夢を支える意味の不正確さは、かなりあきらかである。それは、虚無というものを、あたかもひとつの実体として、そこに無限にアル存在としてあつかっているところに矛盾がある。虚無とは、実体ではない。単にナイことでしかない。したがって虚無が無限にアル、と考えるのは、論理的なあやまりだ。しかし、こうした初歩的な非論理も、死の恐怖がそこにからんでくると、重く熱っぽい問題となって、なかなか対処しがたいのである。もし、あなたが死を恐れたことがないなら、あなたにこれを理解していただくことは難しいが……

このほど小林秀雄氏の講演を聞いて、ぼくは自分がそれを正確につたえているかどうか、はなはだあやぶむが、すくなくとも講演の一部を次のように理解した。歴史感覚ということがいわれる。しかし歴史感覚とは、ひとりの人間にとって、かれの生涯の時間の全体のみが、その尺度となるものではないか？　ひとりの人間が死ぬ、それはすなわちかれをふくむすべての人間の歴史が終結したことである。すなわち、その認識から、かれの歴史感覚は成立しなければならない。

この発想は、ぼくを子どもの時分以来の悪夢の残糟から、おおいに遠ざけてくれるものであった。時間的無限を、ぼくの短い生涯の外にさがすべくつとめても徒労である。空間的無限を、地球の外にさがすべくロケットに乗りこんでも仕方がない。それは単に暗く深い、底なしの井戸である。ぼくはぼくの今日の現実生活のなかに、昨日と明日を、すなわち伝統と未来像とを見るべくつとめるほかない。今日だけがある。昨日もなければ明日もない。もし永遠というものがあれば、それは今日の、時間的進行の軸と直角に掘られた、底なしのタテ穴の深みにひそむだろう。

四十年前、ひとりの青年が、ラッパつき蓄音機のかなでる流行歌を聴きながら、白いエプロンで胸もとまでつんだ娘に麦酒をついでもらって、なんとなく楽しんでいた。やがてかれは現実生活にむかって出発する。そこには、不況があり、軍部の台頭があり、戦争があり、占領と戦後があり、もはや戦後ではない、ということがあり、オリンピックがあり、また新しい不況がある。

ともかく、かれは現実生活を生きぬいてきた。青年は、すでに初老である。ところで、老人が京都に戻ってきて、ふたたび、このカフェの扉をあけると、そこには四十年前とまったくおなじ雰囲気が居すわっている。「籠の鳥」、行こかもどろかオーロラの下を、蓄音機のラッパはあいかわらず銀色に光っているし、麦酒を運んでくる娘たちは、童女みたいに胸もとまで白いエプロンをかけている。壁には四十年前のハリウッドのスターが嫣然《えんぜん》と微笑する。

老人は、若いかれ自身をさえ、そこに見出すだろう。かれは、その旧式な椅子に腰かけてなんとなく楽しみながら、決して出発しなかったのだ。かれは現実世界の生活と時間とにかかわることなく、ずっと四十年間そこに残りつづけたのである。かれにとっては実は不況も、戦争も、戦後も、新しい不況もありはしなかったのだ。このカフェのなかにひそむ澱んだ空気こそは、永遠の感覚、永劫回帰の匂いがする。われわれの個人的な生涯の時間の総量とみあう歴史感覚における永遠とは、これくらいの規模のものである筈であろう。

このカフェは、いま現に京都の一隅に実在している桃源郷である。エプロンの娘たちが、じつはみんな中年過ぎで、いささか妖怪じみていても、それは二十世紀の桃源郷なのだから当然のことである。今日のなかに、四十年前の昨日の実在をもとめて、この桃源郷にかえってくるお客の方は、もっと妖怪じみている。

ところでこの桃源郷が、どのようにして今日の隆盛をみているかということは興味深い。それはわざわざ四十年前の風俗を発掘再現した現代の生産ではないのである。大正十二年に当時の最新流行の店の形で開店したカフェが、それ以後、ぜったいに模様がえせず、そのまま現在にいたった。すなわち、日々時代遅れになっていて、昨日のものとなってきた、このカフェが、四十年後、たまたま復古調の流行にめぐりあって、たちまち、もっとも先端をゆく、いわば明日のカフェとなり、今日の民衆に広くうけいれられることになった、というわけである。

東京の数知れない酒場、コーヒー店、レストランの経営者たちのうち誰か、一九六五年某月某日の今日を、永遠につづくべき今日とみなして、もう決して店の状態を模様がえせず、四十年後の明日までもちこたえようとする人は、いないものだろうか？　すくなくとも、ぼくはその店の常連になり、癌のおそれや痛風のいたみになやむ老人として、この桃源郷で二千年代の日々をすごすことになるだろう。あの新しい不況も、二度目の沖縄戦も、三度、四度目の核爆発物による都市攻撃も、またまた新しい戦後と不況も、まるで存在しなかったように感じられる、とつぶやいたりしながら……

〔一九六五年〕

自由人

——または拘束について

この夏のはじめ、ぼくが小さい息子と街を歩いていると、じつに威厳のある犬にひきずられながら、あまり威厳のない青年紳士が、汗まみれで駈けてきた。そこでぼくは、軽はずみにも小さい息子に現実生活について知識をあたえようとして、こういった。

——あの紐のまえのが犬で、紐のうしろのが人間だ。

ところが、これを小耳にはさんだ人間の方が、憤然として、ぼくに喰ってかかりはじめたのであった。その間、犬の方は、しばらく紐をひっぱってもがき、人間をよろめかせたりはしたものの、やがて悠揚せまらず脱糞をはじめ、とくにぼくに敵意を示すというのではなかった。

なぜ、かの人間《ホモ・サピエンス》は怒り、かの犬《カニス》は怒らなかったか？　もしかしたら、犬散歩係の青年紳士は、自分のことを、犬を支配しているのでなく、犬に拘束されているのだと感じて、苛だちながら、汗水たらして駈けてきていたのではあるまいか。人間と犬のあいだの、ぴんと張った紐は、じつは犬を縛るものではなくて、人間を拘束するためのものではないかと、内心気にかけて駈けつづけていたのではあるまいか。そこで、ぼくの、きわめて個人的な家庭教育の片言隻句を聞きとがめ、憤激したのではなかろうか？

ぼくはこの怒れる青年紳士にあやまるべき言葉をみつけかねて深く困惑した。しかしぼくは前言をひるがえし、こう訂正すべきであったとは思わない。それだと、かれを、もっと怒らせてしまったであろう。

——実際はあの紐のまえのが人間で、紐のうしろのが犬だったのさ！

われわれ人間《ホモ・サピエンス》は、とくに傲《おご》りたかぶっていた時代においてでないかぎり、たびたび人間と動物との支配関係を逆転することで、人間的なるものを研究する方法を模索してきたように思われる。ぼくは時どき、ある三葉の絵をとりだして眺めるが、それらはすべて、人間と動物の関係の逆転について、滑稽かつ悲惨な効果をあげていて、すなわち人間的なるものについて反省を強いるところのある絵である。これらの絵は、ポン・ロワイヤル版『人間と動物、その共同生活の十万年』という大きい絵本にふくまれているのであるが、そのうち二葉は、一八二〇年ころのフランスの版画で、ひとつは鳥に銃撃されている狩猟家、もうひとつは馬をのせた四輪馬車をひいている人間たちの絵である。題して、ひっくりかえった世界という。三葉目はゴヤの、ファンタスティックな美しいデッサンで、考え深そうな驢馬の医者が病人を診察している。病人は、なんとなく絶望した、また、驢馬の主治医にまかせきった、そういった様子の中年男である。これらの絵の秀れている所以は、それらが常に知的遊戯、あるいは観念的な思いつきの印象をこえて、具体的、実際的に、こうしたこともあるかもしれないなあ！と嘆ぜしめるところがある、という点である。とくに、驢馬の医者など、明日にでも、病いにたおれたぼくの部屋をおとずれそうな気がするし、そのときには、ぼくもこの病人とおなじく、ぐったりして憐れな様子をして驢馬先生の診断をあおぐだろう、と感じさせるような実感とともにゴヤはえがいている。

あの憤懣にたえない青年紳士と、脱糞する犬とに対して、こういうふうにいったとしたら、ぼくの困惑しきってペシミスティックとなった気分にもっともふさわしかったかもしれない。

——人間よ、犬よ、ぼくには、あなたがたのどちらがどちらだか、実際のところはっきりしていないようです。いくらか確実なのは、あなたがたのあいだで緊張している紐の存在だけだ。むしろぼくはこういうふうに息子に教えるべきでした。あの真中のが紐、前後に拘束されているのが、人間と犬、あるいは犬と人間!

ヴィエトナム戦争において、アメリカ人の若い兵士たちは、自分を、人間、紐、犬のこの三つの要素のどれに擬していているのだろう? かれらが拘束しているのか、かれらが拘束されているのか、あるいは、かれらは緊張関係を支える紐自体なのか? それは、かれらにも、青葉のころの東京の舗道を駈ける、人間、紐、犬のひとくみと同様、あいまいではっきりしないのではあるまいか?

一九五〇年夏の朝鮮のある小さな町を背景に、ロジェ・ヴァイヤンはこんな会話を書いた。

リーヤ では、この罪のない男を放してやりなさい。

フォスター 放せば、われわれの兵隊を虐殺する群に加わる。

リ 祖国を守るんですわ。

フ わたしも、銃殺して、自分の国を守る。

リ あなたの祖国は攻撃もされないくせに。何をしにおいでになったの、ここに?

フ ソヴェートと同盟して朝鮮が統一されると、われわれの前進基地が脅かされるからだ。

リ あなた方は、アメリカの友であるメキシコ政府と戦うために労働者・農民の軍隊が海を渡ったら、何とおっしゃるつもり?

(安東次男訳)

舞台を十五年後の、ヴィエトナムにうつし、リーヤ嬢のかわりに、たとえばチュイ・ハン嬢が登場するなら、アメリカの兵士は、やはりおなじような答えを発するほかないであろう。そうだとすれば、もっともきびしく拘束されているのは、南ヴィエトナム人でも、南ヴィエトナム解放民族戦線の人々でもないというべきかもしれない。

逆に、サイゴンでもっとも自由なのは、いささかも拘束されていないと感じているのは、そこへ戦争を見物にでかけている日本人ルポ・ライターたちだ、ということを新聞の特派員が、不機嫌につたえていた。じつは数多くの、そうした日本系自由人たちが、戦争のごくそばに陣どって、つぐないがたい悲惨を傍観しているということである。もし、かれらのひとりでも、死傷することがあれば、国際問題となるわけだし、いわゆるヴィエトコンの陣営の、ごく末端の組織の若い兵士が、そうした日本系自由人のあつかいをまちがうことでもあれば、現在の日本人一般の対ヴィエトコン感情とでもいうべきものが、一挙にくつがえりかねないのであるから、真面目な新聞特派員が苛だつのも当然であろう。日本系自由人の存在は、南ヴィエトナム解放民族戦線の豪傑たちを、おおいに拘束しているのではあるまいか？

そしてまた、サイゴンで自由だと感じた日本人も東京にかえってくれば、日本および日本人の全体ぐるみ、ヴィエトナム戦争に拘束されていることに無感覚でいつづけることはできないのであるから、まさに、拘束、拘束、拘束、誰が人間で、誰が犬で、誰が紐やらわかるものではない。天ガ下ニ、拘束サレザルモノナシ、とぼくは小さな息子に教えようと思う。

〔一九六五年〕

土人部落のハックルベリー・フィン
——または逃亡について

わが古き善き日、すなわち、乗合自動車は一滴のガソリンものみこまず、木炭をたく罐《かま》を背中にくくりつけて走り、機関車のまわりにまで人間をぶらさげた汽車がトンネルを出ると、飛行機がまちかまえていて機銃掃射する、そうした戦いの日々、それでも汚らしい大麻の繊維の服を着こんだチビのぼくは、ともかくひとつの交通機関に、うまく乗りこむことができさえすれば、まったく青ざめるほど興奮したものだった。

　さあ、おれは、ここより他のどこかへ、逃げだすぞ！　もっとも、それは単なる幻想にすぎなくて、ぼくはその日のうちにも、自分の母親のところへ戻らねばならなかった。あのころ、ぼくは『ハックルベリー・フィンの冒険』を読んでは、まさに、いくたび、熱く大きい嘆息をもらしたことだったろう。ハックルベリーは、脱出し、逃亡し、逃亡しつづけ、大冒険のあと家に戻ると、また、たちまち、他の誰よりもさきに、土人部落《テリトリー》へむかって逃げだしてゆかねばならないと、考えはじめるのである。ぼくは、かれの冒険を、岩波文庫で読んでいたのであったが、この中村為治訳が、じつに素敵なものだった。ハックルベリーはいう。

《私の欲したのはただ何処かに行くといふことであつた。私の欲したのはただ変化であつた。別のところなら何処でもよかつたのだ。》

　この春、ぼくが沖縄で会った大学生は、こういっていた。かれはある日突然、思いたって東京に来たのだが、数日、東京のホテルの一室にとじこもっていたあと、あたふたと、また沖縄にひきかえした。かれは、ただひたすら沖縄島から逃げだしてみたかったのであり、東京についてみると、こんどは、ただひたすら、日本島から逃げだしたくなったのである。ぼくはかれに深く懐しい親近感をいだいた。もっともかれは、沖縄のためにほとんどなにもせず、沖縄の犠牲の上に坐りこんで、エア・コンディションつきの平和を楽しんでいる人間の親近感など、拒みたいと思うかもしれないが……

七月はじめ、ぼくが大きな重いトランクをさげて羽田空港にやってきたとき、なんとなく流行遅れの、《東京の夏を逃げだして……》という観光ポスターを見た。ところがそれが、アメリカ、マサチューセッツ、ボストンに向って旅立とうとしているぼくを、突然に、じつに激しくゆさぶり、いわばぼくに魔法をかけたのであった。《東京の夏を逃げだして……》逃げだして、逃げだして、逃げだしつづける……

もっとも、ぼくは結局、なにものからも、逃げだすことはできないのであって、たとえ東京の夏から逃げだすことができたにしても、それはあらためてケンブリッジの夏にとらわれることにすぎない。ぼくはぼくを捕獲しているものから、ほんの数センチも逃げだしてはいないのである。米語に、ライト・アウト light out という言いまわしがあるそうだ。それはハックルベリー・フィンのように逃げだすことである。

それにしても、アメリカ文学ほどにも、くりかえしまきかえし、ライト・アウトする人間を主題にしてきた文学が、ほかにあるだろうか？　それは、アメリカの作家たちが子どもの時分、こぞって『ハックルベリー・フィンの冒険』に熱中したせいだとでもいうべきであろうか？

ラルフ・エリソンの『見えない人間』の黒人青年は、

ついに地面の下までもぐりこんでしまうのであるし、ノーマン・メイラーの新作『アメリカの夢』の主人公は、グアテマラ、ユカタン半島さして逃がれ去る。

それはまた、アメリカ人の祖先たちが、おのおの旧大陸から逃がれ去ってきた人びとであることにも、遠くつながっているのだろうか？　レオ・ヒューバーマンの本によれば、西部をめざして逃がれゆく開拓者たちは、いったんひとつの場所にすみついても、やがてまた、より西方の新しい土地めざして、せわしげに家財道具を幌馬車につみこんだということだ。

《のちに合衆国大統領になったラザフォード・B・ヘイズは、あまりたびたび移動したので、家畜にさえ移動する習慣がついたという、ある男の家におこった話を物語っている。——毎年春になると、いつもこの男の鶏は彼のところにやってきて、西部へのいつもの旅にでるために、しばってもらおうとして脚をくんだのだ。》

もっとも、アメリカ人だけが、新しい土地へと逃がれ去ることを好むわけではないだろう。ぼくは、中学校の歴史の教科書に、「逃散」という言葉を見出したときのある種の感激を思いだす。ひとつの村の農民たちが、そっくりそのまま、逃げだしてしまう、この徹底的な弱者の抵抗！　かれら、苛斂誅求された農民たちが、放浪の旅先に、甘美な安住の地を見出すことなど、不可能であったにちがいないが、それでもヤケクソで村から逃げだす農民たちの誰かれは、見棄てられた田畑を前に愕然とする領主のことを空想して、いくばくかの快感をあじわったのではあるまいか。

さて、ぼくの育った四国の農村でも、それは戦後の民主主義時代で、青年団活動の活潑なときであったが、議論する青年たちのあいだに、「逃避」という言葉が流行していたものであった。これはまことに有力な論争の武器であって、ソレガきりすとトナンノ関係ガアルカ？という風な、古典に属する切札同様、絶対に威力を発揮した。オマエハ現実カラ逃避シテイル、そういわれると、どんな冷笑的なタイプも、一瞬ナイーブになってしまって、黙りこみ、不安げに、目をキョロキョロさせるのであった。

しかし、実の所、かれらの誰ひとり、かれらの農村の今日の現実から、逃避することのできるものはいなかったのである。かれらは、しだいに困難となってくる戦後農村の経済生活の固すぎる繭のうちがわに閉じこめられた不運な蟻のように、決してそこから逃がれでることなどできはしなかったのである。

もういちどアメリカの例に戻れば、かつて『もし《イフ・》恐れるなら《ヒー・ハラーズ》、逃がしてやれ《レット・ヒム・ゴー》』という社会小説を書き、いまはハーレムの社交界の黒人と白人の徹底的な混淆をえがいている、愉快な小説『ピンク・トウ』において、作者チェスター・ハイムズはこういっている。

《しかし大人になってしまうと、逃げだすことは考えるほどやさしくない。いったいどこへ、大人が逃げだしてゆけるだろう？》

ケンブリッジの町を歩くと、いたるところに核戦争にそなえての隠れ家《シェルター》がある。この国の人たちは、そこへ逃げこむことができるのであるが、とぼくは考えないではいられない。沖縄にも、日本本土にも、隠れ家など、すくなくとも日本人用のそれはまったくひとつもないのであるから、われわれは、いったいどこへ逃げればいいというのであろう？　〔一九六五年〕

多様性コソ力デアル
——または同居について

僕がアメリカで暮しはじめた最初の数週間、町に出るたびに、まさに目もくらむような激しさで感じたのは、この国がいかに多種多様の人間の雑居によってなりたっている国であるか、ということであった。それはなんとも荒あらしい、危険な匂いのする混交のように感じられた。僕はいわばK・K・Kもどきに、人種差別主義者流の実感にとらえられていたわけである。もっとも、ある町角で、僕が青い walk という信号を待っているとして、僕の周囲のアメリカ市民の誰からみても、僕がその場でいっとう異質な人間に見えるであろうことはいうまでもないのであるから、その僕がキョロキョロ周囲を見わたして、この種々雑多な人びと、これらアメリカ市民！ とひそかに嘆息したりしていたのは滑稽というほかないが……

さて、その僕はハーヴァード大学の寮で、三十カ国近い国々からやってきた、それぞれの国の知識人たちと共同生活をおこなっていたのであった。僕は、文化に国境なしとか、結局、人間はおなじだとかいう、おとなしい羊の鳴声みたいな感じのこもった啓蒙主義者の意見には与《くみ》しない。少なくとも、それでは旅行の楽しみというものがない！ 外国語を勉強して、なんとか外国人の物の考え方をうかがってみようとした甲斐がない！ やはり外国人は、何やら、奇怪な異質のところのある人間でなければおもしろくない！ もし、ガリバーが難破して、命からがらたどりついた岸辺が、巨人国や小人国、あるいは馬の統治する国であるかわりに、ごくまっとうな、もうひとつのイギリスだったとしたら、ガリバーをつうじて、われわれがいったいなにをまなぶだろう？

　ありがたいことに、僕のハーヴァードにおける同居人たちは、まさにそれぞれ異った個性を持つ人びとであった。なかには、かれらにとっての外国人が、自分の国についてもっているはずの固定観念を気にかけるあまりに、それにみずから縛られてしまったり、その固定観念を、みずから模倣したりするものまでいるほどで、僕らは、ハーヴァードの中庭《ヤード》に、いかにも具体的な万国旗をはためかせていたようなものだった。

　たとえばイタリア人の青年たちは、かれらがいかに女性に親切な連中であるかという世界的な風評に涙ぐましいほど忠実で、僕らの寮に近づいてくる限りの、すべての娘たちを追いかけて健闘した。ユーゴスラビア、チェコ、ポーランドといった、アメリカ国務省の許容する社会主義圏から来た人びとは、いっせいに、すでにかれらの国の社会主義は、世界革命とは無関係な、幼児食流の衛生無害処置をへたものだというようにふるまった。アメリカの保守派の夢のなかの社会主義者みたいに……

　ヴィエトナムにおける戦争についても、僕の同居人たちの反応はさまざまであったが（とくに香港、台湾といった、ほとんど渦中にある人びとが断固として楽観主義的であったのも、それはそれなりに、あるひとつの真実をあかしているように思われる）、僕らのセミナーのひとつの公開フォーラムに選ばれてスピーチをおこなった同居人たちが、たまたま、なかばプロ・アメリカ政府的な発言に終始したことを学内新聞がつたえると、フランスからきた同居人たちは憤激して抗議の投書をした。かれらは故意にか、偶然にか、その公開フォーラムからボイコットされていたのであった。セミナーの責任者は、これを《フランス革命》とよんだものである。僕はこの事件以来、フランスからの同居人たちときわめて意気投合する仲となったが、僕らの協同は他の同居人たちにとって、ヴィエトナム戦争をめぐるフランス人と日本人の一般的反応の直接的な一例と見えたはずである。

ところで僕は、十五歳から三十歳にいたる、つい最近まで、つねに他人の家に同居して暮してきた。僕が幸運にも六十歳まで、自動車事故か癌か、あるいはもっと不名誉な死をまぬがれるとして、僕は自分の生涯の四分の一を同居して暮したことになる！

同居生活のベテランたる僕が、この十五年間に獲得した人生の知恵は、他人と同居するかぎり、おたがいに十分、自己主張しあわなければ、結局、不健全なことになるということであり、他人に柔順すぎることこそ、もっとも不都合だということである。そこに同居の美徳はない！

外国にやってきて、まさに見知らぬ他人たちと同居するにあたっても、僕はこの人生の知恵を却下しようとは思わなかった。当然、トラブルはおこるにしてもこのトラブルこそ健全な生活の兆候だと思いこむことにしたわけである。

昨夜、僕はあるアメリカ市民の家でのパーティーで、僕のこうした人生の知恵にいらいらしたアメリカ人から、かなり大がかりな厭味をいわれた。

かれはニューヨークのジャパン・ソサエティーに働いている日本通であるが、このパーティーにかれがともなってきていた婦人は、フランスの市民権を得たヴィエトナム婦人で、その政治的信条たるや、なぜアメリカ国防省はただちに中国を核攻撃しないか！という憤懣である。

さて、僕にたいして、かれはこういったのである。日本人は、西欧文明に適応することをつづけてきた。それをもっとおしすすめるにあたって、すべての日本人が範例とすべきなのは、カルフォルニアにおける、またブラジルにおける日系移民の「適応」であると思うが、どうであるか？

僕はいうまでもなく日系移民の努力に敬意をおしまないが、それとこれとは話が別である。これは、地球の運命の主宰者のひとりとしてわれわれが同居している大国の人間のあまりにも身勝手な要望であって、これではやはり同居はうまくゆかない。同居の美徳とは、あくまでも他人同士が角つきあわせて共同生活するところにうまれるのであって、片方が他方を食ってしまってはもうなにごともおこらない。

そこで僕が思いだしたのは、つい数週間前、ＶＯＡでうけたインタビューのことであった。一年前に東京のＮＨＫから来たという若いアナウンサーは、録音のはじまる前、こういうことをいって僕を牽制した。すなわち、かれは一年間のアメリカ生活において、ジョンソン氏のヴィエトナム政策を認めるように考え方がかわり、いまや、日本の新聞は偏向していると感じるまでになった、というのである。これではあまりにナイーブであって、かれのアメリカにおける同居生活は、かれの精神衛生に良くないのではないか、と心配した僕は、録音がはじまるとこういうことをいった。ラルフ・エリソンは『見えない人間』において、多様性《ダイバシティ》ということを主張している。確かに多様なものが同居している社会だけが健全なのであって、たとえいかにアメリカが秀れた社会であるにしても、そこへやってくる同居人たちがすべて、その多様性を棄てさることまで必要ではないのではあるまいか？

録音のあと、ＶＯＡの日本関係の責任者が僕にこういった、多様性コソ力デアルとはＶＯＡのモットーなんですよ！　かれにとって、おそらく、僕は調子の良すぎる同居人みたいに見えたことだったろう。

〔一九六五年〕

火星人の威信
――または異物について

ひとつの国を長く旅していて、さて、そこから帰国しようとすると、自分自身が一個のトゲのようなもので、しばらく他人の皮膚につきささっていたあと、いま、ピンセットでぬきとられようとしているのだ、といった感慨が湧く。とくに、この夏から秋にかけて、おもに大学を訪ねながら、アメリカを旅行していた僕は、たびたび、まさに切実に自分をトゲのように感じた。トゲの感慨をごくごく単純に要約すれば、僕はこの国のアジア政策に、まことにさまざまの面において反撥を感じるが、この国の市民たちについては、まことにさまざまな善き人びと、魅力的な人びと、すばらしいアメリカ人に出会ったことも否定できない。もっとも、そのような人びとと愉快に話しているあいだも、トゲの頭の片隅では、《しかしアジアに戦争はつづいている……》と苛らだたしい声が、くりかえし響くのであったが……

ヴィエトナム戦争におけるアメリカは、どのように説明しようとしても、やはり原則的には、他人の皮膚につきささっているトゲ、他者のうちに挿入されている異物であるにちがいない。そしてアメリカがヴィエトナム戦争に勝ちをおさめることがたとえあったとしても(最近たびたび勝利する、という表現がもちいられるが、あれは、ごく普通の日本語世界においては、いくらか異物の匂いがする)、とくにアメリカが新しい国家的利益を得るというのでないとすれば、この戦争は、アメリカの国防省のがわからいえば、おそらくその《威信 prestige》のための戦争というほかにないであろう。その威信ということについて、北ヴィエトナムとシカゴの、ふたつのかけはなれた場所で、まったく立場も思想もちがうふたりの人間が興味深いことに、ほぼ、おなじことを語っている。

片方は、『世界』十一月号にのった《おだやかで強靱な》松岡洋子の文章による。付言すれば、アメリカで暮している間、僕は東京から送られてくる『世界』を読むたびに、この雑誌がもしなかったとすれば、どのように日本人の威信がことなってくるだろう、と切実に感じた。

さて、ハノイを訪ねた松岡さんに北ヴィエトナムの政治活動家、ルー・クィ・キィ氏が、こう語ったという、《アメリカの撤退は彼らの威信にかかわるどころか、最も立派なことではないでしょうか。アメリカがヴィエトナムに軍隊を駐屯させることによって威信を守るとは理解しがたいことです。》

そして他方は、シカゴ大学のハンス・J・モーゲンソー教授が、ここ十年間の教授のヴィエトナム関係の文章をあつめた著作に、あらためて書き加えられた序章《Shadow and substance of power》の一節である。国家の威信は、銀行の信用とまったくよく似ている、と教授は書いていられる。《巨大で、しっかりした財源と、成功の記録をもつ銀行には、小さくて、しばしば不成功な競争相手にとって不可能なことが可能である。すなわち、あやまちをおかし、失敗をこうむること。そのすでに良くしられている能力は、この銀行がそうしたつまずきをこえて威信を保つのに充分なだけ大きいわけだ。おなじことが、国家について真実である。》

モーゲンソー教授はアメリカがその威信、それはこの文章のタイトルに即していえば、ひとつの国の力の影のごときもの、ときにその国力そのものよりもなお重要な、国力の《評判 reputation》とでもいうことであるが、アメリカの威信をたもつためにはかえってヴィエトナムからすみやかに撤退したほうがいいと、説くのである。

地球にやってきた火星人、すなわち地球人のわれわれからみればまさに異物のなかの異物である火星人と、われら地球人とが戦う小説は、この百年間にまさに数多いが、僕がいつまでもその印象を忘れない本に、たしか『盗まれた街』というタイトルのアメリカの作家によるS・Fがあった。この本の最後は、丘の斜面の畑に巨大なキャベツ群のように整然と植わってエネルギーを補給している火星人たちに、けなげにも懸命な地球人の若者がひとりでたちむかい、かれらをガソリンで焼きはらおうとする情景と、そのまことに涙ぐましくも地球的な抵抗に閉口したキャベツ風火星人が、結局、空のかなたに去ってゆくシーンによって構成されていたようにおぼえている。もっとも僕の記憶は、僕の個人的な趣味にしたがって都合よく歪んでいるかもしれないが、ともかく僕は、巨大なキャベツ群のまったくみずぎわだった撤退ぶりに感動したものだった。強力無比な火星群と、孤軍奮闘、戦いつづける地球人の若者もなかなかあっぱれで同情をそそったが、巨大なキャベツ軍の撤退の光景は、まことに火星人の威信を示すに十分であり、僕は深く感嘆したことを忘れない。

侵略者火星人たちにとって、すなわち深夜丘の斜面でエネルギーをたくわえていた巨大なキャベツ群にとって、それまでの戦いは一応、全面的な輝かしい勝利であり、その撤退がもっとも大きい被害をかれらに結果するといった、ドロヌマ的状態ではなかった。かれらには、いやがうえにもあきらかな威信とともに、深夜の、暗く、あまりにも暗い宇宙の彼方へと飛行することが比較的容易だったわけである。

今日のヴィエトナムにおけるアメリカ軍の位置はどうであろうか？　かれらは、丘の斜面に植わって（こうしたいい方は滑稽であるが、キャベツは単なるキャベツでなく火星人的意識にみちて、しかも植物的性格をそなえたみずから植わっているキャベツである！）エネルギーをたくわえている巨大なキャベツ群よりも、良い状態であるとは思えない。

それが問題だと、大方のアメリカの軍事専門家はいうであろうか？

僕がニューヨークで会った詩人は、この世界の、とにかくありとあらゆるものを、絶対に性的に説明しようとする人物だった。かれはこういう風なフキンシンなことをいったものである。《ヴィエトコンの喜びは、異物を挿入されて苦しむ南ヴィエトナムの民衆を救助

するため、かれら自身、みずからを新しい異物としてそこに挿入することによってもたらされた。》

異物を挿入される感覚、という言葉を聞いて、僕は、日本現代文学のもっとも独特なエッセイストのひとり、稲垣足穂氏の、すばらしい一連の文章「P感覚とA感覚」以下を思いだしたが、この百日間アメリカから観察してきたかぎりでは、岸信介氏の『フォリン・アフェアーズ』誌への寄稿はじめ（この名高い実力者の海外における文体的名誉のために、あの文章がアメリカ通のゴースト・ライターの筆になることを祈る！）日本では、いま、異物を挿入される存在であるより、どこか他の国へ異物としてみずからを挿入することを望む、そういう新ナショナリズムの気運をたかめようとする人びとの活動がさかんであるように思われる。どこか他の国とは、たとえばクーデター政権下の韓国である。

僕がアメリカの旅のあいだ、もっとも単純な旅行者の心において、くりかえしねがったこと。巨大なキャベツ群として退却する火星人の威信は別にしても、われわれがすくなくとも、けっして異物として他国にみずからを挿入しない国の人間としての威信を確保できるように！

〔一九六五年〕

宙に浮んだ馬

——または瞬間について

疾走してきた馬がハードルを跳びこえる瞬間を、高速度のシャッターでとらえた写真を見ると、馬も、騎手も、その背後に浮んだ雲や、樹木、地面そのものさえも、架空な、現実感の稀薄な、幻の光景のようなものであるという印象をうける。その印象は、いわばアルベール・カミュのいわゆる absurdité の感覚のようで、奇妙なむなしさ、ばかばかしさ、とりとめのなさ、そして結局は、底冷えのする根深い不安にむすびついている。

しかしそうした印象は、高速度カメラでとった写真においてとくに強調され、きわだたしめられているが、実際は、あらゆる写真において、すでに存在しているものにちがいない。運動体のある一瞬間の、静止の状態というものは、写真のフィルムの上にのこされこそすれ、現実には実在しないのであるから、写真にうつったものが、はかなげに見えるのはあたりまえのことである。それを、われわれがとくにはかない幻を見るというのではなく、現実の代償物、あるいは、あたかも現実そのものを見るとでもいうように、不安や疑いなしに写真を見ることができるのは、じつは写真そのものの自力による効果ではなしに、われわれの意識がその効果のために努力しているのである。

すなわち、われわれが、ハードルの上で宙ぶらりんになった馬の幻を眺めながら、その一瞬前の、馬の跳躍と、一瞬後の、馬の着地とのあいだの、ひとつながりの運動の流れを意識にうかべ、その流れのなかに、一瞬の宙ぶらりんの馬の幻をはめこむことによってはじめてその幻を意味づけているわけである。もし、ハードルの上の馬が、次の瞬間にはロケットのごとく、沖天たかく舞いあがってしまう、と意識する人間がいれば、この写真は、かれの眼に、まったく別の意味をもつであろう。

数学の教科書にでてきた点と線の考え方に比較すれば、一葉の写真がとらえるところのものは、時間軸にそった現実世界の流れの線に対して、一個の点である。いかなる長さも幅もない、むしろ現実的には存在しない点が、無限個あつまって線となるとすれば、その点を無限個あつめる綜合力は、人間の意識そのものにほかならない。頭の良い馬を選んで、かれの跳躍中の写真を見せてみたいものだ。

もっとも、どのような高速度のカメラでとった写真であれ、それはシャッターのひらいていた何万分の一秒かの間、時の流れにそって持続した現実をとらえているのであって、それが長さのない絶対的な一瞬間をうつしとったものだとみなすのは正しくない。

絵画についてみれば、事情はもっと人間の意識や時の持続と、緊密にむすびついている。絵は動かないが、画家は、一葉の写真を見る人間の意識のやることを、かれ自身ですでにあらかじめやっておいてくれるのである。画家は、ある静止した画面を、ひとつながりの運動によって意味づけられた、持続する意味の領域に位置づけたものとして描く。シュールレアリストの画家が、たとえばルネ・マグリットやデルヴォーが試みたのは、むしろ、画面からこうした連続の感覚を排除することであった。その結果、一瞬間の停止のかわりに、むしろ永遠の持続の印象が濃くうかびあがってくるのは興味深い。そこでは瞬間が永遠である！

さて、写真や絵画にとどまらず、現実世界そのものについて考えれば、それもある一瞬、一瞬の瞬間によってのみなりたっていて、それらを綜合し、ひとつの時の流れにあわせて意味づける役割は、やはり人間の意識にまかせられているのであろう。もし人間の意識による意味づけがなければ、この一瞬と、次の一瞬の現実世界は、不連続である。僕は子どもの時分、百匹あまりの蟻を飼っていたが、かれらの蝟集している瓶をのぞいていて一瞬眼をそらし、もういちどのぞきこむと、もう、どの蟻がどの蟻と、この一瞬間をへだててつらなっているのかわからなかった。それは僕に、人間の意識のないところでの現実世界の不連続性について、最初の知恵をあたえた。

仏教に、刹那生滅という現実認識のタイプがあるということである。それは僕のまったく典拠のない、無責任な空想によれば、こうした瞬間、瞬間の非連続性、あるいは反連続性についての認識であり、瞬間と瞬間のあいだの深いミゾにかかわった考え方であるように思われる。人間は、一瞬間ごとに死滅し、誕生する。A瞬間のB人間は、A′瞬間のB人間ではない。いわばB′人間である。

僕はもともと、この言葉を、祖母から聞かされたのであった。僕の祖母は無学で、またとくに信仰心の厚い人間でもなかったが、それでも死のまぎわには、仏教に関心を示した。たとえそれが、あまりに遅すぎたそれであったにしても、少なくともこの突然の回心は、彼女が日本の地方の伝統のなかの老婆であることを証明するものであった。彼女は、通俗解説書から、一期生滅とか、刹那生滅とかいう言葉をまなんで、小さな孫に受けうりした。近い死の予感が祖母に宗教本能とともに、教育本能まで、揺りおこしていた模様である。いま、これらの言葉を百科事典で調べてみると、僕の祖母の解釈は、とくにまちがっていたとは思われない。理解の深浅、通俗性、それは仕方がないが、それにしても、あれらの知識は、彼女の死の瞬間、いくらかは有効であったろうか？

おなじ百科事典から、祖母が俗謡のように歌っていたことをおぼえている次の一節を見出すことができたのも、とくに祖母に優しいことをした記憶のない僕には、ひとつの喜びであった。

生れ生れ生れ生れて、生の始めに暗く、死に死に死に死んで、死の終りに冥し。

瞬間と瞬間のあいだの非連続なミゾをこえて歴史の長大な流れをつくりあげるわれわれは、逆に歴史を、ある一瞬に集約して理解しようとすることもある。アイザック・ドイッチャーは、トロツキー指揮下の軍隊と、ケレンスキーの軍隊との、ペトログラード郊外での対決について次のように書いた。

《その一瞬、一大国家の運命、否、まさに全世界の運命は、相対峙するほんの少数の、士気の挙がらぬ小軍隊の遭遇に賭けられていた。》

僕自身は今日の世界の運命を、この小さな戦闘に賭けて考えるほどドラマティックな趣味の持主ではないが、それでも、明日の世界の運命についてなら、それがまさにある一瞬の、小人数の指導者たちの決定に賭けられるかもしれないと疑うことはたびたびある。しかもそれらの指導者たちは、どの方向の海であれ、ともかく海の向うがわに住んでいてわれわれの言葉を理解しない。

〔一九六五年〕

シゴカレル思想

大学生たちがクラブの合宿で、下級生をいためつけ、ついにひとりを死にいたらしめた。そのあまりにも粗暴な訓練法を、シゴキというのだそうだ。縄か紐みたいに人間をシゴカレてはたまったものではないが、この言葉の、厭らしい荒あらしさが、大学生たちのおこなったことの本質をかなりあきらかにしている。新聞に、頭を刈った加害者の、じつに暗くて危険な気分をたたえた顔写真がのっていたが、あの敵意にみちた憂い顔の青年は、内心、おれは単に不運だっただけだ、と感じていたのではあるまいか？　そして昨年来、女子バレー・ボールの監督の、コンジョウ礼讃が、ジャーナリズムをにぎわせてきたことを思いうかべては、なぜ、シゴキが罪悪で、コンジョウ説が高く評価されるのかを不可解に思っているかもしれない。はたして、シゴキの精神とコンジョウ説はすっかり別物であるか？

コンジョウ説の進展するところ、深まりゆく果て、それは飛躍なしにシゴキに到ることであろうと僕は考えている。いわばコンジョウ説は、そうした危険な思想である。危険な味がするからこそ、それが一世を風靡したのであろう。ごく正常なオーソドックスなやり方ではすでに突破できないとわかっている壁の前で、経営者が、ひとつコンジョウ説で行くか！　と苦しまぎれの選択をしたのであるから、コンジョウ説のはらむ危険さに、かれ自身気づいていない筈はない。あるいはまた、ひとりのサラリーマンが、それまでのかれの日常生活に異常な新風を吹きこむべく、コンジョウ説でもって自分を鞭うったのであるから、かれがコンジョウ説の非日常性、日常的なるものに反する性格に無感覚であった筈はない。

もっとも、ぼくはこの危険なコンジョウ説を下等なものだとは思わない。ぼく自身は、この種のコンジョウ説を他人におしつけるつもりがないし、自分の生活にそれを採用するつもりもないが、隣人がコンジョウ説を信奉するのまで妨げようとは思わない。正常な生活をおくる人間だけが、人間的《ヒューマニスティック》なのではない。死にものぐるいの異様な生活をおくる人間にもまた、胸せまる人間性があらわな場合はある。

ただ、ぼくは、それこそ人間的に欠くべからざる反省として、コンジョウ説をとる経営者もサラリーマンも、この考え方がいくばくかの危険を内包していることとは、つねに意識しつづけていなければならないと考えるのである。とくに、経営者から、自分たちの意志に無関係にコンジョウ説をおしつけられる若いサラリーマンたちがいるとしたら、かれらこそ特に、このコンジョウ説の危険への警戒が、つねに必要だと思う。さもないと、実際、シゴカレてしまいかねない！ すくなくとも、コンジョウ説などというものは、民のカマドのにぎわっている時代の思想ではない。

ところで、このシゴキ事件の報道のすべてをつうじて、ぼくにもっとも印象的だったのは、大学側の弁明にふくまれた次のような一節であった。引用は五月二十九日付の毎日新聞による。

《一年生の中には上級生に「疲れて眠いから刺激してくれ」といったものもあったようだ。死んだ和田君も唐松尾山でガケから落ち、急に元気がなくなってからは「疲れたから直してくれ」と二、三回上級生に頼んでいる。》

これは大学側が嘱託殺人を弁護してでもいるような

文章だが、その非論理をあげつらうのが現在のぼくの意図ではない。ぼくは、ここにあげられた下級生たちの言葉が、実際に発せられたものであろうと信ずる。殺された被害者もまた、このようなことをいったのであるにちがいない。ぼくは、下級生たちの、こうした限界状況的な心理状態に関心をもつ。

疲れて眠いから刺激してくれ、疲れたから直してくれ。これはシゴキという言葉自体とおなじく、厭らしくグロテスクな響きのある訴えではあるまいか。すでに知的なキャリアをはじめている青年たちが、このようにも、意味をもたしめることをみずから拒否しながら発しているような言葉をもちいる。殴りつけられ蹴とばされ、それをあらためて要求する。疲れて眠いから刺激してくれ、疲れたから直してくれ。これは単に、粗暴な上級生への恐怖心にかりたてられた迎合というのではないであろう。

かれら新入生たちは、いまや疲れきっている。かれらのとるべき妥当な現実的態度は、疲れて眠ければ路傍に横たわってしばらく仮眠することである。あるいは上級生たちと集団交渉することである。しかし、かれらはそうしない。なぜかといえば、かれらがいま現実的態度をとることを望まないからである。逆にかれらは、この疲れて眠い現実から、逃避すること、すなわちかれらの現実感覚とはすっかり異質のものに没入して個人的な責任を回避することを望んだのである。その際、疲れて眠いから刺激してくれ！　といった、あえて論理に反し、意味のクサリを断ちきっている言葉こそが、かれらにとってもっともふさわしいものだったのだ。すなわち、かれら自身の日常生活の論理、意味のクサリの世界においては、かれらの現在おちこんでいる理不尽な苦痛の状況というものは、どのようにしても認めがたい。それに対する正常な意識の反応は、こうした状況を自分に強制しているものに対して抗議し、かれら自身の日常生活の論理と意味のバランスを回復すべく試みることである。

ところが、かれらはあまりにも疲れすぎており、あまりにも眠く、そのように正常な意識の反応を示すことができないところまで追いつめられていたのである。そこで、かれらは異常な反応をした。自分自身の日常生活の論理と意味を否定することで、かれ自身をとりまいている状況のすべてに対して、自分の責任をとりさげたのである。かれらは、かれらの内部の意志とまったく逆の強制力をふりかざす、粗暴きわまる上級生の論理と意味のクサリに自分を縛ろうとした。かれらは眼をつむり跳んだのである。これは恐しく暴力的な夢のようなものだ、自分の意志をこえた巨大なものの力に吸収され地獄をひとめぐりし、そして眼がさめれば、苦役は終っている。そのように自己放棄した青年たちが、かれらの悪夢を、より夢らしくこしらえあげるために、かれら自身の意志とはまさに正反対のことを、くちぐちに叫んだのである。疲れて眠いから刺激してくれ、疲れたから直してくれ！　悪夢のあとひとつの死体がのこった。

あまりに状況が苛酷であれば、われわれは誰しも結局、こうした自己放棄によってしか、現実に対応できなくなってしまう、それは単に運動部の新入生の反応にとどまらない。ただ、どの暗さ、どの深さ、どの辛さまで、自己放棄せず、正常者として現実と対応できるか？　という、いわば現実の苛酷さへの耐久力の目盛の度合に、われわれの人間的な質が関わってくるはずである。大学生諸君は、それをこそ学ぶべきであった。

〔一九六五年〕

何がもっとも恐ろしいか?

ヴィエトコンの工作員ともくされた少年が夜明けのサイゴン市街で、銃殺刑に処せられる光景に、開高健の報道で接したとき、いま殺戮されようとしてうなだれた痩せた少年の脇に立って話しかけている、肥満して不機嫌そうな従軍僧、あるいは、従軍牧師がきわめて印象的であった。それは、もうひとつ別の、これは歴史の世界の光景ではあるが、やはり、じつに恐ろしい一光景のことを思いださせるものであった。

ぼくはその事件についてとくに詳しく知っているわけではない。渡辺一夫教授の『フランス・ルネサンスの人々』や、ツヴァイクの『権力とたたかう良心』によって知識をえているにすぎないのであるが、カルヴァンがジュネーヴを、かれの膝下に屈伏せしめていた時代に、その権威に反逆した神学者ミシェル・セルヴェが火刑に処せられた。ツヴァイクによれば、セルヴェが火刑台にみちびかれるまで、いや、薪でまわりを囲った火刑柱に鉄の鎖で縛られてしまうに到っても、かれの傍には、ひとりの聖職者がつきまとって、セルヴェに、カルヴァンの真理が唯一の真理であることを認めさせようとした。すなわち、セルヴェが、刑の執行直前に転向しさえすれば、刑を、最も苛酷な刑から、そうでないものに変更してやろう、と誘ったわけである。セルヴェが現に執行されようとしている刑とは、生きながら、とろ火にかけてゆっくり焚殺する火刑であった。そして、より苛酷でない刑とは、たとえば処刑刀で首切られることにすぎなかったが。

この聖職者とは、ジュネーヴでまず宗教改革をおこない、そしてカルヴァンをむかえいれて、終生その右腕となった牧師ファレルである。あのヴィエトコンの少年同様、ボロをまとったセルヴェは、最後の意志をふりしぼってそれを拒否し、火刑に処せられた。煙と焔のなかから、三十分間ものあいだ、鋭い叫び声がひびきつづけたという。

おなじくツヴァイクによれば、《火刑柱の上で、とろ火にかけてゆっくりと焚殺するのは、あらゆる死刑のなかでも最も残酷な方法である。あの残虐をもって知られた中世においてさえも、この刑をその残酷きわまる方法で長い時間をかけておこなったことは、ごく稀であった。たいていの場合、死刑囚はあらかじめ火刑柱の根元で銃殺されるか、あるいは失神させられていたのである。ところが、プロテスタンティズムの最初の異端としてのいけにえに、この最も残忍な、最もおそろしい死刑が用意されたのであった。》

ひとりの神学者を、とろ火でゆっくりと焚殺するというようなことが、ジュネーヴの市民たちにとってどうして可能であったか？ それはセルヴェを「異端」とみなしたから、すなわち、自分たちとはちがう、なにか異った種族たる人間とみなしたからだ、というほかあるまい。ファレルは市民たちにむかって、《悪魔《サタン》が人間を自分の掌のなかにつかんでいるときには、どんな力をもつものか、よく見なさい！》と叫びさえして、火刑執行人をはげました。実際には、不寛容の狂気という悪魔《サタン》に、かれ自身がとりつかれていたのであるが。

あのヴィエトコンの少年を、鑑別所に送るかわりに、公衆の面前で銃殺した人びとも、あえてそれに異をとなえなかったばかりか、協力しさえした聖職者も、なぜそのような非人間的な勇気をふるいおこせたかといえば、それは少年が「ヴィエトコン」であって、すなわち、今日の「異端」、コミュニストであって、自分たちとはちがう、なにか異った種族たる人間であるとみなしたからであろう。

ナチスの大量虐殺にしても、ヒットラーとその配下たちに、あの最悪の蛮勇をふるわしめたゆえんのものは、ユダヤ人という「異端」が、かれら純正ドイツ人とはちがう、なにか異った種族だという、ヒステリックな確信が流行し瀰漫《びまん》していたということである。あるいは、こうした大量虐殺を可能ならしめるために、ナチスの指導者が、ユダヤ人を「異端」とするデマゴーグをおおいにかきたてたということであろう。

ともかく、ひとつの集団の人間が、かれらより他の人間たちを、「異端」とみなし、自分たちとはちがう、なにか異った種族とみなすとき、そこにはどのように恐ろしいこともおこりかねない。こうした状況こそが、なによりも恐ろしい。今日なお黒人問題がその内奥にひそめている最大の恐怖はそこにある筈であろう。

かつては、異国に侵入して、そこに住む人びとを「異端」とみなし、様ざまな非人間的罪悪をかさねるということがつねにあった。現代では、もう、地理的にいう限り「異端」が住むにふさわしいほど遠い国ぐにはない。そのかわりに、コミュニストとか、ユダヤ人とか黒人とかいう、観念上の異国人、「異端」が攻撃の対象になる。

明末の農民反乱の一方の首魁、張献忠が四川省において凄じいかぎりの残虐行為をおこなった、その記録、『蜀碧』を読むと、まったくうんざりしないではいられない。魯迅がこれについていうとおり、まさに、《殺、殺、殺……》である。その殺戮の方法について、『蜀碧』は仔細につたえている。

手足を切りおとす方法、背筋で真二つに切りはなす方法、空中で背中を槍で突き通す方法、子供たちを火の城で囲んで炙り殺す方法、《皮を剝ぐときには、頭から尻まで一直線に裂き、鳥が翼をひろげたような恰好に、前にひろげるのだ。そうするとたいてい一日以上たってやっと息が絶えるのであった。もしもすぐに死んだ場合には、刑の執行人も殺された。》

このような信ずべからざる残虐についても、中国人がおなじ中国人を殺した、というより、あの広大な中国の異った地方の人間には、この四川省の人間が、かれらとはちがう「異端」と見えていたのだと考えるほうが妥当なように思われる。

もっとも張献忠が殺した人間の数がいかにおびただしいといっても、それはナチスのユダヤ人虐殺の数におよばず、ヒロシマの被爆者の数におよばず、現在ヴィエトナムで死につつある人びとの数におよばない。

セルヴェ火刑のあと、不遇の神学者カステリヨンは立ちあがって、いかなる「異端」も殺戮すべきでないことを、寛容の精神こそがまさに必要であることを説いた。ところで、われわれはいま、北ヴィエトナムを爆撃する米軍あるいは南ヴィエトナム軍に対して、ゲリラ活動するヴィエトコンに対して、ともに寛容を！と呼びかける今日のカステリヨンの声をごく無力なものにしか感じとっていないのではあるまいか？　おそらくはこうした鈍感さが、われわれのもっとも恐ろしい退廃なのであろうと思うのである。

〔一九六五年〕

ユートピアの想像力

トーマス・モアという、ついには断頭台において殺された、真の意味での「危険な思想家」が、想像力をくりひろげた、ユートピアの首都アモロウト市が「薄暗い」都市という意味であって、それはロンドンの現実にそのまま対応するものだということを、平井正穂教授が指摘していられる。

煤煙と霧におおわれた都市に暮らす人間の想像するユートピアの都市が、明るく空気の澄んだ都市でないのはなぜか、それはトーマス・モアが、かれ自身の生きている現実生活について観察し、考えるためにのみ、ユートピアの想像をおしすすめたからである。現にトーマス・モアとその同時代の人間が、それに束縛されている現実的な条件、また、かれらが自分たち自身に見出す「根本的な悪」、それらからすっかり解放されている国の、新種の人間の研究を目ざすものが、ユートピアの想像力の作業ではなかったからである。

「未来の女性」についてのイメージをえがきだそうとするフランスの社会学者エヴリーヌ・スュルロが、今日までにくりかえし試みられてきた、未来の女性像の空想の様ざまなタイプを見ると、そうした空想をおこなう人間の生きた時代の「現実の女性」の希望のみならず、恐怖や苦しみや不安までが、あきらかに浮びあがってくる、ということをいっている。

それはいかにも明瞭に理解されうることであろう。たとえば一八五九年に空想された「未来の女性」のイメージのうち、百年後には「男性たちも、結婚を苦役のように思わなくなる」という意見が興味深いのは、今日の男性が、実際に、結婚を苦役のように思わなくなっているから、予想は確かであった、というようなことではなく、十九世紀半ばのフランスでは、結婚を喜ばぬ男性たちのおかげで、恋愛している娘たちが、どのように恥ずかしい恐怖をあじわわねばならなかったか、ということが、おのずから実感されるからである。

トーマス・モアにおけるように、意識的にその時代の現実生活を研究すべく、ユートピアを思いえがく場合はもとより、スュルロのいうような、未来への空想が、ほとんど無意識的に、今日の現実を、直接、間接にさらけだしてしまう場合にも「どこにもない国(ユートピア)」について語ることは、自分の国について語ることであり、未来の人間の肖像をえがくことは、明暗は裏返しになっていても、自分そっくりの人間をえがきあげてしまうことにほかならない。

大塚久雄教授によれば、ロビンソン・クルーソーの漂流生活は「特有のユートピア化」とともに、デフォーの時代の中産階級、とくに農村の生産者層の生活様式をえがきだしたものだということであるが、テレビで「宇宙家族ロビンソン」を見ていても、そこに今日のアメリカの中産階級の、夢と恐怖とが、あまりにもまざまざと表現されているのに、時には辟易せざるをえない。もし、自分がひとりのアメリカ人であって、この宇宙における孤島に追放されて、そこで生活を建設している未来のアメリカ人のテレビ映画を家族とともに見ているのだとしたら、しばしば自分の希望や恐れが裸にむきだされてそこにあらわれるのを見出して、顔を赤らめることだろう、と思うほどである。

いうまでもなく、もしひとりのアメリカ人として、あるテレビ映画を見ているのだとしたら、顔を赤らめることだろうという仮定において右のようなことをいうのは、僕が現実に、ひとりの日本人として、様ざまなテレビ番組や、それに類する娯楽雑誌を見て、顔を赤らめる体験をしばしばくりかえし、抵抗感とともに、それをいまなお自分の内部にとどこおらせているからである。そこには、僕自身をふくめた、今日の日本人のユートピアの諸相があきらかにされていて、それは直接、今日の日本人の貧困、暗さ、いじましさ、そして恐怖心の実情をあばきだしている。それはとくに、最近盛んなテレビのワイド・ショー番組と呼ばれるものにおいて、また特に昨年つづいて発刊された、たとえば「青年のクラス・マガジン」と称するものなど、アメリカの『プレイ・ボーイ』誌を源流とする雑誌群において一貫した傾向である。

僕はそれらに対して、道徳的な批判をおこなっているのではない。道徳的な批判をこえたところの、日本人全体の存在そのものにかかわった、苦い味のする自己発見について語っているのである。そこに表現されたユートピアに、逆に照明をあてられることによって、あらためて思い知らされた、われわれの現実生活の恥ずかしい実態のことを思い出しているのである。じつは「恥ずかしい」という倫理的な意味づけすら必要ではないであろう。そのような事実そのものの摘出を視聴者として、読者として、いかにも「日本人ここにあり」という感覚において共同体験したというのである。

ひとつのテレビ番組は、消費生活の豪華なユートピアをめぐるものであったが、圧巻は選ばれた食生活のロビンソン・クルーソーたちが、東京に進出したフランスの高級料理店の出店に行って食事をする光景を映しだす場面であった。食卓についた音楽家や俳優が、かれらの特性にしたがって意見を述べたり、演技したりするということはなく、かれらはただ、食べるのみである。それを数百万人のわれわれが数十分にわたって見守るのである。

それはトーマス・モアのユートピアにおける「黄金の便器」のことを思い出させた。もしそういうものが入手できれば、テレビ局は排泄《はいせつ》生活のロビンソン・クルーソーを選んで、それにまたがらせたところを数十分にわたって放映するであろうし、数百万人のわれわれが、それを見守るであろう。もし、テレビを見守る数百万の日本人の貧困と渇望によって、裏側からささえられている確信がプロデューサーのうちになければ、高級料理店で任意の連中がただ食べるだけの光景が、数十分間もテレビのコミュニケーションをささえうるとだれが考えるだろうか？　われわれは、自分たちの消費生活の貧困そのものを正面から見つめることを嫌悪するし、それをあからさまに他人に示すことも望まないが、逆に消費生活のユートピアに素直なあこがれをあらわすことによって、きわめて雄弁におなじ現実を衆目にさらす。テレビは数百万人単位の規模において毎日、日本人の貧困の底の深さを、われわれに確かめさせつづけているのである。

サルトルが昨年の日本でおこなった様ざまの発言のうち、日本人一般にもっとも具体的な反撥をそそったのは、まったく端的に、サルトルが、日本の給与水準がフランスの三分の二程度だと指摘したことであろう。

経済生活におけるユートピアとしてアメリカを考えること、ガルブレイスの論理とは無関係にただ言葉だけの意味での「豊かな社会」たるアメリカに比較して、日本人の経済生活が貧困であると認めるのに、われわれはとくに自尊心を傷つけられることがなかった。それが戦後二十数年の習慣であった。そして、そのような富裕なアメリカへの心理的報復として、たびたび日本人の知的階層はヨーロッパ人とともに、アメリカの成金ぶりを冷笑することを試みたのであった。

ところがサルトルは基本的な事実として、ドイツとフランスの、日本に対する給与水準の優位をあげて、これまでも経済図表などを通じて、それを知識としては知っていた日本人の感受性に対してすら、恥ずかしい一撃を与えたのであった。日本人の海外渡航制限が解かれて以来の、娯楽読物としての様ざまなヨーロッパ旅行記の内容を横につなぐ特徴として、日本人旅行者がヨーロッパで、経済的優位者として行動していることの得意さ、うれしさがあった。それが経済的なバック・グラウンドを考えにいれればあきらかに事実に反していても、一応そうした気分を信じることによって快感を共有しようというのが読者の態度であって、それはやはりユートピア的なあらわれ方による、日本人の貧困とそのコンプレックスを宣伝するものであったが、サルトルはユートピアの温湯につかっている日本人に、あらためて常識の冷水をかけたのである。それは蜃気楼を倒した。

しかしそのように容易にはくずれない、韓国旅行者を通じてのユートピア体験が、日韓条約締結のあと、日本人のものとなったことは注目されねばならない。韓国へ旅行した日本人の文章や、新しい旅行者を募る広告を読むと、そこに一様に強調されるのは、ウォンに換算された日本円の「実力」である。しかもその「実力」のあらわれ方が特殊であって、日本人旅行者が「実力」を深く認識するのは、日本円にして千円にみたない料金で、いかに豊富な食卓につくことができたかという、ちょうどフランスから来た高級料理店における日本円の屈服と逆の現象においてである。テレビにおいて他人が超高級料理を食べるながめが、数百万の日本人に与えるユートピア体験は、そのまま日本人の貧困の実感につながるものであった。しかし、日本にいる限り無力な自分の経済力も、韓国を旅行すると仮定すれば、相当な実力を発揮する、と考えることは（すなわち大蔵省の標準メニューの貧しさに傷ついた自尊心が、韓国でならおなじ金額で食べきれないほどの料理をとれると知ることによっていやされるという現象は）、日本人の貧困の実感を稀薄にする効果をはたしているというべきであろう。ただ、もう一歩離れたところに立つ者には、この日本人のユートピアの幻想が、韓国人と日本人とをひとまとめにまとめて今日のアジアの貧困を表現するものであろうことは、もっと確実である。

現実の貧困が、ユートピアへの想像力を生むとしても、あまりにも明白な貧困はユートピアへの裏がえしが困難すぎて、かえってユートピアへの想像力を閉ざす。たとえば国会議員の腐敗という現実の貧困から、今日、清潔な国会議員だけの政治、というユートピアを想像することはむずかしい。それは、そのようにしてつくられたユートピアが、現実の日本とつながらない、まったく空ぞらしいユートピアたる印象しかあたえないからである。すなわち、煤煙と霧の都市の人間の考えるユートピアの都市は、少なくとも「薄暗い」都市でなければ、想像力に実体をはらませることができない。

もともと戦争の時期を、現実世界の出発点におく目からすれば、民主主義時代の日本は、政治体制のかたちに関するかぎり、あきらかにひとつのユートピアの世界に属する。しかも、国会議員の腐敗がこのように昂進するのでは、トーマス・モアがそのユートピアにおける想像力を自由に解放しながら、人間の「根本的な悪」について考えたように、民主主義の体制という政治的ユートピアにも絶対に生きつづける「根本的な悪」として、国会議員の腐敗を考えなければならないのではないかという疑いが、日本人の心に広くわきおこって当然であろう。

今日、ひとりの腐敗議員が摘発された穴には、つぎの新しい腐敗議員がうめこまれるだろうという確信は一般的である。現在の内閣首班が交代しても、腐敗の根は枯れることなく受けつがれるであろう、という不幸な展望もまた一般的である。今日の腐敗は「根本的な悪」の表現であって、現在の体制がつづくかぎり、それが払拭されることはないのではないかという疑いは、おそらく日本の保守党支持者たちが、この二十数年間にいだいた、もっとも本質的な恐怖感にともなわれているユートピアの想像につらなる。このままでは将来にわたっていつまでも、日本の民主主義の体制のうちに優位を保つべき保守党議員が、「根本的な悪」からのがれられないとすれば、可能なユートピアの想像は、別の体制によるか、あるいは革新党が優位に選ばれる状況であるほかにないが、想像力の世界でなりと、そうしたユートピアを受け入れるためには、かれが現在のかれ自身のままでいることができないからである。この自己改造は二十数年間の保守党の支配下に生きてきた一般的な日本人にとって、恐怖心と無関係に想像できることではないであろう。

そこで、こうした恐怖心から自由であるために、政治的なユートピアを想像する努力を放棄してしまうか、あるいは、恐ろしい自己改造することなしに、現状のままの自分でいながら、しかも政治における「根本的な悪」をこえる道を教えてくれる、奇跡的な指導者の出現を待望するかの、どちらかの態度をとる日本人が現にふえているのかもしれない。

科学の進歩を信じる人間のユートピアの想像力も、未来の数百年にわたる規模でくりひろげられることはない。ある遊星へロケットが発射されるが、片道に所用の時間が百年をこえるので、結婚したばかりの数組の夫婦がそれに乗りこみ、子供の世代をこえて孫の世代が、目的地に到着する予定になっている、といったＳ・Ｆの発想があるが、現実の人間は、かれの死の時までの時間を唯一の単位として、そこに人間の過去と未来が集結するような仕方で、かれのユートピアの想像力をくりひろげるのである。癌の新薬にしても、それが三十年後までに完成するものである時、それは三十歳の人間のユートピアの世界に大きな役割を果たすが、もし五十年後に完成するものであれば、それはすでにこの人間のユートピアの想像力をいささかも刺激しない。

逆に、癌にとりつかれて数年後の死をひかえた人間がいだくユートピアの想像力には、独自の破壊力があるにちがいない。かれの現実世界は閉じられているのであるから、かれはまったく自由である。無限に容赦なくユートピアを想像することができる。それがかれの絶望の深さをあらわにしても、かれは癌で死のうとしている以上、ひるむことはない。それは生き残る者をして、恐怖心に耐えがたくするほどの苛酷なユートピアの世界でありうるであろう。しかも、太平ムードのもとの日本では、そういうユートピアの想像力だけが、生き残る者にショックと新しい啓示を与えるユートピアであるように思われるのである。

われわれがもし、そのような力のあるユートピアの想像力に達する時は、少なくとも癌で死のうとしている時をのぞけば、自分自身を全面的に改造する跳躍を試みる直前にほかならないであろう。そのような跳躍こそは、死そのもののように恐ろしいものであろうから。それより他のいかなる時にも、われわれのユートピアは、現実生活の様ざまな貧困と、そこにぐったり横たわっているわれわれの姿を映しだす鏡の役割を果たすにすぎないのである。きみのユートピアは、と問われれば、目下のところ僕には沈黙して逃げだすほかはない。にせのユートピア幻想で自分と他人を欺すことができる時代は過ぎ去ってしまった。

〔一九六七年〕

テロは美しく倫理的か?

帝政ロシア末期のあるテロリストは、爆弾を持って酷寒の夜に待伏せしたが、めざす敵の馬車に子供たちが同乗しているのを見ると、爆弾を投じるのを止めて、《ぼくの行動は正しかった、とぼくは思う。いったい、子供を殺すなんてことが、どうしてできる?》と仲間たちに語り、仲間たちもそれが正しいと認めた。

アルジェの反抗者たちのさしむけるアラブ婦人は、フランス人たちの集るカフェに時限爆弾を持って出かけ、愛らしい幼児がアイスクリームをなめているのを見ながら、そのまま爆弾を置いて去り、カフェと人びとを破壊しつくす。捕えられた反抗者の指導者は、婦人を使って無防備の市民たちを殺戮するのは卑劣ではないかと問いかけられて《爆弾を無防備の市民たちの上に投下する飛行機があれば便利だろう》と答えるのみである。

正しいか正しくないか、卑劣であるか卑劣でないか、の倫理的な判断とはことなった力関係で問題は進展する。追いつめられたアルジェの反抗者たちは、テロをおこなわざるを得ないし、フランス軍はそれに対して報復せざるを得ず、それに対してまた、反抗者たちは、より大規模のテロをおこなうほかない。

組織された軍隊の弾圧と、孤独な弱い人間の集りである反抗者たちのテロとが、エスカレーションを続けてゆけば、結局は軍隊が勝つ。厖大な死者たちを、両側の陣営につみあげた後、反抗者たちは壊滅した。しかし軍隊も、やがて民衆全体の規模のデモンストレーションにあって敗退せざるをえないのである。もっとも独立をかちえたアルジェリアの民衆は、表面の喜びの背後に、もう絶対にいやされることのない暗く恐ろしい体験のもたらしたものをひそめているのであるから、テロリズムを軸にしたこの醜い戦いがすっかり浄化されて終結したとはいえないであろう。

帝政ロシアのテロリストたちを評価しながら、アルジェの反抗者たちのテロを否定したアルベール・カミュは、帝政ロシアのテロとそれ以後のテロをはっきり区別して《一方は、いちど殺せば、じぶんの生命でそれをあがなう。他方は、無数の犯罪を正当化し、それによって名誉を受けるのが当然と考える》と書いた。しかし、カミュは現実に即していなかった。

アルジェの反抗者たちは、無数の犯罪をおこなったが、決してそれを正当化しようとはしなかったし、名誉を受けるべくもなかったのである。しかもついには無数の反抗者たちとその家族が、汚ならしい恐怖にみちた死を死ぬことで、止むなく、かれらの犯罪をあがなったのである。ここで「あがなう」というのは論理的な意味あいではない。破産して貸借対照表にしめくくりをつけるといった絶望的なあがない方である。かれらを外側から評価することはできない。かれらのどちらかに加担することによって、自分もまた汚ならしい恐怖にみちた死にむかうことによってのみ、人はアルジェの反抗者とフランス軍の戦いの内側にはいるのである。しかし、それはつねに「望んで」ではなくて「止むなく」であるにちがいない。

カミュにならって帝政ロシアのテロと今日アルジェからサイゴンにいたるまで、肥大しつつ生き残っているテロとを比較すれば、もっとも明瞭なちがいは、爆発物や銃器の性能が飛躍的に増大したことだ。文明が、暴力的なるものを、疫病を封じこめるように限定し縮小したかといえば、核兵器について考えるまでもなく、事実はおよそ逆である。文明は暴力をむきだしにし滋養をあたえ、反人間的な巨大さにまで成長させたのみであった。

帝政ロシアのテロリストたちが投げた爆弾が手工業的な人間味をそなえたものだったとすれば、アルジェの婦人が仕掛ける爆弾は、近代工場の製品らしい破壊力をそなえているし、ヴィエトナムで破裂する爆弾の汚ならしさ、恐ろしさは、オートメーション工場の製品に人間の悪意が新工夫をつけくわえて補強したすさまじいかぎりのものである。それに抵抗すべき反抗者たちのテロには、テロと弾圧それ自体の論理にしたがって、より汚ならしく、より恐ろしい発明がおこなわれつづけざるをえないであろう。

そのような戦いにおいて、結局民衆は勝つという人民戦争の遂行者の確信が、反抗者たちの、汚ならしく恐ろしい死を、いくらかでも受けいれやすくするとは考えられない。いうまでもなく、かれらの頭上に最新型の爆弾を落す者たちもまた、同じ汚ならしい恐怖にみちた死に、鼻つきあわせているのである。

しかしそうしたテロと弾圧との醜い現実的な実体が、われわれの眼にあまりにも明らかになってくる今日、そうした時代の流れと明瞭に逆行して、美しいテロリズムへの歌が聞えてくるようになったのは不可解なことである。だれがどのような意図のもとに反時代のネジをまいているのだろう?

最近発見された二・二六の関係将校の手記の次のような一節を、三島由紀夫がナイーブなほどの熱情をこめて評価している。《天命を奉じて暴動と化せ。武器は暴動なり放火なり。戦場は金殿玉ロウの立ならぶ特権者の住宅地なり。愛国的大日本国民は、天命を奉じて道徳的大虐殺を敢行せよ。》テロを実行し、そして銃殺されることによって古典的なテロリストの肖像を完成した二・二六の将校は、しかし民衆的規模によって、かれの殺戮の結実をえることはできなかった。

およそ民衆的なるものから、自分の文学および日常生活を切離すことによって、その「美学」を破綻からまもってきた三島由紀夫が、「道徳的大虐殺」を獄中でとなえる、いまは無力な孤立者に同情をよせるいきさつは理解しやすい。かれと似かよった資質をそなえた折口信夫にもまた次のような歌がある。

誰びとか　民を救はむ。目をとじて　謀叛人なき
世を　思ふなり

しかし昨日のアルジェで、今日のサイゴンで、そして明日の「ある都市」でおこなわれるべきテロは、すでにいかなる意味においても「道徳的」ではありえないし、ファナティックな孤立者の趣味にあうようなものではないであろう。眼をとじた学者の待望するような性格のものでもなく、「美学」の対象になりうる種類のものでもないであろう。

汚ならしく恐怖にみちたテロが、現実生活そのものの実質となって、それを嫌悪しながらもなお身をもって生きぬかねばならぬ運命が民衆のものとなることこそ、そうした新しいテロリズムの憂うつな時代の日々の内容であろう。まだ間にあううちにそれを遠ざけねばならない。テロリズム待望の軽薄な美しい歌声はおしつぶさねばならない。

〔一九六七年〕

学力テスト・リコール・子規

宇和島湾をかこむ段々畑は、遠方からそれをのぞむ者の眼に、蜜柑の葉は青く、熟した麦はあかあかと、いかにも美しいが、いったんその急峻な斜面をのぼってきた者の眼には、まことに異様な人間の営為である。鋭く割られた石が積まれて、すでに苔むした二メートルほどの石垣が、ほぼ一メートル幅の畑を支える。そのような畑が幾重にもかさなって、すなわち、六十度をこえる傾きをもった山腹を、すっかり耕しつくし、まさに天に到っている。しかもこういう土地の耕作には、広く普及した農耕機も関係がない。放棄されて、ただ青草の茂っている畑もところどころにあるが、大半の段々畑は、いまなお、とくに子供たちに囲まれた農婦によって耕作されているのである。

段々畑の高みから眼もくらむ思いで見おろすと、真珠筏《いかだ》の浮ぶ入江の向う、おだやかでむなしく明るい海がひろがっている。山腹をわずかにけずってかれのために準備された畑を耕すことを拒んだ青年が、この海のかなたに出かける。そうした出発も多かったにちがいないが、ここに段々畑が、すべて放棄されることはなく、現に耕作されつづけている以上、海にむかって嘆息しながら、この斜面に残りつづけた人びともまた、数多いのである。

愛媛にかえるたびに、しかも結婚し子供をもち、年齢を加えるにしたがって、いよいよ切実に、ここから出て行った人間である僕は、そこに残りつづけることと出発することについて感慨をいだかざるをえない。いうまでもなく、それは出発するか、居残るか、そのどちらがいいか、というような単純な問題ではない。居残った者のひそかな苦しみが、出て行った者の胸のうちの欠落感と、かよいあうという風なこともある。

たとえば、こんどの帰省でも、あの生きいきした戦後の新制中学で僕らがつくったベースボール・チームの一等有能な仲間であった幼友達が、

「やっぱり出んといかんわい！」

と、鬱屈したような情熱をこめていうのを聞くと、動揺せざるをえない。友達はいったん京都に出たが村にかえり、そこで新しい店をひらいたが、とくに成功はしなかったようである。そしていますでに数人の子供があるはずであるが、やっぱり出んといかんわい！　とたびたび考えることがあるのであろう。それにしても村に(もっとも、わが愛する愛媛県喜多郡大瀬村は、隣の内子町に合併されて、今や地図の上には存在しない)、僕の新制中学の同級生たちはほとんど残っていない。農家の跡取りのほかは、みんな村を出てしまっ

た。

　なぜ、やっぱり出んといかんわい！　であるかといえば、段々畑地帯ほどではないにしても、愛媛のもっとも平均的な農村のひとつである僕の村に、もうかなり以前から経済的な伸縮性が、うしなわれてしまっているからである。僕の兄弟のうち、かつて花やかな予科練の制服を着ていた長兄だけが村に残って、僕ら弟どもの出発のベース・キャンプをつくってくれたのであるが、農村に寄生している商家であるわが家の営業は、農業協同組合の発展にしたがって次つぎに袋小路に追いこまれて、長兄は悪戦苦闘である。

　まだ鮎は禁漁で、それが名物の肱《ひじ》川の、もっとささやかな名物、硬骨魚目カジカ科の淡水魚、鰍《かじか》を小さな串にさして干したものを火にあぶって食べながら酒を飲んで、長兄のレクチュアを聞いたところによれば、せっかく新工夫してガソリン・スタンドをひらいた青年も、数年たたぬうちに、それを農協に吸収されざるをえなくなった。やがては村のすべての企業が農協に統合される、ということもありうるであろう。もっとも保守的な愛媛の農村に、日本的な人民公社があらわれることになるのかもしれない！　もちろん、この傾向は積極的に農協の力の充実によるより、村の個々の小企業のなりたちの困難ということにおいて理解されねばならない。それはまた農業そのものの先細りということも反映している。

　村の道は舗装され、水道、プロパン・ガスにテレビと消費生活は繁栄したようであるが、生活そのものの、ゆったりした、底の深い地力は村からうしなわれて久しい感覚があって、やっぱり出んといかんわい！　という声には切実な沈黙がつづくのであった。

　肱川が僕の村の谷間を流れるあいだ、それは小田川と呼ばれている。夜来の雨に増水して笹色に濁った川。

僕が子供の時分は戦争のさなかで濫伐された山々にわずかな雨がふると、たちまち洪水が谷間をおびやかしたものであったが、今や山々には平和がよみがえって、かなりの雨にも、村の言葉でいえば、笹ニゴレのほどにしか増水しない川で釣りをする。この小さな川にも漁業組合がうまれて新種の稚魚を放流したので、僕が釣りあげる魚はみな、なじみのないよそよそしい顔をしていて、名前もわからない。

その僕のためにモンシロチョウの幼虫を集めてきてくれる義弟は、僕の卒業した小学校の教員である。愛媛県では、勤評闘争以来、まことにすさまじい勢いで教員組合の切崩しがおこなわれた。教組を脱退しないものも少数派として孤立し沈黙した、と観察する人びとは多い。ともかく僕の村の小学校で、なお県教組に残りつづけている教師は、ただひとりであり、たまたまそれが僕の義弟である。もっとも、かれは闘士型でもなければ、どのように見ても「偏向した」タイプではない。心から子供の好きな、まっとうな青年であり、実直な教師である。

この四月には大阪地裁が「学力テストは教育基本法と憲法の精神に違反する」という見解を示したし、五月末には旭川地裁が「学力テストは現行教育行政法の基本理念に反する」とした。しかしこうした大勢に逆行して愛媛県では公然と（暗闇のなかでは、できの悪い生徒をテストに欠席させるマビキや、教室内の要所、要所に点々と答を教えてゆくタウエなどということがおこなわれているという噂もあるが）、学力テストのための補習がおこなわれているのである。義弟は実直な教師である証拠に、教組員として学力テストに抵抗するかわりに、県教委のリードする補習の授業を担当している。

いったん教わったところを学力テストのためだけに

くりかえされる補習が、創造的な喜びをあたえる授業であるはずはないから、長時間、教室に残らされて、こうした補習をうける村の子供たちがフラストレーションをおこすのは当然であろう。そこで若い教師は子供たちに学力テストの補習風景をめぐる絵をかかせた。それらはまことにグロテスクで異様な緊張にみちた、子供ながら苦しみのあらわな叫び声が響いているような絵の数かずである。しかし、それらの絵が結局、僕を感動させるのは、当の子供たちが学力テストの補習を、自分たちにとって許しがたい「悪」とみなしながら、教師をその「悪」の執行者とはみないで、逆に教師と自分たちが、ともども、この「悪」になやまされながら、なんとかやってゆこうとしているのだ、という連帯感がにじみでているからであった。こうした連帯感のみが子供と教師をそろって救助する。

しかし「悪」が存在して教師と子供を、また母親を苦しめていることはまちがいない。朝日新聞愛媛版の昨年と今年の「一歩一歩また一歩」という、愛媛の教育のための連載記事によせられた、ごく最近の投書は、たとえば次のようである。

《私共も子供の先生に接しても何かオドオドしていて明るさが無い。底気味の悪い恐怖心さえ持っているのではないかと思われます。貝のなかに閉じこもってものもいえない教師であっては……》

《子供も私も、大分つかれました……》

この四月、植樹祭に愛媛をおとずれた天皇と久松知事の対話。もう十五年ほども前のこと、当時はバラックの校舎であった松山東高校の世界史の教室に、知事選の結果をのせた号外をもった老先生が入ってきて(生徒たちのまえで直接、政治に言及するような軽率な人格の方ではなかったが)、なんとなく嘆息して、「お殿様は強いの、革新系で出たのにのお!」といわれた。現在は保守系ながら、あいかわらず知事の椅子をまもりつづけている、強いお殿様が、その久松知事であるが、かれはこういったということだ。

「本県の児童、生徒の学力は全国の最高水準に達しております。」

その具体的な内容は、昨年松山に飛んできた福田文部次官が、愛媛県の学力テストは「小学校におきましても昨年に続いて今年も一位を占め、中学も五教科を通じて三年は一位にのしあがり二年も二位になっている」と、あおりたてるようなことをいい、「愛媛県は早くから教育の正常化に努められた結果、こんにちのように教育が振興したし、一面において学力テストに抜群の成績をおさめられたのです」と演説したことに相応じている。ここで「教育の正常化」と呼ばれている事態は教員組合がすっかり衰退せしめられた、というほどの意味であり、さきほどの投書にあったような暗く沈黙している教師がふえたというような意味である。

この知事の説明に対する天皇のまことに適切な反問。

「愛媛県は島や辺地が多いのに学力が高いのはどういうわけか?」愛媛県では辺地指定の小学校が二〇九校、中学校が八十一校、それぞれ三八・九%(全国四位)、三〇・五%(全国六位)をしめているのである。それについては学力テストへ教師と子供たちをかりたてる中心人物たちのひとり中矢県教育長自身、「本県の学力テストの好成績は、辺地の〝底上げ〟に負うところが多い」と語っている。この〝底上げ〟という奇妙で、かつ、おのずからことの真実をあかしているような言葉は、談話をとった朝日の記者の創作ではない。

そして知事が天皇に答えた言葉、「それは先生とPTAの方々が熱心に努力したからです。」

この知事の言葉は欺瞞である。

愛媛県のある小学校の学力テストの学年平均が九十

八点であったことに関して、やはり中矢県教育長は、「練習練磨が極に達すると常識で考えられないことがおこる」と県議会で答弁したが、それも同様に欺瞞の言葉であろう。なぜこれらの言葉が欺瞞であるか？　山間部のある教師の「学テは日本一いうても、学力が日本一とは、教師も、父兄も、子供も思うとらん」という声がそれをあきらかにするにたるはずである。補習となにやら不明朗な工作に支えられた、学テ日本一。欺瞞の横行は、退廃をもたらす。子供のやわらかな頭と、まっすぐな魂は、自分もまきこまれている、教師、父兄ぐるみの欺瞞によって毒されること最もはげしいであろう。子供たちの教育においてそのように恐ろしいことがほかにあるであろうか？

自分の子供たちをやがては出て行かせねばならない、先細りの農漁村の母親たちは、そうした先細りの状態にいることで自信をうしなっているであろう。その自信のない母親が子供たちに、出て行くべき準備の教育をうけさせようとすると、学力テストの補習といった不自然なものにも、いや、それは本当の教育とはちがう、と確信をこめて異をとなえることはできなくて当然である。彼女たちの不安な眼には、試験から、試験につらなる入学難の行程が見えているのであるから、一時の気休めなりと学力テストの好成績は嬉しい筈である。

試験苦についていえば、松山市でいわゆる有名大学への合格率をほこる愛光学園の入学案内には、「たとえ少数でも、大学進学者こそは民族と人類のホープであり、これを完全に育てあげるか否かは、民族と人類の運命にかかわる大問題である」と、ますます子供と母親を浮足だたせ不安にさそう呼びかけがならべてあった。善良な教師たちが孤立して沈黙している時、かれらに勇気をあたえるたくましい平常心の持主は、母親たちである筈であるが。

　そこで母親たちが子供と教師ぐるみの退廃から踏みとどまり立ちなおるためには、初等・中等教育とは、高校から実社会に入ってゆく多数派の子供たちの、まっとうな、解放された人格の育成にもっとも努力がはらわれるべきものであって、補習つきの学力テストのような速成主義の成果など、文部省の官吏や県の教育関係のお偉方の自己満足のためよりほかには、永い眼でみてむなしいものであり、またそうした多数派と仲間の連帯感をもたない「たとえ少数」の者たちが大学に入っても、かれらのモラルはいかがわしいものになりかねないということを、あらためて認識すべきであろうと思う。

　大人と青少年の犯罪の比率、非行率が愛媛のそれは全国で三十八年二位、三十九年一位であったこと、愛媛の出身の中、高校生就職者は定着率が悪いといわれていることなども、あわせ考えられるべきであろう。

　さて、わが懐かしい松山市は、汚職議員の永年勤続表彰に端を発した解散リコール成功のあと、東京都や福岡県宇美町につづく地方自治法の特例法によって自主解散した市議会の選挙のただなかであった。結局、汚職議員はひとり再選されたが、松山のようにおだやかな風土でリコールがおこなわれたのは、やはりめざましい印象である。いや、松山はすでにおだやかな風土ではない、道後温泉から松山の中心地にいたる、不思議な婦人たちの深夜の跳梁を見ろ、といった人もいるが、僕は美しく気品にみちた松山の思い出のために、そういう不思議な婦人たちにかかわるつもりはない。

　僕のイメージの松山の面影をもっともあきらかにとどめていたのは、市内にある子規堂であった。漱石の栄光のかげにかくれて、生地松山においてすら、子規生誕百年をいう声は高くないようであるが、おそらく子規はその精神において愛媛の生んだ、最上の人間である。

この世紀の第一年の正月、お年玉におくられた地球儀の赤くぬられた日本、紫色の朝鮮、中国を眺めて「二十世紀末の地球儀はこの赤き色と紫色との如何に変りてあらんか、そは二十世紀初の地球儀の知る所に非ず」という凄味のある感想をいだいている、苦痛にみちた病床の子規を、僕は畏敬してきた。

降ったり止んだりする明るい雨に青葉ともども瓦の濡れた子規堂の、小さな勉強部屋にかかげられた子規の写真は、強い光をやどした眼といい、たくましい鼻筋や顎といい、子規がその精神のみならず容貌においても最上の愛媛の人間であったことをたちまちさとらせた。

愛媛の、わが愛する青少年諸君よ、受験勉強の日々に志がおとろえたような気持になることがあれば、子規堂にいってあの写真をごらんなさい。すでに働いている諸君もまたおなじである。

〔一九六六年〕

V

おもてを伏せて
ふりかえる――わが戦後

皮膚の焼けただれたものたちを、おびただしい疲労と、さいげんない不安に、暗く不機嫌な医師が、それでも一瞬も手をやすめず、治療する。治療といっても、それは焼けただれた皮膚の表面を、ひとしずくの油でしめすほどのことだ。皮膚のより深いところ、肉体の中枢で潰滅しているものについてはなにもできない。しかし、それにしてもその内奥でなにがおこっているかは、知るべくつとめねばならぬ。医師たちは、薄暗いバラック小屋で、死者を解剖し、内臓をとりだしては、なにか奇異なものを眺めるかのように、困惑してそれを見つめた。『解体新書』をつくった、近代文明のいりくちの医師たちは、おなじような掘立小屋の解剖においてであれ、希望とともに未知を見つめた。近代文明の一頂点で、これらの医師たちは、絶望とともに、未知をたしかめる。そしてかれらは、そのあいだにもまた数知れず、蝟集《いしゅう》してきたものたちの、焼けただれた皮膚に、ひとしずくの油をぬるために、戻ってゆく。かれら自身もまた、光と熱と放射能とによって、もしかしたらいまバラック小屋で解剖されたものらとおなじく、奥深くで、異様に、傷ついているのかもしれないのであるが、しかし暗く不機嫌ながらも、かれらは一瞬も手をやすめることがない……

この夏、ぼくにとってもっとも激しく鋭い経験は、ヒロシマの被爆を核《コア》としての、人間的な営為をつうじてやってきた。被爆直後の広島をうつしたフィルムにおける、まことに勤勉に努力をかさねつつ、なにものともしれぬ大きい不安にたいして暗く不機嫌にたちむかっている医師たちの肖像は、日本人は、というよりも、人類は一九四五年夏、このようにして大洪水後に、再出発したのだとあらためて教える。そしてそれ以後、この再出発の悲惨な条件を置きかえるにたる、新しい発明、新しい発見を、人類がおこなったという事実はない。この二十五年間、人類は、核兵器の威力のもとに屈服して生きたのである。グロテスクなほどにも単純かつ機械的に、すなわち、まことに非人間的に、核兵器のみがものをいう、という世界が、核兵器によって人間が愚弄される世界が、この二十五年間だったのである。それは人間が、まったくみすぼらしく怠惰に萎縮していたところの四分の一世紀というべきではあるまいか。偉大なる(!)ホモ・サピエンスは、かれらの製作した機械による、恐怖の力によってのみ、この二十五年間の世界の秩序をたもちえたのである。核兵器の恐怖のしめている帝王の座を、より人間的なものでおきかえるにたる、新しい発明、新しい発見を、この二十五年間に、人類は、なしとげえなかったのである。

人類がはじめて月面に立つ、というようなことはあった。しかしアポロ11号の科学もまた、核兵器の恐怖のしめる場所におきかわりうるものとして、それをつくりあげた人間によって方向づけられたものではなかった。それはむしろそのまま、核兵器による恐怖の戦列の尖兵による示威行動であった。長崎で、自殺をとげた被爆者の遺児が、アポロ11号のうちあげに接して、ほかならぬその七月十六日が、一九四五年、ネヴァダにおける、最初の核爆発の日であることを、ただちに見出し、アメリカは、いっちょ好かん！といったということを、長崎に住みついて被爆経験を考えつめている西村豊行が記録している。

この二十五年間が、核兵器による恐怖によって凍りついた世界の二十五年間であったことを認めるならば、われわれは、じつに高速度で、進歩発展をとげてきたはずの、この二十五年間が、人類の歴史において、まことに遅々とした堂どうめぐりしかしていない、根本的な停滞の二十五年間であったことに気づかざるをえないだろう。恐怖に凍てついて、人類が凝然と立ちすくんでいる、という状態の平和、それは死の平和ではないか。しかも、世界の様ざまな場所で、死の平和の呪縛にがんじがらめになりながらの、それゆえになおさら酷たらしい戦争がおこなわれ、わが沖縄は、その直接の基地である。

核兵器の恐怖の圧制がとりのぞかれず、それにおきかえられるものが人間によって発明・発見されず、われわれが恐怖のうちにすくみこんで生き延びているのが事実である以上、人類は、あの被爆直後の広島で、かれらを潰滅的におしつぶしたところのものの全体を把握しえぬまま、なんとかその奇怪な対象を追いもとめようとし、同時に、きわめて酷たらしく傷ついたものたちに、惨めな資材による治療をおこなうことをあきらめなかった、あの医師たちに敬意をもつべきでこそあれ、かれらより前へ進み出たと誇る理由はいささかもないのである。あれらの医師は、大洪水後に、最初の人間的再建の石を積む人びとであった。そしてこの二十五年、人類は、大洪水の恐怖のまえに痺れる状態をつづけているのみであって、ついにその新しい大洪水がおとずれれば、たとえ生き延びても、やはり広島のまた長崎の、被爆直後の医師たちのように、小さな石をひとつずつ積むことのほかに、なにひとつなしえないからである。むしろ、次の核爆弾の大洪水においては核兵器の悲惨がいかに抗しがたく巨大であるかについて、いくらかなりと情報がゆきわたっているだけに、人類をとらえる無力感と絶望は、まことに膨大であって、疲労と不安に暗く不機嫌になりつつも、皮膚の焼けただれたものたちにひとしずくの油、ひと刷毛の沃度《ヨード》チンキを塗るための勇気をふるいおこしうる医師は、絶無であるかもしれないのである。すなわち人類が、大洪水後の、人間的再建のために積んだ石の塔は、一九四五年の広島で、また長崎で、かれら自身、放射能と熱によって冒されたものであるところの暗く不機嫌な顔をした医師たちによって積みあげられた高さを越えてはいないのである。それを考えてみるものの誰が、この核兵器の恐怖に痺れた、人間の創造性については根本的に停滞したままの二十五年を輝かしい繁栄の四分の一世紀と呼びえよう?

そのような停滞が深く広く根づいた時代であるからこそ、それを背景にして、それに抗いつつ、広島で、また長崎で、人間的再建の石を積み(積んでは崩されまた積みかさねつづけている人間の苦渋は重くなり、かれの勇気は、泡鳴のいわゆる「絶望的な蛮勇気」ともいうべきものとなる。しかもかれが、真に人間的な意味あいにおいて、優しい人間である時、かれの忍耐に忍耐しての嘆きは、恐ろしいユーモアの響きをそなえながらも、激烈な怒りの叫び声となり、ついには、救済されえざるものとして、あえて救済をもとめるものの祈りの声ともなるであろう。

被爆した医師でもある、広島の詩人、深草獅子郎の『哀歌』のうちの、一篇は、《疑はしい原爆後遺症/のうちなる白血病の慢性骨髄性のそれ/によるかもしれぬ priapismus》、すなわち持続勃起症のうたがいのある、被爆した、彫りもののある男を患者にもった医師の「日常」を歌っている。

…………

戸板にのせて運べよ
…………
この激甚な絶望的憤怒を哄笑とともにあらわした詩の結びは次のような鎮魂の歌である。
…………
秋立つ日
八雲立つ夜
出雲に江津の原爆被災者温泉療養所ができた
をりから
生きのびた広島びとたちは
妻籠みに八重垣をつくらへよ
その八重垣のブランコを
とこしなへに
ゆすれよ
マイホーム
のうち

原爆による白血病によるこれの症例
成立する因果の必然これが問題
可能性はあると思はれる
報告はまだみられない
世界はじめてならその第一例にちがひない
報告する光栄と悲惨とを一身に負ふ
怒りていねず日も夜もすがら
立ちつくして原子爆弾を呪ふ
この町と長崎になければ今後
世界ぢゆうの実験地域にあらはれうる
夜沈沈
吐湖と血の出るがごとき精液
とをもらす　秘密の核爆弾をもたらす
アメリカと現に保有せる大国ら
との権力者に訴ふべき使命に目ざめよ
沈沈を九十九夜たてしめよ

に
核兵器の恐怖について考えるな、それに制覇されている世界について考えるな、恐怖による専制をささえる支店のひとつたる、沖縄について考えるな、そこから脅威の放射線がとびだしてゆくアジアについて考えるな。ただ、この島国のうちなる、今日の繁栄を見つめよ。戦後二十五年の、はじめ五分の一が、確かに乱世だったとして、この二十年間は、治世というべきではないか？　という声がする。

はじめ五分の一、ああ、その「乱世」が終るとは、朝鮮戦争がはじまる、ということであったのだが。それを考えれば、今日の治世を支えている繁栄の種子も、およそ見当がつくというものなのだが。しかし、ともかくこのような、分別たくさんの勧告にしたがって、ぼくはこの二十五年間の乱世について思いをひそめよう。

そしてぼくの到達するのは、確かに戦後二十五年の、はじめの五分の一は、乱世であった、そして、乱世は、あとの五分の四にも、ずっとつづいたのだ、という結論にである。戦後すぐの乱世と、今日の乱世と、どのようにことなっているか？　それが次の課題である。答えは、具体例によっておのずからみちびかれるだろう。

ぼくは戦前最大のヒーローであった双葉山の戦後についてこそ検討したいのだ。戦後史のなかで双葉山に、重要な二葉の写真がある。その一葉は、決してあの名高い、防空頭巾すがたの双葉山が、ジコーソンを守護すべく、警官と組みあっている写真ではない。その職業の義務としては、あまりにも過剰な役まわりをかかえこまねばならなかった、あの、双葉山と格闘する(！)警官に、満腔の同情こそよせはするものの、ぼくの関心はあの乱闘の現場にはない。

その直前に、双葉山は、もう一葉の写真をとられている。金沢市玉川署に、ジコーソンの代理が出頭する。それを見送る信者たちの、穏やかに受難をひきうけている、連帯の雰囲気の輪に、双葉山がくわわっているのである。国民服を着て、大きい長靴で雪を踏み、うやうやしく、ジコーソン代理に頭をたれて見送っている、羅漢のような笑顔の双葉山。金沢らしい古風なつくりの店の前の双葉山は、なにを考えているか？

それは誰にもわからない。しかし、その可愛らしい大男の、忠実無比な下僕、というアラビアン・ナイト風な双葉山がこの時、相撲界という、日本国の伝統とそれをめぐる旧時代的なしがらみの体系から、まったく自由にときはなたれていることだけは明瞭である。かれは、相撲の歴史に不世出の横綱という、もっとも重いものに金縛りになっていない。かれはかれひとりの救済について考えている。かれの想像力は自由である。乱世が、かれの想像力を、日本的伝統のもろもろの呪縛からときはなっている。

さてもう一葉の写真は、「天覧相撲」の、貴賓席における天皇、皇后のわきに、黒犀のように閉じた表情で、威儀を正しつつ坐っている、大日本相撲協会、時津風理事長としての双葉山である。双葉山は、なにを考えているか？

それは誰にもわからない。しかし、そのむっつり閉じた、浸透不可能の表情における双葉山の、想像力が、結局はそのてっぺんに天皇をおくところの、日本的伝統のもろもろのしがらみによってあらためて縛りつけられてしまっていることだけは確かである。かれはそのカメラの前で、片方は視力のない目を、威儀正しく、まっすぐ見すえつつ、想像力を縛られた人間として、この乱世に生き延びているのである。すでに雪の金沢で、ジコーソンを護持しつつ、自分の魂の救済の喜びに、可愛らしい羅漢のように笑っていた、もうひとつの乱世における自分のことは、薄くにごった、狂気の思い出のようにしか記憶せずに。

双葉山が教えてくれる。われわれは戦後二十五年のはじめに、想像力が自由に解放された乱世を経験した。いまなお乱世である。しかしわれわれは、想像力が縛りつけられてしまったところの乱世を生きているのである。そしてむしろ戦後二十五年の、はじめの一時期に、自由に解放されていた想像力のつかみとったところのものを、薄くにごった、狂気の記憶のように感じて、あらためてそれに面とむかうと、恥ずかしい思いでおもてを伏せるのである。たとえば大方の、戦後日本を経験したわれわれが、次の文章に赤面してうつむくのだ。

《日本国民は、恒久の平和を念願し、人間相互の関係を支配する崇高な理想を深く自覚するのであつて、平和を愛する諸国民の公正と信義に信頼して、われらの安全と生存を保持しようと決意した。われらは、平和を維持し、専制と隷従、圧迫と偏狭を地上から永遠に除去しようと努めてゐる国際社会において、名誉ある地位を占めたいと思ふ。われらは、全世界の国民が、ひとしく恐怖と欠乏から免かれ、平和のうちに生存する権利を有することを確認する。》(憲法前文)

東京のある国電駅に、また私鉄駅に、電車がはいってくる。いたぞ、朝高だ! とプラットフォームの高校生たちが叫ぶ。いるぞ! とか叫ぶ。または、朝高だろう! とか、朝高がいるぞ! とか叫ぶ。それよりほかに、つけくわえられるべき言葉はない。ただ、朝鮮高校生を、見つけた、ということだけで、わが厭らしい同胞の高校生たちが襲いかかってゆき、殴りつけ蹴りたおし、ノンチャックという空手の道具でうちのめし、こまごましたものを盗むのである。それが現にいまさかんにおこなわれていることだ。たとえば一九七〇年四月八日から、五月二十五日までに、二十九件も、このような暴行がおこなわれたのである。朝鮮高校教員と、暴漢たる高校生とのあいだに、とりかわされた問答の一例は次のようである。

問　きょうはなんで集ったのか。
答　みんなで話合って集ったんだ。
問　大学生も入っているのか。
答　いるかも知れない。
問　なんで集ったのか。朝鮮高校生をさがしにきたのか。
答　やつらに注意するために集ったんだ。
問　なにを注意するんだ。
答　注意するとはなぐることだ。仕返しをするんだ。
問　なんの仕返しだ。
答　俺は朝高生になぐられた。
問　何時、どこでのことか。
答　二年前の夏になぐられた。
問　君が何年生のときか。
答　一年生の夏だ。
問　いま何年生か。
答　二年生だ。
問　二年前のことだとするなら、いま二年生というのはおかしいではないか。
答　(黙して答えず)
問　どこでなぐられたのか。
答　場所はいえぬ。
問　ほんとになぐられたのか。
答　友人になぐられたやつがいるときいたんだ。
問　なんでなぐるのか。
答　朝高生なんか、自分の国に帰ればよいのだ。よその国で大きな顔するな。

これらの愚かしくも、いじましく粗暴な日本人高校生たちは、じつはかれらの「専制」的なるものにはいちはやく「隷従」しようという、恥部のような触覚によって、この国の強権のおこなっているところと、かれらの恥知らずな暴行が、ひそかにあいつうじるものであることを知っているのである。朝高生を殴りつけている連中は、なにものからも孤立無援に、かれらの内奥からこみあげてくる憎悪にたけって生きる非行少年たちのように、危険な、下降性の生活に賭けているのでなく、かれらは「自分の国」の国益にかなう、安全なスポーツのようにして暴力を楽しんでいるゲスなのである。そして、そのゲスさかげんによって、かれらは、われわれ平均的日本人を代表しているのである。

戦後二十五年、日本人は、核兵器の恐怖のもとに痺れて停滞したまま、中国にたいして、生き生きした政治的想像力のはたらく人間的関係をひらくことがなかった。朝鮮についても、核兵器の恐怖政治の専制体系の、末端をとりつくろい、補強することのために、小細工を弄したのみであった。すなわち、朝鮮にたいして、単に停滞しているよりも悪いことを積みかさねたのみであった。朝高生への暴力事件が、いわゆる「日韓交渉」のはじまった一九五一年頃から頻発し、日韓条約の締結前後に、また集中的におこっているという事実を、われわれは直視すべきであろう。暴力的なゲス高校生どもの「国益」にたいするアンテナは、まことに鋭いのである。

朝鮮にたいして、戦後二十五年、日本人は、そこにむけて《恒久の平和を念願し、人間相互の関係を支配する崇高な理想を深く自覚する》ような方向性をもった、行為のつみあげをおこなわなかった。核兵器の恐怖専制のもとに、泥のような停滞がたまるにまかせた。したがって、日本人は、一般に、戦後二十五年間に、朝鮮とわが国においておこったことどもを、不連続的にしかとらえず、それゆえにこそ、しばしばなにもかもをすぐさま忘れてしまう。したがって、暗闇で、およそ歴史に逆行するところの「圧迫と偏狭」のゴリ押しをつづける強権のためには、都合のよいことになる。

いわゆる日航機ハイジャック事件にあたって、「人質」となった政務次官は、朝鮮の、すくなくとも北半にたいして、あまりにもあからさまな敵対の行動であった、日韓条約の、強行採決にあたって、殴ったり蹴ったりの暴力の現場(衆議院!)で、もっともおおっぴらに実力を行使した青年議員であった。ぼくはその深夜、傍聴席にいたものとして、かれの行為を自分の文章に記録した。その議員が、米、日共同で朝鮮の空と土地を泥足でひっかきまわすような工作のあと、朝鮮の北半へ飛行したのである。つたえられるように、この「人質」がブルブル震えたとして、それは当然であったろう。むしろかれは勇敢な、(朝高生を殴る、わが同胞の高校生のように勇敢な)人間でさえあるだろう。

しかしあの事件当時、「人質」の政務次官と、日韓条約の強行採決時の、かれの暴力的活躍とをむすびつけて、記憶を新しくする日本人は多くなかった筈である。時間のタテのつながりのたたれた、停滞の泥の世界であるがこそだ。核兵器の恐怖に痺れた、停滞している戦後二十五年、とぼくがいうのは、具体的にこのような意味である。

しかしその停滞のあいだにも、既成事実はおびただしく積みかさねられているのである。停滞を越える、政治的想像力をそなえたものたちは、アジアの様ざまな場所から、この二十五年間、凝視しつづけているのである。

その凝視しているものの眼に、大戦のあいだ、また近代史のほとんど全体にわたって、かれらにとって脅威であり、現実にかれらを蹂躙するものであった、この「言霊《コトダマ》の幸《サキハ》ふ国」の、戦後二十五年間における、もっともめざましい質的変化は、それが、およそ言葉の真の意味あいを信じようとしない人間の国とかわってしまった、ということであろう。

言葉が、ひとつの具体的な実在として、この現実世界にあり、それがものや人間とおなじく実際の役割をはたす。その、言葉のもっとも基本的な機能について、日本人が信用しない。ある言葉の一群に、規制されない。ある言葉の一群を、それが表現している意味において、有効だと考えない。言葉を、まじめに相手にするにあたらぬ、かざりものだと見くびる。また、実際に、りちぎに、いちいち意味の内容をあてはめてみようとする他人を期待してはいない、大量の空疎な言葉をつむぎだす。現実がぜったいにその言葉の意味内容にあてはまらないのに、ほんのわずかにゆがめて選択した言葉をおしだすことによって、その言葉の、それ自体の美しさによって、それとはおよそ正反対の現実まで、認容されたとみなす。

憲法の前文の言葉を、それがまともに表現している意味あいについて、現実的に検証することなしにすますことができるように、この戦後二十五年間、われわれは慣れてきた。それはこの前文を、ひとり読んでいると、赤面せざるをえない、というような自覚をうながすところの、日本人自身の腑甲斐なさ、ということに、まず、もとづく。

そして同時に、この二十五年間、われわれをアジアで囲繞する国家からは、かれら《諸国民の公正と信義に信頼して、われらの安全と生存を保持しようと》することを妨げられるようなことは、決してしかけられなかったにもかかわらず、いちはやくこの自分の「決意」を放棄してしまった、日本人独自の疑心暗鬼ということがある。いうまでもなく、その疑心暗鬼は強権の宣伝によってかきたてられたものだ。しかも疑心暗鬼によって、われとわが平和主義の「決意」をかえりみなくなっておきながら、アジアにおいてわれわれを見つめているものらからそれを指摘されると、憤慨するのである。

外国との条約、共同声明のたぐいにおいても、日本人は、あれは空疎な言葉だけだと、あれらの言葉のうち、最悪の意味をひきずりだしてくよくよするな、最良の意味だっておなじく空疎なんだからと、「大国」の余裕を示す。安保条約が、沖縄返還にかかわる、佐藤・ニクソン共同声明が、そうであった。

しかしそうした言葉へのタカのくくり方は単に政府の宣伝の世界のみにとどまらぬ、いわば、全日本人的な趨勢であることに、いくらかでも長い視野において、この日本人的言葉観を見わたそうと思うものは注意をむけるべきであろう。社会党の委員長は、モスクワでおこなった共同声明と、北京でやるつもりの共同声明とを、あれは言葉です、と微笑に流すか、あるいはどちらをも苛立たせない言葉の魔術がありうるとタカをくくるかするよりほかに、どのようにして両立させうるだろう？　また、いわゆる新左翼の濫造する言葉のいちいちに、具体的な意味をくみこんでゆくものの誰が、消化不良をおこした自分の脳のしこりをときほぐすために四苦八苦しないでいられよう？

しかもなお、わが国の「幸ふ言霊」が怒り狂わぬとして、しかしアジアでわが国を凝視するところの国ぐに、条約によってこちらの料簡では空疎な言葉に、ぬきさしならぬ実体をあたえて、つながっている国、その条約によって具体的に恐怖をあたえられている国、それらの国ぐにの、まともに言葉を信じるものたちが、心穏やかでないのは、いうまでもない。かれらが、ついにそれら言葉全体の勘定書をつきつけてくるとき、日本人はどのようにふるまいうるだろう。そのときこそ、もっともあらわに、言葉もへったくれもあるかと、反・言葉の暴力を、発動するのか？

原則にたちもどれば、言葉とは、他人にむけて発せられるものである。他人にだけは、本当の他人にだけは、(他国にだけは、本当の他国にだけは)通用せぬ言葉というものは、言葉でないはずである。しかし戦後二十五年間に、われわれ日本人が、自分の言葉についておこなってきたのは、そうした言葉への侮辱行為であった。

いま、もっとも端的に、戦後二十五年間の、言葉のつけが、まわってこようとしている課題は、沖縄をつうじてである。沖縄返還の共同声明のつけをアメリカは、強引に支払請求するだろう。そこで日本は、沖縄の日本人にたいする言葉のつけを踏倒すだろう。いつまで、真の言霊の報復をまぬがれえよう？

一九四五年夏を、くりかえし思い出しては考えることのうち、ここ数年、ぼくにとっていかにも気懸りな思い出は、戦場からかえった教師が、いくたびも、いくたびも、日本はなぜ戦争に負けたか？と問いただしては、地方の山村のガキたるぼくに、それは日本人が、科学性に欠けていたからです、と答えることを強要した記憶である。

ぼくは事実、この日本人の資性にかかわる質問と答えのくりかえしに、影響をうけていると思う。ぼくは大学の理科にすすもうと思いつづけていたのであって、それを文科へとかえるにいたったのは、かなり長い期間にわたる、辛い転向の結果であったのである。そしてそれは、ぼく個人の思い出にとどまらない。日本人一般について、ぼくは、この戦後二十五年間をつうじて、そこに、科学的なるものへのやみくもの忠誠の歴史がみられると考えるものだ。

核兵器による恐怖の秩序に、そのもっともおとなしい奴隷としてひたむきにつかえている日本人には、核兵器の威力という「科学」への忠誠心が、おおいにはたらいている。広島、長崎の被爆経験の、人間的悲惨について、日本人が具体的によく知っているから、核兵器について敏感なのだとは、すくなくとも、ぼくは信じることができない。むしろ、原爆・水爆の、核兵器科学への忠誠心が、われわれ日本人に強いからこそ、われわれが、みずから進んでのようにして、アメリカの「核の傘」を信頼申しあげ、そこにすりよっていっているのであろう。

すなわち、わが国に、直接に、核兵器の威力、「核の傘」に擁護されることへの、疑いを表明するところの、それも「核兵器の科学体系を信じることができない」というかたちでそれを疑うところの、民衆が、決して大多数でないのは、われわれの内部に、日本人の科学性の欠如を非難された、一九四五年夏の、心の傷が、うずきつづけているからであろう。

わが日本人が、この戦後二十五年間に、すさまじい勢いで、公害のただなかへとつっこんでしまったのも、日本人に、科学という巨大神にさからってはならぬ、科学の趨勢にさからうことは、もっともつぐないがたい、人間的堕落にほかならぬ、という科学信仰があるからである。

社会の科学信仰、進歩信仰の、ものすさまじいエスカレーターから、意識して脱落したもの、としてのヒッピー、drop out したものとしてのヒッピーの風俗は輸入されたが、その drop out することによる、科学信仰への抵抗は、やはりわが国において、人間的堕落として反撥されているように思われる。しかし公害の大洪水に、もっとも有効な、個人的抵抗者は、科学信仰、進歩信仰の社会から、あえて drop out したものたちにほかならないではないか？

ぼくが中国を旅行してかえり、報告の文章を書いたのをきっかけに、あるいは脅迫状めいた手紙によって、あるいは嘲弄の電話によって、この十年間ぼくを急襲しつづけてきた、もと職業軍人の老愛国者がいる。ぼくはかれを憎んできたのではあるが、この夏のはじめ、酔っぱらっている老愛国者が、次のような意味あいの深夜の電話をかけてきた時には、ほとんど年来の友にたいしてのような辛い懐かしさをあじわったのである。

老愛国者は酔泣きするように、もと職業軍人の口調は残しつつも、こうかきくどいた。モウ貴様ノヨウナ雑魚《ざこ》ニカマッテオレヌワ、毛沢東ハ予想外ノ勝利ヲオサメルワイ、ソレハ押シトドメ得ヌ勢イジャカラ、モウ、アイツノタメニ宣伝スル雑魚ナドカマワヌワイ。ワガ国ガ汚染サレキットル時ニ、アノ広大ナ国ニハ、農薬ニ汚レテイナイ土地ニ着色染料ナシノモノヲ食ットルヤツラガ、九億モイルノダカラ、ソレハ押シトドメ得ヌ勢イジャワ。

二十五年前の夏、山村のガキたるぼくは、まことに数多くのことを夢見た。いま面を伏せるようにして二十五年をふりかえる中年男のぼくに、山村のガキはしみひとつない憲法の小冊子をもって輝くような眼を未知の暗闇にむけつつ、あふれる夏の光のうちに立っているかのごとくである。その夏の日、その時刻に、天皇という人間の声はラジオから響き終ったところでこそあれ、なお新しい憲法はかたちをあらわしていなかったのであるが。

次の二十五年間がたったとき、世界がたとえなお実在しつづけたとしても、かつての山村のガキ、今日の公害都市の中年男は、自動車事故をさいわいにまぬがれても、癌か内臓汚染によって確実に個人の死をむかえているだろう。その死のいたる日、最後の呼吸をする時、ぼくは核兵器の恐怖による停滞から、自由になった人間たりうるだろうか？　それがむずかしいとして、科学信仰の公害社会から drop out するくらいのことはなしとげえた、遅すぎる孤独な抵抗者たりえているだろうか？

〔一九七〇年〕

死滅する鯨とともに――わが'70年

七〇年とは、どういう年だったか、ということを考えようとして、ぼくはいま沖縄にきている。アジア、インドへの旅の出発点として、ここに、まずやってきたのではあるのだが、いったん那覇におりたって、東京の冬から、夏の終りのころに、逆行したような気分をあじわうと、もう自分が、七〇年のまっさかりのところに、再びはいりこんだような思いがするし、そして明日の投票日をひかえて、国際通りの周辺につどってきた、国政参加の立候補者たちの演説を、面を伏せるようにして聞いてまわるうちに、ぼくには、七〇年のすべての出来事の、国際政治の危険きわまりない転機から、日々の呼吸のための空気の汚染にいたるまで、あらゆる核心にふれることどもが、あらためて、沖縄にかかわっていると確信されたのである。沖縄からはじめよう。そして沖縄にかえってこよう。

おおげさにひびくことであろうが、七〇年に、ぼくはいくつもの、いわば黙示録的な、終末の気配を見たとひそかに暗澹として認めているもののひとりである。それゆえにこそ、ぼくは、およそ相対的であるほかにない、ある年の回顧めいた文章を書こうとしているのだ。すくなくとも暗闇に横たわって不眠の夜をすごしつつ、この七〇年をふりかえってみるときには、近い未来におこるべき、この人間世界の終末の、あきらかな兆候が、つぎつぎに浮びあがっては、しだいに黙示録的な炎のきらめきをともないはじめるように幻覚されるのである。

なぜ、七〇年に、とくに？　といえば、それはゆっくり具体的にこれから、自分の悪夢の絵ときをしてゆくほかにないだろう。その手はじめに、ぼくはあの、すでにわれわれの意識から消えさってしまったかのごとくの、万国博のことを、奇妙にもなかなかに重い抵抗にさからって、記憶に喚起したい。昨年、有楽町に降り立つと、いつも威嚇するように、「あと××日」と大きく光っている電光信号が眼にはいった。それが、しだいに、息せききるように、わずかな日づけをきざむようになり、そして万国博そのものがはじまったのであるが、ぼくにはむしろ、あの、十日、九日、八日、……という電光信号のせわしない印象と、それからついに、電光信号が、いかなる日付もきざみださなくなって、事実は他の記号を描きはじめているのであれ、イメージとしてはいまもそのまま沈黙している、という認識に、それこそ終末観につうじるものをあたえられて、それが忘れがたいのである。

もうひとつ、ぼくは万国博について、ただそれに関してだけ根本的な興味をひかれていたキッカケが、それこそ根本的に誤解であったことのにがい思い出が、いまも酸のように胃のあたりを動揺させつつ残っているのである。

　そもそものはじめ、わが大阪の万国博では、いわゆる未来学者たちがいっせいに協力する、それも大筋をささえるような想像力を提供して協力する、という報道に接して、ぼくはそれに昂奮をかきたてられたのであった。未来学者とはなんだろうか？　かれらは、未来の政治体制を検討する、というようなタイプであるよりは、もっと哲学的、綜合的な思索家たちであるらしい。それでは、かれらが、この人類社会の終末について考える専門家たることは、おおいにありうることではないだろうか？

　そのように早合点したぼくは、未来学者たちが、千里原の広大な竹藪を伐りひらいた空地に、かれらの終末観のイメージを、展開するのだろう、と思いこんだのであった。建築中の、様ざまなパヴィリヨン(!)の写真をみると、そこには香港の奇怪な富豪の終末観がぬりこめられているという、タイガー・バーム公園の、極彩色の、悪趣味と生真面目な希求とにみちた、地獄、極楽の眺めが、連想されて、ますます、ぼくの期待をあおった。

　しかし、できあがった、未来的建築資材による建物は(それが、すぐさま取り壊しのきくもの、という基調にしたがっていたのが、なんとなく、暗くいそがしく空しい終末観的未来を、しのばせるようではあったものの)、およそ、人類の終末についてのイメージとは、縁遠いものであった。しかも原水爆を象徴するという壁画は、いかなる核保有国の見物客にもショックをあたえないように、あるかぎりの技術をこめて、あいまいに化された。

わが国の秀れた政治学者が、日本人の「現実」観の特質について、かつてペシミスティックな嘆息もうかがわれる分析をおこなったことがあった。それにならっていえば、万国博の、われらが未来学者たちの、「未来」観には、あたえられた、所与的な「未来」をそのまま受けとるところがあり(誰が、それをあたえるかということも、かれら未来学者たちの、論文あるいは戯文を、いちいち追跡調査すれば、決してつきとめることの難しいものではないと思われるのだが)、その「未来」が一次元的であり(たとえ、S・F的に、かれらが四次元でも五次元でも、任意の次元の世界を描いてみせてくれるにしても)、そして、時の権力(政界・財界をとわず万国博のスポンサーは、まったく端的に、現在の権力の代理人であった)が選ぶ「未来」のみを、現実的な「未来」像とみなして、反体制的な「未来」観は、空想的、非科学的とする、という、まさに日本人的な性格が、申しぶんなくそろっていたように、思われるのである。

その万国博の「未来」風景のなかを、いわゆる「農協」という蔑称で呼ばれるようになった、わが国の農民たちが、大行進した。日本の経済的未来の構造を素人考えであれこれ想像してみると、農民こそは、およそ確実な「未来」を認識しにくいところへ、いまや吹きよせられている日本人であるように、ぼくの頭にはイメージされる。そのかれらが、万国博の「未来」風景のなかを、大混雑をかきわけつつ(同時に他の農民にかきわけられつつ)右往左往したのである。かれらは様ざまなパヴィリヨン(!)の、かれらの日常感覚にとっては当然に不可解な建物のむこうに、『不思議の国のアリス』が見た、猫の笑いにも似た、未来学者たちのもしかしたら軽蔑にみちているのかもしれない笑いを見たのではなかったろうか?

かつて農民たちは、集団で旅行して、寺社仏閣に、やがてかれらを待ちうけるべき終末観の世界を見に行ったのである。それが、たとえ地獄と極楽とに、図式化された契機によるのであれ、旅する農民たちは、そこに黙示的な世界の終りをめぐって自分の想像力をくりひろげる時間をもったのである。それこそが農閑期の、魂のための事業であったのであるし、寺社仏閣に待っているものが、かれらへの一般的な軽蔑であったりする例は、ことの性質上決してありえなかったのである。

未来学者の、まともな先達のひとりとよぶにあたいするのではないかと思われるH・G・ウエルズは、人類の初期の文明に、人間の共同体はみられず、ひしめきあう群衆の密集体こそがあったと、いっているそうである。七〇年日本の万国博の大混雑ぶりのなかに、密集体をみず、地道に人間的につくりあげられた、それこそ真の意味あいでの「人類の進歩と調和」にみちた共同体がみられた、と強弁する人がいるとしたら、ぼくはそれが誰であれ、わが国の「未来」学の協会の名誉会長にと、嫌悪をこめて推薦したいものである。

さて沖縄からも多くの人々が、万国博を見るべく海を渡った。本土日本で、かれらは、科学産業の「未来」像の、イラスト風に誇張されたきわめて花やかな側面こそを千里原に見たであろうが、おなじものの、それも現実に深く根ざした暗く悲惨な、人類的暗愚の側面、すなわちいわゆる「公害」の実体をも見てこざるをえなかったはずである。

しかし、じつのところはかれらの帰島よりもなお早いほどの勢いで、沖縄島には、ほかならぬ科学産業の災厄がおしよせ、際限ない汚染を開始していたのである。

じつはいまこのように書いて、そのままぼくは那覇の街に出て行ったのだった。それは国政参加の投票日の沖縄である。昨日とはうってかわって、冬めいた冷たい雨まじりの激しい風が吹きつける。

　国政参加ボイコットをよびかける学生たちが町はずれちかい与儀公園の片隅に三十人ほど集っている。帝国主義的琉球処分という言葉が、しばしばかれらのスピーカーをかかえての小演説のなかにはいりこむ。それは昨夕の選挙戦最終の立候補者たちの演説の文脈にもあらわれた「琉球処分」という苛酷な本土権力の、歴史的思い出と現実につらなっている言葉である。しかし、これから沖縄にむけておこなわれようとしているところのものは、すでに「琉球処分」の域をこえているのではあるまいか、という疑いは、沖縄の学生たちが力をこめて、しかも本土の学生運動よりはるかに具体的に現実に立っておこなっている、しかし規模からして、やはり広場の片隅のむなしい小作業という印象もまぬがれがたい集会をあとにして、沖縄島を東上し、中城《なかぐすく》湾にいたったぼくを、あらためてとらえたのであった。

　雨にさえぎられて、平安座《へんざ》島の、すでに操業中であるガルフ・アジア・ターミナル石油中継基地は見えないが、ここもすでに完成してすぐにも操業にはいるという、日琉合弁の東洋石油精製精油所は、小さな村につどう民家のすぐまぢかにある。湾のモズクは、早くも全滅してしまった。カニの水あげも半減した。そして現在、本土で工場が建てられるとすればおよそその高さではすむまいという煙突から、亜硫酸ガスをふくんだ煙が吹きだしはじめようとしているのである。

　漁民たちはなお抗議しつづけているものの、琉球政府は、まず企業誘致優先に動いており、抵抗する漁民たちにたいしては強圧的だという。しかしここでもっとも強く重く感じとらざるをえないのは、日本本土で、日本人によって経験されている、公害の教訓が、ここにはまったく生かされていない模様だということである。やがてここに公害がおしよせることはわかっている。不幸な実例が本土にある。これはもう、未来の公害にたいして想像力を働かすことができない、といった段階ではない。やってくる公害の足音を聞きつつ、あえて当面の間、眼をつぶろうとしているのである。それを本土からの企業の進出に焦点をしぼっていえば、本土におけるような、民衆からの怨嗟の声、抗議の叫びが、まだあまりに広がりきらぬうちに、悪しき既成事実をつみあげてしまおう、ということである。本土で二十年前にそうであったように、将来、公害がおこるかどうかわからないが、という判断保留の状態で操業を開始するのではない。近い将来、公害がおこることは、すでに正確にわかっている。いわんや本土ではもう、そのような状況で工場を新設することはできない。そこで沖縄に工場をつくっておこう、という判断ではないか。本土の日本人の怨嗟と憤怒の現状を見つつ、沖縄においては、そこで当然にそれをうったえている漁民たちの声には耳をかさず、その抵抗運動をおしつぶすためには、「企業誘致」をいわば死にものぐるいでもとめている、琉球政府の手をわずらわせようとしているのである。

それはもう「琉球処分」の段階をこえて、「倭寇」があらためて沖縄を、嵐のような速さと力で襲おうとしているのだとみなすべきではあるまいか？　そしてわれわれは、近い将来においてまず、沖縄に、ある終末がおとずれるのを見、そのまま本土日本にも、おなじ終末がおとずれるのを、逃がれがたく確認することになるのではあるまいか？

「公害」については、本土の人間がそのはじまりと猛威を先に経験した。そして、それにたいして効果的にたちむかう方策は欠いたままで、ずるずると破滅にむかっている。その時、沖縄で、出発点は遅れたが、進行の速度は異様にはげしいところの破滅への行進が、新たにはじまったのを見る以上、本土の人間が、そこに自分の運命の先ゆきをみとめるのは、自然であろう。早く発病したが、抵抗力が強く、回復にはむかわぬもののの、病状の進行は遅いという、大男の病人が、かれ自身の感染させた、ひよわい子供の迅速な病状悪化を、隣のベッドに見まもっているようなものなのだから。七〇年に、そのような後戻り不可能の兆候を、本土日本で見出した者なら、かれのみじめな確信は沖縄にくることで、すぐさまより強められるだろう。そのようなかれは、国政参加に立候補して、沖縄の民衆に語りかけている者たちからも、そのボイコットを叫んでおたがいを励ましあっている者たちからも、また無言で全状況を見つめている大きい民衆の存在感からも、いかにも明瞭に拒まれているのをみとめて、深い孤独をあじわいつつ沖縄の街をうろつくほかはないのである。すぐにも濃く強くなってくるはずの亜硫酸ガスの匂いの最初の気配をかぎつけて、ぎくっとしながら……

ぼくは、沖縄の街頭の雑誌スタンドで見る日本の女性週刊誌が、ヨーロッパ、アメリカの女性たちを表紙にしていること、そしてたいていの号で、最初のページに、天皇家の写真を、カラー・グラヴィアで掲載していることについて、関心をひかれないわけにはゆかなかった。それはこれまで外国人から、しばしばそれについて質問されては、答えを留保してきた永年の案件でもまたあったのである。留保しつつも、じつは答えはわかっていたように思う。それはほかならぬ外国人にたいして、それを認めることがいやであるようなかたちにおいて、ぼくの日本人としての恥ずかしさにふちどられた内部に、かたまってきていた答えでもあった。

その答えとは、わが国の女性週刊誌の、厖大な数にのぼる年少読者たち、やがては日本人の家庭を彼女たちがひとつずつ担うことになるはずの娘たちの、「脱亜」への指向にほかならない。

「脱亜」という言葉を福沢諭吉の脱亜論にかさねあわせるまえに、風俗の側面から、現象をたどってみよう。わが国の戦後生れの娘たちは、その意識のなかで、美的に誇張された彼女たち自身を、ヨーロッパの、またアメリカの娘たちに、同一視したいのである。彼女たちは、自分がバッグにつっこんでいる週刊誌の表紙に印刷されているところの白人娘から、異人種として拒絶されていると感じつつ、その雑誌を手放さないのではあるまい。彼女たちが、漢字でタイトルの印刷された表紙の下に微笑している白人娘にたいして、違和感をもたないとしたら、もう彼女たちは、その白人娘へと自己同一化しえているのである。

いうまでもなく彼女たちは白人種ではない。したがってそれは意識の世界での、ひとつの無邪気な自己欺瞞の行為にすぎない。ただ現実には、テレヴィの深夜番組を、造花のようにかざるモデルたちが、しばしば混血であり(もちろんそのような血をもった人びとが、差別されることは最悪のことであるが)、積極的にそのようなモデルに似せてゆくという方向づけにおいて、化粧品、化粧法の宣伝がおこなわれ、そしてついには、その方向性の極点のところで、整形手術というものまでがおこなわれてゆくのであろう。

さてそのように、日本の娘たちの意識が白人種にむかってゆくという、「脱亜」の運動が片方にある。あなたたちとおなじになりたい、おなじだという幻想をもちたい、と娘たちはヨーロッパ、アメリカの白人娘たちに呼びかける。それにつづいて、天皇家のグラヴィアはどういう役割をもつのか？　それは、ヨーロッパ、アメリカの白人娘たちには、隷従的にまでおとなしくこび、あこがれをたくする、わが国の娘たちが、アジアの国ぐにのおなじモンゴル種たちにたいしては、傲慢な拒否の言葉を、すなわち、わたしたちは天皇家につらなっているところのものであって、あなたたちとはちがうのだと、腕を突っぱっておし放すことに、意識のひそかな内部において直結するのではなかろうかと思われるのである。

それこそは彼女たちの、すでに無邪気ではすまない「脱亜」の指向を、両側面から必要かつ充分にあらわにするであろう。アジアを脱して、あのようなものへと自己同一化したい、とするフラストレイションめいたあこがれの心。このようなものから、自分を切りはなして、アジアを脱したい、とする冷たい拒否の心。そのような意識が、今日の東京中心的な、一面化された風俗の広い裾野にひろがっているとして、それこそは福沢の「脱亜論」の、正規の亡霊がこの日本人世界をあらためてうろつくのを、援護しないであろうか。女性週刊誌をバッグにつめこんで、なんとかヨーロッパ系の混血の娘らしくみえるようにと、過激な化粧にうきみをやつした、わが大和撫子たちこそは、新しい「脱亜論」の亡霊をまねきよせるために、ゴーゴーのリズムで踊っているサイケデリックな巫女たちではないであろうか？

それが七〇年にいたる、わが国の風俗の連続性のない、単なる一断面であるならば、それはそれで忘れてしまったほうが衛生的でいいような、ひとつのすぐさま亡びるべき流行にすぎないであろう。国防婦人会のタスキにナギナタという娘が、女性週刊誌の表紙にあらわれるよりは、たしかに安全無害な流行にほかなるまい。

しかし、この「脱亜」への広い欲求を、日本人一般に拡大して、そこで七二年の、いわゆる沖縄の「施政権」返還について考えてみる時、われわれははたして福沢の「脱亜論」の亡霊はすっかり無関係だと、のんびりしていることができるであろうか？

われわれ日本人は、沖縄の「施政権」返還を契機に、これを手がかりにして沖縄へ努力を集中し、それによってアジアへの本質的な和解の方途をさぐりなおそうとしているだろうか。沖縄の「施政権」返還は、沖縄的なるものを日本人の意識にみちびきこんでそれを多様化し、より深く鋭くアジアを考えなおそうとするための契機になろうとしているだろうか？

逆に、われわれ日本人は、これで沖縄問題は終ったとケリをつけた気分で考え、これまで開かれた契機としてアジアに深く入りこんでいた国の一地方を手もとにまき戻して、もう沖縄をそれ自身として自立した対象として考えることはなく、日本の国家権力へと隷属させて、そこで気も晴ればれと、アジアから脱しようとしているのだろうか？

アジアへのまともな関心をもちなおすための、「施政権」返還となりつつあるか？　アジアを忘れさるための、「施政権」返還となりつつあるか？

沖縄の民衆のほんとうの自立のためには、アジアのなかでの日本が、新しい真にアジア的な態度をとり、その日本のアジアへの生きたパイプの尖端としての沖縄が生きいきと現実化されるのでなければならぬはずであろう。それがなければ、沖縄には、それこそ終末観的なるものが見えてくることになるであろう。そしてその沖縄の終末観の向うには、ほかならぬ日本全体の終末観的イメージもまた、見えているのである。

福沢のいわゆる、アジアの悪友たち（じつは沖縄と日本に永つづきのする、平和的な唯一の未来像をいだかせてくれるかもしれない善き僚友たち）の眼に、いま沖縄はどのようなイメージとして映っているか？　それはどうおとなしく想像するとしても、なお米軍の核基地であり、その一部分が米軍から日本軍に肩がわりされつつあるところの、対アジアの軍事基地であると映るほかにないであろう。沖縄の「施政権」返還という政治的選択の全体において、日本人が、かれ自身アジアへの脅威たることを減じる方向への努力は、まったくただのひとつもおこなわれようとしてはいないことに、アジア諸国からの経験にとんだ眼が、鈍感でありうるとは、いかに素人のぼくにも思えないのである。

　そのようにしてぼくは七〇年に、われわれの世界の終末観の気配のする、あるはじまりを見出すのだ。おまえたちのせいだ、おまえたちがはじめたんだと、暗闇のむこうで待つ鬼どもが、すでにはやしたてはじめているのを聞く思いもするのである。しかもそれをいま現に沖縄で聞くのは、なんとも辛い気持であるが、やがて辛い気持などとのんびりしたことをいってはいられなくなるのだろう。

　いま国政参加の当選者たちがすべてきまり、ぼくの宿舎のすぐわきの、革新共闘会議の建物から拍手の音がきこえてくるが、ぼくは部屋に閉じこもったまま、この現在の沖縄での、日本全体にかかわっての終末観めいた予感に暗くみたされているのみなのである。

　アジア、インドへむけて、明日ぼくは沖縄を旅立とうとする。日本交通公社のガイド・ブックを眺めていてなんとも気持が滅入るばかりなのは、たとえば次のような部分である。

《今までのところ、台湾旅行では歓楽的な要素が占める割合は一ばん大きいといわなければならない。……ホテルや料理店での夕食を終って、夜のお遊びコースにつくのは大体二〇時ころから。治安がよいので、夜のまちも安心して一人歩きができ、お遊びでもボラれる心配はさらにない。》

アジアの様ざまな国、ほとんどすべての国について書かれているガイド・ブックの諸国案内のなかで、このように手放しに、日本人が夜ひとり歩いても安全だとしてあるのが、警察国家台湾のみであることを考えてみて心楽しむだろうか？　七〇年のわれわれ日本人は、厳しい「治安」によってのみアジアで、本当に安心しうるところを見出すのである。アジアの人間との交歓によって、日本人自身が、安全をあがないえているというのではない。しかも「治安」にまもられてアジアへ「お遊び」に行く日本人たちによって、空港はまことに殷賑《いんしん》をきわめているのである。それが七〇年の日本風景のいちばん外縁にある眺めとして、いまぼくの眼のまえにある。この数日も経済大国日本の豊富な外貨プールに支えられた日本人旅行者たちは、「はじめの外国」としてのオキナワで免税品の店にむらがっているのであったが、じつはかれらの遠からぬ運命にもかかわっているはずの、沖縄の国政参加選挙に、まったく興味を示す様子ではなかった。選出された議員たちは、日本本土にほかならぬあれら旅行者たちを原型とする厖大な日本人たちこそを見出すだろう、と予告すればペシミスティックにすぎるであろうか？

アジア全域に、「エコノミック・アニマル」と日本人を呼ぶ声が盛んであるという。それはいうまでもなくはじめから蔑称であったが、とくにアジアにおいて日本人のいだくところの、奇妙なナルシシズムの習慣にしたがって、なんとかこの形容を愉快な意味に、転化させようとする日本人の意識が働いてきたということも、いまとなってはあきらかであるように思える。とくに獣《アニマル》という言葉について、それが、強くたくましい生命力を意味するのではないかと、正面から自讃するむきさえもあったのである。自然のうちに自由に解放されて、強靱に生命力を発揮することのできる存在としての獣《アニマル》は、たしかにいつまでも魅惑的だ。しかし、日本人はむしろ、自然にたいして破壊的であり、生まれながらの生命力ということでは衰弱しており、そして、およそ獣たちには無縁の文明的退廃におかされているように感じられるのが、ごく一般の評価というものではなかろうか。そうだとすれば、エコノミック・アニマルという言葉の内容は、当然にもっとほかのところにこそ探しあてられるべきであった。

フランス語の獣《ベート》は、デカルト時代から、機械的なるもの、という意味あいをそなえているようである。同時代に、人間について天使《アンジュ》にちかいような魂をそなえつつ、獣《ベート》にひとしい肉体をそなえているもの、という観照がなされており、たとえば肉体の内部の血管の仕組みなどは、機械的特質として、とくに否定的にでなく認識されてきたのが、獣《ベート》という言葉の歴史であったようである。

それではエコノミックな獣《ベート》を、エコノミックな動物機械といいかえてみる時、浮びあがってくるものを、われわれのナルシスティックな「エコノミック・アニマル」理解につきあわせてみることもまた、あながち牽強付会ではなかろうではないか。むしろ、経済目的のためにガラガラ走りまわる動物機械としての日本人というイメージこそが、アジア諸国での日本人への客観的な評価ともくされるべきではないであろうか？

経済目的のために走る動物機械は、アジアの自然を破壊し、アジアの人間の魂をざらざらにしつつこの二十五年間にわたって大活動した。それはたしかに強い出力をそなえている機械の行動であったが、獣の生命力において強靱な活動だったのではない。いったん一部分が故障すれば、それはガタッと止るのみであり、獣の死体がこまかな有機質に還元して、生命の母胎たる大地を富ませるというようなこともない。現にアジアに眼をむけるまでもなく、すでにわれわれの周辺にすらも故障した動物機械は、無残にもごろごろしはじめているではないか？　疲労したり傷ついたりした獣が、かれ自身の内的な力によって、自然にゆっくり回復してゆくのにくらべて、動物機械は、それ自体で自分を治癒させることが不可能であるし、それはすでにかれ自身をまもる本能をも、衰弱させている。かれ自身が、汚染した米、異物をふくむ水を摂取せざるをえない、そのような環境をつくりあげみずからそこへ入りこんでしまったのであるにもかかわらず、なにが、かれの生命に真に危険であるのかをかぎわける本能は衰退させて、ただ機械油をそそぎこむように、大広告される千変万化の化学的錠剤を服用するのみである。

七〇年にすでに、もう人間として償いきれぬほどの量の、ひたすらこの世界を汚染するものを躰のなかに推積させてしまったところの日本人においては、かれが死んで、その死体が焼かれる時には、そこに煙として出、灰として残る危険物を注意深く処理しなければならぬという状況すらが、現実化していないと、誰がその責任をこめて断定しうるであろうか？

おとなしく穏やかな娘すらが、整形手術によって、異物を自分の躰のなかにとりこむことを平気でする風土のうちの日本人は、化学物質の体内蓄積にもまた、他より鈍感なのではないかと、疑われる。盆栽のような、自然的生命の暴力的抑圧の伝統をそなえた風土のうちの日本人は、かれら自身を、鉢植えの松の木さながらに歪形することを、本質のところではなんとも思わないのではないかと惧れられる。そのような特徴の動物機械が、ついに黙示録的な大きい行きづまりの場所へ殺到してしまう光景ほどにも、今日の文明に立って考えうるおぞましい光景があるだろうか？　そこには誰ひとり《生命の樹にゆく権利を与えられ》る者がいない。しかもそれらの動物機械が、こぞって死滅してしまったあとに残るのは、汚染し、荒廃した泥土のみである。

七〇年のわが国の様ざまな都市において、また山村において、そのような黙示録的なるものの兆候たる、最初の風のひと吹き、最初の雨の一滴が、われわれの頬をひんやりと吹いてすぎ、われわれの額にぽつりとあたったのを、感じとってしまった者たちは、ほんとうに数すくないのであろうか？

この年のもっとも印象深い日本への訪問者は、ぼくの会ったかぎりにおいてマッコウ鯨のために熱情にみちた詩を書いて、ひとり鯨のがわに立ち、人類に抗議した詩人・生態学者スコット・マクベイであった。かれはさながら巡礼のように、死滅しようとする鯨を救助する運動をおこすべく、日本にやってきたのである。小さな鯨の絵をプリントしたネクタイをつけ、鯨の「歌」を録音したテープをたずさえて。ぼくらは「鯨」の歌のテープを聞き、それが鯨の世界の黙示録のようであると語りあった。そこにはじつに美しいが悲惨でもある、強く多様な叫び声と、海洋の底の波音が世界の終りを逃げまどう者らの声のように記録されているのであった。

ぼくはかれがおこなった、日本の捕鯨会社や関係官庁への巡礼が現実的な効果をもったと信じるわけにゆかない。かれの巡礼の意味あいを本質的に理解するためには、あたかもかれ自身の言語で語るより、もっとよく通じる媒体だとでもいうように、鯨の「歌」のテープをさしだし、沈黙してそれをイヤホーンで聞く者をいつまでもまっすぐ見つめて、答えを待っていたかれの意識のうちなる、真正のヴィジョン、すなわち年々、激減してゆく鯨の未来に、そのすばらしい動物の全面的な死滅を見、しかも鯨の死滅に人類の死滅をもかさねて見ているような、かれのヴィジョンこそを十全に感知しうる想像力が必要であったからだ。

かれがかつて書いた、数すくない詩のひとつに、瀕死の鯨の指導者と、それをかこむ、群の若い鯨たちの不思議な習性を、パセティックに歌いあげたものがあった。このようにも大きい神秘を感じさせるところの鯨の行動の意味、われわれが理解しえぬあいだに、その鯨を撃ち止めて絶滅をまねくような無謀なことを、ほかならぬ人間がしてよいのか、と詩句は嘆くように問いかけるのだった。

まだ、その神秘的な深さをこめている意味を知りえないうちに、そのような秘密をそなえた、自然を、そのうちなる生物を、われわれ人間が償いがたく破壊する実例は、いまやわれわれの周囲に数かぎりなく実在している。およそ人間をこえるなにものについても畏怖の念を持たぬ、エコノミック動物機械たる日本人は、とくにその未知なるものを畏れぬ、そしていじましい小利益しかえることのない、破壊の行為に専念しては、「生き甲斐」を「猛烈に」感じとっている。その行為自体からの、直接の報復はすでにはじまっていて、七〇年はとくにその兆候の明瞭だったはじめの年として記憶されることになろうが、そうした記憶をもちつづける人間も、とくに長くは生き延びられないというのが、われわれの国の先行きではないであろうか?

マクベイは、実際的には日本の捕鯨業界に、国際的な捕鯨監視のプランを示そうとしてきたのだが、詩人のかれは、単に血なまぐさい殺戮のそもそもの元凶のいるところへ談判にくる、という戦いの意識のみではなかったろうと、ぼくはいま、ある傷ましい心において思うのである。かれとぼくは、数年前、ひとつのS・Fについて話しあったことがあった。それは、近い未来において、大洋を超短波で仕切り、片がわには鯨の牧場を、片がわには、プランクトンの菜園をつくって、世界国家の食糧計画をおこなうという話であった。その上で一般に科学者たちは鯨の牧場に主力をおく考えにかたむくのであるが、やがてあらゆる肉食を否定する「東洋の聖者」が出現して、科学者たちはついにその聖者に膝を屈し、やがてプランクトンの菜園が、未来の世界国家の中心にすえられてゆくのである。

ぼくはマクベイが、死滅に瀕している鯨のために大きい悲鳴をあげるようにして巡礼しながら、いつかこの世のすべての鯨と、すべての人間とを救助してくれるはずの、「東洋の聖者」のことを夢想しては、ついに日本へひきよせられたのではないかと考えるのである。

ほかならぬぼくもまた、かれの残していった鯨の叫び声を深夜ひそかに聞きながら、日本人もまた今となっては、そのような「東洋の聖者」にめぐりあうのを待つほかにはないところまできたのではないかと、およそ、そうした宗教的なるものに頼ろうとした経験をもたぬにもかかわらず、しばしばそのように絶望的にも熱情をこめて、なりふりかまわず希求している自分を見出すのである。

あるいはまた、もっと直截に鯨の叫び声をひとり模倣している自分を見出すこともあった。ウエッ、ウエッ、ウエッ! ウエエエイ、ウエエエイ! と躰をのけぞり喉をふりしぼるようにして。

ほかならぬ沖縄でも強大な規模の公害の予告に非力な少数者の集団でもって戦いをいどむ穏やかな漁民たちの小屋の前に立った時、それは冷たい雨、風の吹きつける中城湾でのことであったが、そのときもまたぼくは、おなじ鯨の叫び声を、ひそかに歌っている自分を見出したのであった。しかしその時のぼくの鯨の歌は、もしかしたらこのようにしてのみ、人類はすでに始ったところの破滅への黙示録の世界を生き延びて、わずかに生命の樹にいたる権利をかちとりえるのかもしれないという、小さいけれども切実な希望のきざしをかぎつけてのことであった。ぼくは執拗に地道に抗議しつづける漁民たちを鼓舞する鯨になって、ウエッ、ウエッ、ウエエエイ！と歌っていたのだ。（那覇にて）

　さてインドで、ある夜明けがたに、僕はベナレスの、ガンジス川に浮ぶ船の上にいる。真東に、まことに赤い太陽が、赤褐色ににごった川面とおなじ高さの平原からまっすぐ中天にのぼりつつある。雲のきざしは、いささかもない。西方にむきなおると、様ざまな寺院の塔と、宿房の古い土壁のひしめきあうあいだから、乞食たちで混雑をきわめる石の階段をおりてきた、ヒンズー教徒たちが、ガンジス川のにごり水に、半身をひたしては、水を浴び、祈り、躰を洗っている。ぼくはこのベナレス全体の街路をうずめているかのような、物乞いたちから、とくに半裸の子供たちの群れから、逃がれ走るようにして、その川船に乗ったのであるが、しかし、それらの剝きだしのインド的貧困も、濁水を浴びる人々の信仰も、いったんガンジス川に浮びつつ眺めると、いかにも「ここに人間がいる《エクセ・ホモ》」という感慨を呼びおこすのである。

　ここには、東京で想像していたような反・人間的な、すなわち人類の滅亡の声が聞えるような貧困はない。それは、いわば、人間そのものを洗いだしてみせるところの貧困である。これらの貧しい人たちのあいだから、聖者があらわれるとして、それは自然なことであろうし、しかもその聖者は、すべての人類のための聖者でありうるだろう。

ここには、東京で予期していたような反・人間的な、すなわち、やはり人間を自己破壊にさそうような狂信はない。躰をおおう質朴なサリーを水にくぐらせ、あらためて躰をおおいなおしながら、ひたすら祈っている中年婦人は、いかにもそのまま実生活に根ざしている。彼女は、身近なところから、聖者の誕生を、すべての人類のために、むかえうるであろう。

その前日、ぼくはBBC放送で、「ミシマのハラキリ」の報道に接したところであった。インドの新聞は、わが国に架空のサムライ・スピリットを見たがっての固定観念に乗っかった西欧人の報道とは別に、このインドを愛した作家が、輪廻の思想を信じていたのだとして、なんとか衝撃を緩和しようとしている模様であった。

もし、ガンジス川に水浴しつつ祈る婦人が、眼をひらいて、たまたま、まぢかをゆっくり流れている船上の日本人たるぼくに、

――あれは本当はどういうことでしょう？ と訊ねたとして、ぼくは次のように答えたことであったろう。

――作家とは、この人間の世界が滅亡しかかっていると感じているか、そうでないまでも、諸行無常と観じていながら、しかも、救いを見出していないところの人間なのです。その作家が、自己破壊の衝動にかられるとして、それはかれ自身にとってしばしば、抑制しがたいでしょう。しかし、すべてのそのように追いつめられた作家が、自己破壊にあたってのみじめな響きを、おおいかくすべく、勇ましく猛り立った叫び声を発するとはかぎりません。

事実、ぼくは、切腹にもちいられた日本刀のイメージに、直接、喚起されてのことではあるが、七〇年のはじめにすくなくとも日本的テレヴィ文明圏を揺さぶ

った、いわゆる赤軍派ハイ・ジャック事件のことを思い出していたのであった。あの学生たちが、強大な強制力を持ちえたのは、ただ、かれらを内側からふくらませている、自己破壊の衝動が、「本もの」に見てとられたからではなかったか？　かれらの、ことの本質にもとづいて自己中心的な自己破壊の情念に立ち、なんとかそれを、外部にむけて形をとったものに方向づけようとする叫び声の、いかに空しくも轟ごうと響いたことだったか……

――ぼく個人についていえば、自己破壊の衝動をとがめる資格は、確実にはないように思いますし、七〇年代の日本人がその総ぐるみで、自己破壊の道をつき進んで行っているようなものなのだとすれば、日本人には誰にもそれをとがめる方策がありえないのかもしれません。しかしぼくは、滅びようとしている鯨の、言葉としては奇妙なことながら、あの人間的な歌のほうを、いかなるかたちの未来社会に志をたくした自己中心的な粗暴な叫喚よりも(それがたとえ KAKUMEI BANZAI! であったとしても、また TENNO HEIKA BANZAI! であったとしても)尊敬します。

ぼくはそのように、汗をかいた胸のうちでひとりごちてみたのではあったが、いうまでもなく現実には、ガンジス川で水浴しつつ祈る人びとも、ベナレスの街頭に寝起きする人びとも、ハイジャック事件はもとより、儀式《リチュアル》にのっとった切腹《ハラキリ》事件は、いかなる関心も呼んでいない模様なのだった。

考えてみればそれはそれで自然なことにちがいない。ここにはガンジス川の歴史のようにも長くつづいた、しかも具体的な日々の人間の問題が、赤裸に提示されているところの、根源的な生活があるのだから、およそ明敏な観察力の持主だったことは疑えぬ三島由紀夫自身も、自衛隊でかれの呼びかけの自己中心性を見ぬいて嘲弄する「民衆」に出会う前にほかならぬここベナレスで、このような民衆、人間そのものの民衆に、深い衝撃をうけたことを語っていたはずである。

陽は真東に、まっすぐ昇りつめつつあり、ガンジス川に沐浴する人びとのひそやかな動きはかわらず、そしてぼくは、ベナレスの街の朝の貧困をきわめる人間たちの騒音をこえて、いまとなっては懐かしい友人の声のような、鯨の歌を聴く思いにとりつかれた。ガンジス川に鯨は住まぬにしても、ここに集い、ここに日々の生活をいとなむ人間たちは、すくなくとも鯨の滅亡をはやめることはしない人びとである。その上に、鯨とともに、人間としてなんとか生き延びようとする、かざりけのない根本の手だてを、地道な努力のうちにさぐりだしうるかもしれぬ人びとである。自己破壊の鬨の声よりは、滅亡にたいしてイノセントに抵抗しているとおぼしい鯨の歌に和することのもっともふさわしい二十世紀人間である。

あらためてぼくは、ウエッ、ウエッ、ウエッ、ウエエイと、鯨の歌を模倣してみては、なにものかもっとも人間的な根本のものが自分のうちに芽ばえる勢いをはげました。半裸の船頭もインドのまことに数多い言葉のひとつベンガル語で、それに和するかのごとくであった。（ベナレスにて）

〔一九七〇年〕

未来へ向けて回想する
——自己解釈㈢

大江健三郎

1

僕がこの巻におさめる文章を書いていた時期、東京でのオリンピック大会があった。僕自身、オリンピックの開会式および閉会式に出かけて行って、週刊誌にその報告を書きもした。その文章はオリンピック大会にたとえ暗喩のようにであれあらわれていたはずの、日本の状況をよく表現しえたろうか？　それはそうではなかったと、いま僕には自覚されている。東京オリンピックの四年後、すなわち一九六八年のメキシコ・オリンピックを契機に、メキシコ・シティのトラテロルコ広場でおこなわれた、官憲による学生たちの大量殺戮。それについて分析したオクタヴィオ・パスの文章のようには。（"Olympics and Tlatelolco"）パスはただ状況を分析したのみではなかった。かれはこの学生虐殺に抗議してインド大使の職をなげうったのでもあった。かれが官職にとくに執着はしなかったのであれ、インドはかれが近年もっともひきつけられた魅惑の国であったのに……

パスは書いていた。メキシコの市民生活の経済的な遅れにもかかわらず、政府が国家経済の躍進を国際的に印象づけようとする。その示威運動としてのオリンピック、それに対する市民の不満の声を代弁するものとしての、学生たちのデモンストレーション。英国紙の報道によれば、というのも国内紙がよくその数の確定をなしえなかったからであるが、三二五名の死者が出たトラテロルコの学生虐殺。それはメキシコにおけるオリンピックの企てと相補的な現象なのであって、それらはともに相対的なものでしかないメキシコの発展の実体を示している。《この知的なそして道徳的な弱さは物理的な暴力に向けてみちびかれた。新しい困難な状況に直面すると退行して、恐れから怒りへと揺れ、退行したものの無感覚な行為において、子供や動物のようなふるまいをおかしてしまう神経症患者のように、政府はメキシコの歴史の初期の時代に向けて退行したのである。攻撃《アグレッション》と退行《リグレッション》とは同義的な言葉なのだ。それは償ないの儀式の本能的な再演であった。それらはメキシコの過去、とくにアステックの世界に似ている。魂をうばうようであり驚かせるものであり嫌悪をひきおこす。トラテロルコの虐殺は、われわれに葬り去ったと思っていた過去がなお生きており、われわれのただなかで爆発的にあらわれたことを示している。》

パスの分析の歴史感覚と現実観察に立った美事さ、それにあわせての社会的な責任のとり方の一貫性。かつそのすべてをつらぬいている、悲痛な情念の強さ。僕はパスの文章に感銘しつつ、あらためて自分の時事的な文章の底の浅さを認めるものなのだ。それというのも僕は、六〇年安保以後の、ふりかえってみればいかにもあからさまな、日本という国家の反動的な進み行きのさなかの時期にあって、それらの具体的なあらわれのいちいちを文章に書きながら、過去とのつながり、未来への可能性についてよく洞察しえていたということができぬから。そこには二十代後半から三十歳にかけての自分の、パスの言葉にそくしていえば、新しい困難な状況に直面するにあたって退行し、神経症患者のように落ちこんでしまうことを予防しようと、そのような自分をたてなおしたてなおししようとしているために、状況のもっとも暗い先行きについては、それをよく見ぬこうとせぬ自分が観察される。それは逆にいえば、僕が時事的な文章においてとらえた状況の、それぞれの問題点は、現在僕のかつて考えたところよりあきらかに悪化しているのである。同時代の、よりリアリスティックな透視力の持主たちに、おそらく僕はなんとも楽観的な青年に見えつづけたことであろうと思う。

ただ僕のこの時期の、そして現在につながる時事的な主題をめぐっての文章が、すなわち状況にかかわっての文章が、ひとつの一貫した特性をそなえていたとするならば、それは僕の考え方が想像力論を基調にすえているということであった。僕は様ざまなかたちにおいて、直接にその自分の想像力的な態度について語ることを、状況にかかわる文章、講演そのものとしさえもしたのであった。

それはまず僕が自分の小説とエッセイ・評論とに、本質的なパイプをつらぬくことを望んでいたからである。しかもそれを越えて僕は、想像力を自分の認識の仕方の根幹とすることを考えてきたのであった。そのようにして僕はしばしば想像力という言葉を用いながら語りはじめたのであったが、それは受け手によってかならずしも意図どおりに受けとめられ理解されたというのではなかった。たとえば僕は、自分がやはり想像力と状況認識、状況把握ということをめぐっておこなった講演について、たまたまその一部分を聴いてくださった、ノーベル賞受賞の科学者から批評を受けたことがある。科学の世界でも想像力は必要だと、想像力の発揮によって多くの発明・発見がなされてきたと、そして自分たち科学者も、その科学的認識に加えて、そこから前に一歩踏み出すためには、想像力をきたえねばならぬ、そのように科学者は感想をむすばれた。

——いや、先生、私はその科学者の認識そのものを、想像力の行為と考えたいのです、認識、科学的判断と想像力の発揮との間にひとつの切れ目を置き、科学的認識・判断からのひとつの跳び越えの操作として想像力を見るのでなく、ひとつながりの地つづきの行為として両者をとらえたいのです、というふうに僕は力無く反論したのではあったが、科学者はただ寛大に頭をかしげられたのみであり、僕にもその大科学者をよく説得しうる論理的根拠は整備されていないと考えられたのであった。

つまりは当初の僕の想像力論は、おおいに漠然としていたのである。しかしこのように考えたいという大筋については、それははじめからはっきりしていたのであって(それはおもに小説を実際に書く経験からみのってきていたと思う)、それはその後しだいに論理的な整備をへつつ今日にいたっている。僕がはじめから想像力の役割として考えていたのは、われわれの現実認識の全体像をつくりだすための、その中心の力としてであった。海面に氷がその尖端をあらわしている。そこでその氷のかたまりの全体像を把握するための想像力。それをしも氷の比重についての知識こそが全体像をとらえせしめるのだ、という反論はいかにもありうるだろう。またある知覚できぬところをそなえている対象の全体像を考えるにあたって、氷のかたまりの比喩は単純すぎるということもできるだろう。しかし僕は、海面に氷のかたまりの露頭を見る時、なによりもその水の下にかくれている全体に向けて、生きいきと想像力をかきたてられる。そしてその想像力の発揮によって、かくれているものぐるみ対象の全体をとらえることにこそ、もっとも関心をかりたてられる。そのようなタイプの認識者、観察者でありつづけてきたのである。

それはさらに一般化していえば、僕は自分の眼の前に全体像があきらかになっているものごとに対しても、それに向けて想像力を働かせるのでなければ、よく認識し把握することはできぬと考える人間なのであった。そして具体的に見れば、われわれを囲む状況において、なににつけてもその全体像がむきだしになっているというような事象、できごとはありえぬのでもあった。そして僕が状況の一側面にとくにひきつけられるのは、それが想像力的な喚起力を強くそなえている場合だとも、いいえたのである。したがって僕が同時代の状況について書く文章も、それが自分の想像力をよく発揮しえている文章である時、つまりそこで自分の想像力がよく活性化しえている時、はじめて僕には、その文章が意味のあるものに感じとられたのである。

このような想像力を介しての状況への関係の仕方について、僕は世界的な想像力論についての新しい展開にふれることで、自分自身にもしだいにそれを意識化することができるようになった。そしてなかでもとくに啓示的な想像力論として、もともとサルトルの想像力論から出発した僕に、ガストン・バシュラールの想像力論があらわれ出たのであった。それは知覚によってあたえられているイメージを、つくりかえる能力としての想像力、という考え方をはっきり示していた。そして僕は小説をつくりだすに際しての、また小説を読みとるに際しての、想像力の働きに対して、この現実世界を認識し把握するための想像力の働きを明瞭にむすぶことができたのである。あたえられたイメージたる同時代の状況をつくりかえて、僕自身のものとするための想像力の働らき。それはこの現実世界をつくりかえるための想像力の働らきに、方向づけにおいてかさなるものだ。僕が同時代の状況を認識し把握しようとする。そしてそのためにはまず想像力を機能させねば、本質的に欠落してしまうものがあると感じる。

それは僕が同時代の状況の前に立ち、根本においてそれをつくりかえることを指向しているための、そこから来る欠落の感覚であったのだ。

2

僕は一九六五年春、はじめて沖縄を訪れ、そしてこの年の夏から秋にかけてアメリカに旅行した。沖縄を訪れることによって僕が経験することになったところについてはあらためてのべるが、アメリカ旅行に関して、僕にもっとも意味深い経験のひとつとして思い出されるものに、アメリカ核戦略の専門家ハーマン・カーンの講演を聞いたことがあった。ハーマン・カーンはそれから数年後いわゆる高度成長の最盛期から、石油ショックによる反省期にいたるまでの、わが国の経済大国としての未来をうらなう、もっとも歓迎される予言者として広く知られることになるのだが、しかし、ハーヴァード大学の、これもやがて世界的な関心の的となるキッシンジャー教授のセミナーに、講演者としてあらわれた際のカーンは、そのセミナーの参加者である一日本人の僕にとって、『熱核戦争論』の著者にほかならなかったのであった。論争をひきおこしたこの著作の出版から五年後のその夏、かれは新しい本を刊行しようとするか、刊行した直後かであったのであり、現に僕はその冬、当の本を読んだが、かれが夏の講演で語ったことは、まさにそこでかれが主張していることの要約であった。つまりはカーンがハドソン研究所で行っている公開講演からこの本ができあがったのだとすれば、キッシンジャー教授のセミナーで、かれはその公開講演の花形演目を繰りかえしたということであっただろう。事実それはユーモアといえなくはない、しかし胸の悪くなるようなユーモアで、おおいに聴衆を湧きたたせるところの、手なれた講演でもあ

ったのである。(“On Escalation” Praeger 版)

僕の英語力が、充分にそのカーンらしい才気にあふれた講演を聞きとりえたかといえば、それは確かなことはいえない。この年から数年たって、かれの次の著作『考えられないことを考える』を、レイモン・アロンの序文つきで読み、そしてあらためて僕は、カーンの語ったところの大筋の評価について誤ってはいなかったと確認はしたが。この講演の後、僕がカーンの根本的な姿勢について批判すると、催しの責任者たるキッシンジャー教授は、——いやアメリカ人の誰もカーンを真面目にとることはない、と答えたものであった。僕がよく英語で自己表現できる人間であったとしたら、あの時僕はさらにこういうふうに自分の批判のありようを説明したはずであった。——私はアメリカ人にカーンの考え方がむしろ真面目に受けとめられることを望む。熱核戦争の実際の可能性について、人びとは、とくに良心的だとされる知識人は、考えたり語ったりすることを不謹慎だとすると、カーンはいうのだが、私はそのような立場でかれの論法に反撥しているのではないのだ。現にこの世界を破滅せしめるだけの量の核爆弾が戦略家の手のうちにある以上(カーンは大規模な核戦争が起っても、なおかつこの世界は滅びず、それも自分はその生き残る側に入りうると考えているようだが)、偶発的な事故によってであれ、意図された攻撃としてであれ、核爆弾が爆発した時のことを、人びとが考えぬ方がいいということはない。学者たちも一般民衆もおおいにそれを考えねばならぬし、政治を動かしている者らはさらによくそれを考えねばならぬだろう。私は広島と長崎で、実際に核攻撃を受け、被爆し、それを越えてなお生きつづけるために、具体的に原爆医療をつづけている人びとについて本を一冊書いたところだが、かれらが熱核戦争をよく現実の問題として考えていないとは、カーンもいわぬだろう。しかし真に熱核戦争について考えるならば、ついには核競争を止めさせ、現にある核兵器を廃絶する方向にむけて、現実的に考え、行動するのでなくてはなんになる？　現にカーンの考え方は、実際にあるアメリカの核体制を補完する方向にのみ役立っているようではないか？

あの短かいアメリカ滞在の時期に、暗く憤ろしい胸のうちであてどなく転がした、不発の言葉をあらためて思い出すのは、あれから二十年たつうちにカーンの論法はわが国の体制派の知識人らの論法にすっかりかさなってしまったからである。いわゆる核抑止力をもっとも効果的に働かせるために、日本が核武装しなければならぬ、それも実際問題として、アメリカの核兵器をわが国に持ち込ませるのが唯一の道だ、というような主張が、いまや正面から打ち出されてきた。そしてそれに対する実際的な反応として、どういうことが表層にあらわれているか。この十月十七日のソヴィエト共産党機関紙『プラウダ』は、もし日本が核兵器を保有する政策に踏みきるならば、起りうべき核戦争において日本が報復核攻撃の対象となるだろうと、なんとも露骨な警告をあきらかにしている。ついにここまで来てしまった。しかもこの勢いでは、わが国の政府はさらにはっきりと核武装の方向に歩み出すべく、多様な世論工作を繰りだすであろうし、ソヴィエトの戦略家たちにとって、日本への報復核攻撃のためのミサイル配備プランはさらに具体的な作業となろう。そしてわが国の民間の戦略家たちは、防衛庁の専門家たちの露払いをつとめるべく、カーンがアメリカについてやったように、熱核戦争のありうべきシナリオのなかでの日本のありようを、『プラウダ』紙の反応に立ってさらにあれこれ考え進めることであろう。それも島国日本が核攻撃を受けて、日本人が全滅することを考え、核兵器の世界的な廃絶の方向に力をつくすというようにではなく、たとえ島としての日本列島が滅びても、その報復に原子力潜水艦がモスクワ、レニングラードを攻撃して仇をとってくれるというような、悪夢というよりない空想をつむぎだすことであろう……

僕は二十年前にアメリカに滞在している間、ヴィエトナム戦争の進み行きを現に見るとともに、核兵器の制覇する世界全体の進み行きについても、明るくない未来図を想像しつづけたが、わが国に現にいま始動している、核状況についての実際の出来事の、そのいちいちを覆うほどの想像力はもたなかった。それを認めねばならぬ。

それは憲法をつくりかえようとする方向づけでの、現在わが国で顕在化している動きについても同じである。現職の法務大臣が、公式の席で幾たびも憲法を相対化する、むしろ侮辱しさえする発言をする。それへの批判に対し、法務大臣とその同伴者たちがいいかえす言葉は、さきのハーマン・カーンの論法そのままだ。憲法について論議することさえ非難するのは、憲法改正論議をタブーとして押さえこむことは正しいだろうか、それは現在日本人が正当にむかわねばならぬ現実正視の道を、暴力的に閉ざすことではないか？　憲法について論議することを、すくなくともいかなる憲法の専門家たちも、それをタブーとしてはいないだろう。かれらは日々それをおこなうことを職業とする。そしてわれわれ一般の人間が、たとえば戦争放棄の条項について、それを改めたいと主張する者らに、どうして反論することを望まぬだろう。われわれの憲法の、今日の国際的状況のなかでの有効性を示して、それを共通の論議たらしめることをどうしてためらうだろう。現職の法務大臣が、本音もたてまえもまるごと憲法改正への方向づけに立って、その職権を利用しようとする。われわれ一般の人間がそれへの批判をすることが、国会においてこの法務大臣を涙ぐませるほど不当だと、かれはいいたいのらしい。かれが法務大臣の位置を去りさえすれば、これまでかれがやってきたとおりに、国会議員としておおっぴらな憲法への不信を表明しつづけることができるのに、なぜかれは不満なのだろう?

ハーマン・カーンの『考えられないことを考える』は、前世紀末の英国での人身売買をめぐって書き出しているものだった。ヨーロッパ本土で人身売買がおこなわれなくなった後も、英国ではそれが続いたので、数多くのイギリス人女性がヨーロッパ本土の売春宿に供給されたとカーンはいい、それは英国のビクトリア王朝的雰囲気が、人身売買を公然と口に出すことをさせなかったからだとするのである。核戦争の問題についても、憲法の戦争放棄条項についても、それらを口にすることをタブーとするような、新しいビクトリア王朝的雰囲気が日本にあるというのなら(それを戦後思想の悪しき専横だとして、戦後的なるものの総体をおとしめる談論もおこなわれているのだが)、僕はもとよりそのような雰囲気の打破に賛成する。しかしその雰囲気を打破した後、人身売買を根絶するような方向づけでの、公然たる論議に加わることをもとめて、僕はそうするのである。人身売買に類するものを、権力ぐるみ追認する、そのような方向づけで論議を進めようとする者らに、どうして協力する意志をもちうるだろうか?

いったい今日のわが国の核武装論、それもとくにアメリカの核戦略の基地たることをはっきり自分から引き受けて、ヒロシマ・ナガサキの経験を忘れたのかと『プラウダ』紙にすら批判される位置に自分をおとしめ、現実的な報復核攻撃の、いわば公認された標的と日本列島をする。その具体的な進み行きのはっきり見える、しかもそちらへ向けて強引に押し進めてゆこうとする談論は、人間を解放する方向づけのものであろうか？　それはまったくその逆ではあるまいか？

第二次世界大戦の悲惨な経験に立って、戦争放棄を憲法の根本精神に置く。その歴史的な事実に対して、いかにもあからさまに、この条項を撤廃しようとする。それも戦争放棄の精神と、今日の国際的状況のなかでの、その原理に立った有効性について論議するというよりは、この憲法が占領国から押しつけられたものだからという論法で、それを廃してそのままわが国の軍国化につなぎたいともくろむ談論。それは人間を解放する方向づけの談論であろうか？　それはまったくその逆ではないであろうか？

すくなくとも十五年前は、この種の談論がなお表層に横行することはなく、たとえこれらの談論の主の底力は、旧体制の生き残りに根をはって強力なものであったとしても、なお潜在的であったことの記憶に立ち、僕はこれからの五年、十年の先ゆきを、もっとも暗い淵を覗きこむようにして見つめる。あらためていうが、十五年前のペシミスティックな自分が、いまはなんともオプティミスティックな青年に見えてくることだろう。「死んだ学生への想像力」における、日本のアジアへの進出の先行き、そしてそれを押し進める勢力と対極をなす批判勢力としての学生運動の、運動家ひとりひとりの、人間の生命に対する考え方、それらについての自分の思考、それを支えていた想像力についても、僕はいまおなじ嘆声を発するほかにはない。

3

僕が「日韓条約」抜打ち採決の、国会傍聴席に坐っていたことは、「恐ろしきもの走る」に記録したとおりである。その後の韓国と日本との関係の進み行きについて、僕が国会の傍聴席でいだいた想像力はどのような状況把握の力を持ちつづけたか？　僕があの場で感じとったもっとも恐しいもの、それは根本的には、われわれ日本人における議会というものの機能の仕方への、徹底的な幻滅、それもまともに受けとめて押しかえそうとする足場がたえまなく崩れてゆくような、大きい失墜感ともいうものであったろう。僕はあらためて同じものを沖縄の施政権返還の国会でも経験することになる。僕は自分が議会をつうじての民主主義の実現よりほかに、政治の現実的なプログラムの達成を考えぬ人間であることを認めながら、しかもその一方で、われわれ日本人の議会とは、いかなる政治体制にとってかわった後の議会であれ、(竹内好が魯迅にそくして日本人の文学を批判した言葉を用いれば)それがついにドレイの議会にほかならぬということになるのではないかと、もっともおぞましいペシミズムをいだくことがあるのを否定しがたい。すなわち、われわれは真に自立した人間を、自立したわれわれの代表として、国会に送りえる時をついにもたぬのではないかという、底なしの無力感にとらえられるのである。そこからすぐに僕は、真に自立した人間の文学、ドレイの文学でない日本人の文学という、ほかならぬ自分自身の存立の根柢に関わる課題に眼を向けねばならぬのではあるけれども……

僕はさきの国会傍聴の記録を、『外交時報』に発表された宇都宮徳馬国会議員の文章を引いて結んだ。そこに提起されていた問題点を、十五年をへだててかえりみる時どのようであるか？　わが国の政府は、確かに中国との国交を回復した。しかしそれはわが国の政府が主体的に、北朝鮮および中国との関係を改めるために努力した結果というのではなかった。ニクソンの中国との関係回復が、わが国に波及効果をもたらしたのである。したがってアメリカとおなじくわが国は、いまにいたるも朝鮮民主主義人民共和国と正式な関係を開いてはいない。この十月二十八日の新聞は、防衛庁の専門家の発言を受けて、北朝鮮の軍事力増強が、わが国にとって潜在的脅威だと官房長官が言明したことをつたえている。そしてまさに恐ろしいものが驀進するようにして、すでに「日韓条約」以前に進行しはじめていた、わが国と韓国指導層との癒着関係は増大して行ったのである。朴政権の独裁を長期にわたって支え、そして朴射殺後は、全斗煥政権の独裁体制の確立に向けて。その間の状況の進展を、逆の側から照しだす鏡として、われわれは韓国の民主化運動の、根強い、そして苦難にみちた持続を見てきた。僕は韓国の民主化運動を、とくに詩人金芝河の抵抗をつうじて見、そしてかれの文学者としての仕事に、自分がそれまで西欧の中心、アメリカの中心にこだわりすぎることで乗り超えることのできなかった課題を、すなわち周縁的な活性化の力のありかを確かめることにもなった。すなわち詩人金芝河の文学的な仕事と生き方は、韓国の独裁体制と癒着しているわが国の保守権力と、それがわが国の民主主義にもたらしている歪みひずみを直視させる契機となるとともに(つづいて僕はあらためてそれを政治家金大中への弾圧をめぐって、われわれの問題として引きうけなおすことになるが)、文学の根柢に関わる啓示をふくんで、とくに僕にとって教育的だったのである。

そしてそのようにこの十五年間のうちに状況として現実に芽を出す種子について、僕は「日韓条約」の強行採決が行なわれた現場におき、充分に意識的であったのではなかった。また在日朝鮮人の犯罪と抵抗をめぐって、「政治的想像力と殺人者の想像力」を書きながら、その先行きによく予見的でありえたのでもない。僕はただそれらのいちいちの時点で、想像力を介して状況にあい関わりつつ生きる人間として、これこそは根本的に重要だと、自分の眼と手ですくいあげたところのものを、それからのち取り落すことなく考えつづけてきたのみである。そのようにして実際に行なってきたところのことをふりかえっても、僕は、自分の状況についての想像力が、未来に向けて遠方に眼をむけうる性格のそれであるより、むしろ額にゴツゴツぶつかってくるほど身の廻りに押しよせてくる状況について、それを自分の人間的な根幹に関わる課題として受けとめるために手がかりとする、そのような性格のものであったことを見出すのである。

「持続する志」という文章は、雑誌『世界』の戦後二十年にわたる持続について書いたものであった。僕がこの巻におさめた状況に関わる文章すべてのうち、近い未来への予見性においてもっとも正確であったのは、おそらくこの文章である。僕は次のように書いたのであるが、最初の二十年間の持続の後の、『世界』の今日までのさらなる十五年間について、僕はまったく的確なことをいいえていたのであるから。《『世界』のこの二十年間の持続は、そのまま明日からの二十年間にわたる持続への志を示すものであろう。しかもそれは、日韓条約の強行採決を契機に露骨に進行しはじめた、われわれの国の「圧制と頑迷の climate」の内での、強力な抵抗にさからう持続ということである。僕はこの雑誌が、その志を持続するかぎり、二十年後に、自分自身が、青春以後の二十年を持続的に生きることができたかどうかを確認するための、もっとも確かな手がかりを持つであろう。もちろん、ひとつの国家が、その持続性を放棄して転換することを計る時代をつうじて、なお志を持続しつづける批判的な雑誌が、どのように可能であるかということの一半は、われわれ読者自身の持続する志にもかかっている。僕はそのような読者のひとりたることを希望し、そのような雑誌の寄稿者の末席につらなることを誇りとする。》

とくに韓国の民主化運動についての報道と論評に『世界』が持続してきたところのことは、すでに誰の眼にもあきらかであるし、この場合、誰の眼にもと僕がいうのは、世界的な規模での知識人のひろがりをそのうちにおさめている。韓国の民主化運動の担い手たちの通信を、『世界』は連続して紹介しつづけてきたし、岩波書店はそれを英訳して刊行することをもなしとげたから。僕自身は執筆者として『世界』に関わることで、原爆被災と核兵器の問題につき、沖縄の問題につき、そして朝鮮の民衆の抵抗とそれとの相関の上での、わが国の民主主義の課題について、自分としての持続的な態度をともかくもつらぬいてきたことを、この雑誌の持続の大きい動きに個人の小さい動きをかさねるようにしてではあるがそれをつづけえたことに、あらためて誇りを見出すともいいたいと思う。また、たとえば政治家金大中への死刑判決に抗議する集会やデモで、しばしば年若い参加者たちと話し、お互いに『世界』の読者としての論理を担いあっていると確認する時、着実な喜びをあじわう。もっともそれは金大中軍事裁判の先行きへの、より大きく重苦しい思いのなかでの、わずかにきらめくような明るい思いであるが。そしてそれはまた自分の執筆者としての、韓国の民主化運動という状況に関わる想像力の発揮の、幅の狭さ、底の浅さに思いいたらねばならぬ、その重苦しさとあいかさなるようでもあるのだが……

4

この巻におさめた状況に関わる文章の、それも短いものについて、僕はかつて評論集をあんだ際には、「維新にむかって、また維新百年の今日の状況についての観察的なコラム」という枠組をつくり、そこにそれらをおさめていた。一九六七年、すなわち明治維新による近代化の始まりから百年目ということで、これにさきだつ数年、政府はそこにむけての宣伝をおこなってきていた。つまり「明治百年」のデモンストレーションが、公的に準備されていたわけであった。そして僕はそれへの批判者たちのおおかたの態度とひとしく、あらためてこの年を、「維新百年」ととらえなおして、自分の態度を表現してゆくことを希望した。そしてそれは戦中・戦後に少年期から青年期をすごした僕にとっては、あらためて明治という一時代を、自分の選んだ方向づけにそくして学びとってゆくということなのでもあった。僕の明治を学んでゆく作業の焦点には、しだいに正岡子規が位置してゆくことになり、それは現在におよんでいる。また僕は、明治を学ぶことによって、自分がそこを思想的根拠の時期とする(場所についての根拠地という言葉を、時間にうつしておなじように表現しうる用語があるとすれば、まさにそのような時期とする)戦後について、自分としての意味づけをあきらかにすることができたようにも思うのである。

国家による「明治百年」の宣伝は、この近代化の百年について、その帰結である第二次大戦の悲惨な敗北という分節点を無化して、まるごとのっぺらぼうの発展の百年と提示することに目的があった。そしてそれにリードされた風潮にさからいつつ「維新百年」について考えつづけることで、僕はあらためてこの近代化の百年の根本的な分節点としての、敗戦から戦後にかけての時代の意味をよく把握しうるようになったのでもあった。それは天皇中心指向の近代化、脱アジアの指向、それにかさなる西欧・アメリカというもうひとつの中心指向の、三つの方向性からなる近代化の行きづまりを、ヒロシマ・ナガサキの廃墟をモデルとして、はっきり対象化しうる分節点なのであった。そして僕は、その分節点にこそ自己の存在の根拠地をさだめることについて、あらためて確信をえたのである。状況に関わっての強権の宣伝は、つねに両刃の剣だ。想像力を発揮して生きる人間は、能動的によく状況をとらえうるが、すなわちそれは状況から受動的に縛られることを拒みうるということでもある。すくなくとも可能性として、右の原理がなりたつことを僕は疑わぬ。

——〔一九八〇年十月〕——

初出一覧

火星人の威信……………………『朝日ジャーナル』一九六五年一一月二一日号
宙に浮んだ馬……………………『朝日ジャーナル』一九六五年一二月一九日号
シゴカレル思想…………………『エコノミスト』一九六五年六月二九日号
何がもっとも恐ろしいか？……『エコノミスト』一九六五年四月六日号
ユートピアの想像力……………『毎日新聞』夕刊　一九六七年一月五日号
テロは美しく倫理的か？………『朝日新聞』夕刊　一九六七年二月一六日号
学力テスト・リコール・子規…『週刊朝日』一九六六年六月一七日号

V

おもてを伏せてふりかえる……『アサヒグラフ』一九七〇年八月二一日号
死滅する鯨とともに……………『アサヒグラフ』一九七〇年一二月二五日号

・本書は一九八〇―八一年に小社より刊行された「大江健三郎同時代論集」(全十巻)を底本とし、誤植や収録作品の重版・改版時の修正等に関してのみ若干の訂正をほどこした。
・今日からすると不適切と見なされうる表現があるが、作品が書かれた当時の時代背景や文脈、および著者が差別助長の意図で用いてはいないことを考慮し、そのままとした。

ブックデザイン　鈴木成一デザイン室

装画　渡辺一夫

新装版 大江健三郎同時代論集 3
想像力と状況　（全 10 巻）

2023 年 8 月 25 日　第 1 刷発行

著　者　大江《おおえ》健三郎《けんざぶろう》

発行者　坂本政謙

発行所　株式会社 岩波書店
〒101-8002 東京都千代田区一ツ橋 2-5-5
電話案内 03-5210-4000
https://www.iwanami.co.jp/

印刷・三陽社　カバー・半七印刷　製本・松岳社
カバー加熱型押し・コスモテック

ISBN 978-4-00-028823-1　Printed in Japan

新装版 大江健三郎同時代論集 全10巻

（＊は既刊、二〇二三年八月現在）

著者自身による編集。解説「未来に向けて回想する――自己解釈」を全巻に附する

1＊ 出発点

Ⅰ 戦後世代のイメージ　Ⅱ 強権に確執をかもす志／戦後世代と憲法／憲法についての個人的な体験／他　Ⅲ 私小説について／戦後文学をどう受けとめたか／飢えて死ぬ子供の前で文学は有効か？／他　Ⅳ われらの性の世界／『われらの時代』とぼく自身／現代文学と性　Ⅴ 今日の軍港――横須賀／プラットフォームの娘たち／少年たちの非行のエネルギーは抹殺されるべきものか？／他　Ⅵ ここにヘンリー・ミラーがいる／危険の感覚／日本に愛想づかしする権利／他

2＊ ヒロシマの光

Ⅰ ヒロシマ・ノート　Ⅱ 被爆者の自己救済行動／原民喜を記念する／原爆後の日本人の自己確認／他　Ⅲ 核基地に生きる日本人／一九四五年夏に「明日」を見る／敗戦経験と状況七一／他　Ⅳ 核時代の『三酔人経綸問答』／核時代のエラスムス

3＊ 想像力と状況

Ⅰ 記憶と想像力／持続する志／死んだ学生への想像力／他　Ⅱ「期待される人間像」を批判する／アメリカの百日／政治的想像力と殺人者の想像力／他　Ⅲ〝記憶して下さい。私はこんな風にして生きて来たのです〟／戦後の人間として「明治」を読むこと／ほんとうの教育者としての子規／他　Ⅳ 誰を方舟に残すか？／多様性コソ力デアル／テロは美しく倫理的か？／他　Ⅴ おもてを伏せてふりかえる／死滅する鯨とともに